中公文庫

ルナティックス

月を遊学する

松岡正剛

中央公論新社

目次

LUNATIX

ルナティックス——月を遊学する

睦月

月球儀に乗って

月はいつだってさまよえる媚薬である。

——クリストファー・フライ

1

シェイクスピアの『真夏の夜の夢』では、ハーミアがディミートリアスと結婚するか、それとも冷たい不毛の月に向かってかぼそい讃歌を唄いながら、一生を不生女《うまずめ》として送るかどうかの、たいへんな選択を迫られている。

オスカー・ワイルドの『サロメ』の冒頭には「ほんに、死んだおなごのような月じゃ」の名セリフがある。遠くプラトンは「月は死滅の彼方にある」とのべた。ハンス・アルプは「月は死の形式だ」と綴り、梶井基次郎は「月から死亡通知が来そうだ」と書いている。久生十蘭ではそれが「月には吸血機械が見える」になり、夢野久作では「三日月は死の唄を書くペン先かいな」などとなる。

おおむね月はやたらに寂しい場所か、それとも殺伐とした事故がおこるところと相場がきまっている。私にはおおいに不満だが、月は死だとか不毛だとかのイメージに連動するらしい。よくって月を騒々しい夏の市営プールとか円卓が並ぶ中華料理店になぞらえる人はまずいない。よくって荒城の月か二匹の駱駝が並んで歩く月の砂漠、それでも二匹の影はジョルジョ・デ・キリコのメタフィジック・アートのごとくに寂しく長い。月は不気味なのである。

そうこうするうちに案の定、アポロ宇宙船の三人の白い乗組員が洗濯板のような足跡を残した月面映像は、月がまさしく「荒涼」の代名詞ともいうべき代物だったことを告げた。バズ・オルドリンは『地球から来た男』に「月面に近づくにつれ月はベージュ色から灰色に変わっていった」と書いている。きっと桂男がいるとおもっていた中国人も、十五夜兎の跳ねる月を教えられて育った日本人も、ショールを巻いた貴婦人の花の横顔《かんばせ》を想う西欧人も、このときばかりは荒《すさ》んだ月面の光景に落胆したものだった。

ここにいたって、私は月を擁護するための論陣を断固として張らなければならないとおもったのである。なんとか月にひそむフラジャイルな「かけがえのなさ」や「薄弱な意図」というものを、あるいは月にひそむ悪戯《いたずら》っぽい「気取り」や「邪険な意志」というものを応援しなければならないと決意したのだ。このままでは月は放っておかれるだけだ、これでは月への誤解が深まるばかりだ、とおもったのだ。

しかし実のところは、月には何もないんだという報告にそんなにムキになることもなかったのかもしれなかった。これからあれこれ綴っていくように、月はわれわれの文化史や科学史にふんだんの贈り物をもたらしてくれてきたのだし、仮に月面が荒涼とした表情しか見せてくれなかったのだとしても、むしろ「それが月のいいところなんだ」とか「無にすら風情があるじゃないか」と開き直るべきだったのだろう。

もともと古代人たちは鉄鐸や銅鐸のサナギに、また幾何学的な線のリズムに託して想像上の無の音色を楽しみ、インドでは「無」や「否」という動物すら信じられていたのである。これにくらべれば、月にはむしろ〝あるもの〟が詰りすぎているほどなのだ。その〝あるもの〟とはわれわれに残された最後の資源であるはずの想像力にほかならない、あるいは、われわれ自身の外部なる観念力である――こう、私は嘯《うそぶ》くべきだったのだ。

いまの私なら「いや、〝あるもの〟とは想像力や観念力だけではない」と、言うだろう。月が秘める圧倒的な地質学的充実、その幾何学的な太陽光線の反射力、その輝かしい力学的球体的性格、そのいっさいの生物学的なるものを却下した超越性――これらもけっして「月の不利」を証言しやしない。月はむしろ科学的にも饒舌なのである。だからこそ、われわれはずっと月に行ってみたかったのである。

2

私が最初に月を気にしはじめたのは、リーダーズ・ダイジェスト社製のプラスチック印刷による月球儀を友人から暴力的にせしめてからだったとおもう。高校時代のことだった。それまでは、月はたんなる古文に習う「春は曙、おぼろ月」にすぎなかった。あるいは「月の法善寺横町」にすぎなかった。けれども、この月球儀が私をすっかり変えた。

そのせいぜい一五センチほどの月球儀は、月の赤道でポッカリとふたつに割れるようになっていた。中味は完全なガランドウで、鉛色のすべすべした凹型半球になっている。両手にそれぞれの半月をもってつなぎあわせると、かのマグデブルグの半球のように小さな月の模型ができあがった。私はこの、月をふたつに割ってはつなぎあわせる作業を何百回となく繰り返したものだ。そうしてさえいれば、月がわがものに近づいてくるといわんばかりだった。

月面地図を調べ、月のトポグラフィに狂う日が続いた。野尻抱影の愛機ロング・トムに憧れて、安物だったが、天体望遠鏡も手に入れた。東亜天文学会のガリ版刷りの会報にも赤エンピツを走らせた。そのころに煌々とした月を初めてレンズにとらえたときの快感は、のちに土星の輪を観測できたときのどぎまぎとした感動とともに、いまなお筆舌に尽くしがたい。望遠鏡が揺れ、そのため月がひらひらと揺れるのさえ、たまらない魅力だったのである。

月球儀を所持してからは、部屋の模様も変わってしまった。

まず勉強机を窓際に移した。ついでガリレオ・ガリレイが自分で描いた月面スケッチを大きな画用紙に真似て拡大模写し、勉強部屋のいちばん大きなインテリアにした。マスタード色の表紙が鮮烈な「ナショナル・ジオグラフィック」誌を古本屋でどっさり買ってきて、月の写真を切り取ってはスクラップした。いちばん費用がかかったのは、月や天体に関する音楽をかけるためにプレイヤーを買ったことである。

ところがしばらくたって、自分のこうしたルナティックな月球趣味を友人たちに語ってみると誰も好ましく反応してくれないことを知った。「月？　そりゃそうさ、あれは月だよ。ずっと月だよ！」——まずはこんなぐあいなのだ。そうでなければ天文部の連中にもっと正確な観察をしなよと勧められるだけだった。私にしてみれば、その当の「ずっと月なのさ」だからこそ、月に異常に関心が集中するのだが、この韜晦趣味は杳としてわかってもらえない。月はあまりにもあたりまえすぎて、人々の印象に強い論点を刻印しないようなのだ。

たとえば月の消息に関する至言として、またノヴァーリスの最もノヴァーリスらしい名言のひとつとして『ハインリッヒ・オフターディンゲン（青い花）』の「月は太陽の夢である」があるけれど、これなども多くの人々にとってはさっぱりその月球的本来性に合点がゆかぬところであるらしい。ある高名な私小説家にこのノヴァーリスの言葉を伝えたことがあるのだが、「そうすると、あれかな、太陽が眠って夢をみているのかな、それとも、つまり月が夢をみているということなのかな」などとぶつぶつ分析をはじめる有様なのだ。杜甫の「星垂れて平野闊《ひら》く、月湧いて大江流る」や銭起の「二十五絃、夜月に弾ずれば、清怨にたえず却って飛び来たらん」ともなると、さらにもってのほかということになる。

こんなことだから、かつて『月は今夜もぶらさがっている』と題した稲垣足穂についてのエッセイのなかで書いた次の章句の狙いなどは、足穂に関心のない読者はむろんのこと、月のダンディズムの何たるかにいっこうに関知しない連中にとってはさっぱり興趣の湧かない駄文とみえたにちがいなかった。

ねえ旦那、ありゃニッケル・メッキですぜ——これはタルホの月である。お母さん、気味が悪いよ、月の重力を持って帰ってきたんだろ！——これはケプラーの月である。ヒッヒッヒッ、これで地球の眺めもよくなったわい——これはフレデリック・ブラウンの月なのだ。

そもそも「ルナティック」(lunatic) という言葉には「月球的」という意味とともに「狂気的だ」という意味がある。「そいつは月球的だ」ということと「そいつはちょっとおかしいぜ」ということとはほぼ同じ意味になる。古代ローマの藪医者たちのあいだでもすでに「ルナシー」(lunacy) という言葉が使われていて、ちょっとおかしな行動をする患者のことをさしていた。しかし、lunacyはすでに古代ローマの『サテュリコン』の作者が最も好んだ言葉でもあって、のちにカルル・ユイスマンスやオスカー・ワイルドがそのルナシーな感覚を激賞してみせたものでもあった。

ルナティックであること、それは平安王朝の感覚語の極北「をかし」という感覚にも近い。もともと私にとってケプラー的幻想は「をかし」であり、ポール・ディラックの電子物理学も「をかし」、ポオの『アーサー・ゴードン・ピムの冒険』もまた「をかし」なのである。それらは、つまり月球的なのだ。

ざっとこんな按配で、私は「月」と「月的なるもの」を強い決意で擁護しようとしている。月の天文学に関する本はいろいろあっても、たとえばユング派のエスター・ハーディの『女性の神秘』(一九三五)や観念史派のマージョリー・ニコルソンの『月世界への旅』(一九四七)、あるいはアンネ・ケント・ラッシュの『ムーン・ムーン』(一九七六)などを除いて月的なものに関する大著はおろか、月のシンボル・ディクショナリーひとつすらない事情を突破したいという希望もある。いずれ私はすばらしく巨きな「月の本」か、あるいはハイパーメディア化された「月のデータベース」をつくることになるだろう。このささやかなフラグメンタル・エッセイ集はその食前酒にあたる作業だ。しばらくは、おぼつかない月球型風船に乗ったつもりで、月的なるものをめぐる渉猟に参画されたい。

さいわい、日本語は古来より月を重視してきたようにおもわれる。いずれ詳しく渉猟するつもりだが、たとえば、あるものごとに「憑かれる」というときのツキ、「あいつはツイているね」のツキは「月」のツキと語源をともにするのだし、「着く」も「付く」も「就く」も、また「尽きる」もみな月のファミリーである。「憑かれる」はその後に転じて「疲かれる」をも派生する。月に生じる言葉は予想外に豊富なのである。そこで私は大いに日本語の断截横斜の表情を楽しみながら、かの十七世紀の世界初の月世界旅行者フランシス・ゴドウィンとジョン・ウィルキンズの冒険にあやかり、準備半ばの着のみ着のままの気概をもって「魂の月世界」に赴くこととする。

3

さて、あれこれの月的なるもののイメージを狩る前に、まずわれわれがいかに月のお世話になっているか、すなわち、われわれにあっては「存在は月の函数の裡にある」のだということを少しくのべておきたい。

一九六〇年、ミネソタ大学生理学部のフランツ・ハルバーグは生命の根源的律動に関する画期的な造語「サーカディアン・リズム」を発表した。われわれはもとよりあらゆる生命は〝宇宙全体の呼吸〟に関連するサーカディアン・リズムとともにあることが、加えて詳説された。サーカディアン・リズムは生体が一日単位でもっているリズムのことである。当然のことながら、このリズムは地球の回転と月の運動に関係する。

ハルバーグの示唆に刺激され、多くの研究が追加されたところ、一日のリズムの次に「サーカセプタン」とよばれる七日のリズムもわれわれにひそんでいることがつきとめられた。アーカンソー医科大学のローレンス・シェーヴィングが高血圧症の研究の副産物として発見した。われわれがサーカセプタンに動かされているということは、多くの民族がひたすら七曜表や七日周期を遵守してきた根拠を提供するものであるという説も出た。最近では原始的な単細胞生物にも七曜表がひそんでいることがつきとめられた。

しかし、これらのリズムがどの程度にわたって月の力に依存しているのかというと、にわかには決めがたい。なにしろ、われわれをとりまくナチュラルリズムには、地球回転の約二四時間のリズム、月の一日の二四・八時間のリズム、月の合衡《がっしょう》の二九・五日のリズム、地球公転の一年のリズムなどが、まことに多様複雑にからまっている。

いったい、これらのどれが生体リズムに影響を与えているのか。

多くの科学者たちはむしろミクロの時計をさがそうとして、分子言語《ホルモン》の動向に起源的リズムのアリバイを求めはじめた。これらの研究は時間生物学（chronobiology）という大きなジャンルを形成しつつある。たちまちそのジャンルの親玉となったハルバーグは、いまひとつアリバイがはっきりしない研究事情に業を煮やし、もはやわれわれの体にはフィードバックのメカニズムでは追跡できないフィードサイドウォード（feed-sidewards）ともいうべきメカニズムがはたらいているのではないかとさえ言い出した。

それでも一部の科学者はなんとか月の影響をさぐろうとしたのである。『裸のサル』で一世を風靡したロンドン動物園のデズモンド・モリスのもとで、やはりエソロジーの研究をしていたライアル・ワトスンもその一人であった。彼はあれこれ調べまくり、サーカディアン・リズムの一般化を試みる『スーパーネイチャー』の一冊を上梓した。そしてこう書いた、「われわれは、われわれすべてが宇宙旅行中であることを忘れすぎている」。

マイアミ大学医学部で宇宙生物学にとりくんでいたアーノルド・リーバーも『ルナー・エフェクト』の一冊を構想した。アメリカの人間心理学協会会長で合気道の師範でもあるジョージ・レオナードは『サイレント・パルス』に月を採用した。のちに本人から聞いたところでは、異星間通信の天文学者カール・セイガンや『パンダの親指』で有名になったスティーブン・グールドも同様の本を書く気になっていたという。このたぐいの研究や書籍は七〇年代に入ってごろごろと出た。ランダムハウス社が〝ムーンブックス〟のシリーズを企画したのもそのころだ。それらのなかで、ぽつぽつと「お月様のわれわれに及ぼす影響」が遠慮がちに仮説されはじめたのである。

いま、月はわれわれの地球に強力な力を日々及ぼしている。海水を押したり引いたりしているだけではなく、とうてい動きそうもない陸地をも引っぱっている。このいわゆる干満の力が何によって生じているかといえば、むろん引力による。

引力という言葉はわかりにくいが、わかりやすくいえば地球と月のあいだにはたらく重力場の相互作用力のことで、地球や月が私有している〝持ち物〟ではない。あえていえば地球も月も中心に近いところから遠いところへ向けて、重力場の波を送っているとみることもできる。それはシーツの上に重い鉄球を置いたときの〝皺〟のようなものである。それが空間に満ちている。この〝皺〟をもった空間には時間の属性もまじっている。ようするに重力場というのは時空連続体の歪みぐあいのことなのである。

海水や陸地が引っぱられているということは、潮力のみに月が関与しているとみるよりも、海水の一滴一滴のすべてに、また陸地の土くれの一粒一粒に、地球と月にまたがる重力場の管理が行き届いているとみなしたほうがよい。そのように考えれば、海水に棲息する緑藻や扁形動物、あまりの深海にいるために別の海水重力を受けているものたち以外の魚類らが、どうやら月のサーカディアン・リズムの裡にあるかもしれないことが、いろいろわかりやすくみえてくる。

ひとつ例をあげる。

フランク・ブラウンの研究で有名になった実験だが、ロングアイランドの海で採集したカキを千マイル離れた陸地のコップの中に入れても、そのカキは相も変わらず潮汐時にあわせて口を開けたり閉じたりするというのである。なぜなのか。コップの中の海水すらもが、ごくわずかであるが故郷のロングアイランドの海辺の干満のリズムを想い出し、再現しているからだ。こういった例は各地でずいぶん採集されている。海面に群がる多毛虫は月光の量に応じてつねに群の量を変え、ある種のアフリカカゲロウは満月を狙って大量発生し、ジャガイモの塊茎は月が地平線に昇ってきたかどうかを実によく知っているのである。日本では東邦大学理学部の秋山章男が生物と月の潮汐力との関係をいろいろ調べている。

豪雨が月の影響を受けているという報告が『サイエンス』に掲載されたこともある。アメリカとカナダの五十年間のデータを調べたところ、月齢の第一週と第三週の中ごろに豪雨がおこりやすいことが判明したのだった。新月と満月の三日後あたりが危ないらしい。まだ理由はつきとめられていないが、おそらくは嵐の発生に流星塵が関与していて、その流星塵が大気圏に突入する量を月の引力が変えてしまうのではないかと言われている。いずれ天気予報に「今宵の月は月齢三・五、流星塵との接近も見られる模様」などというアナウンスメントが入る日もあることだろう。

こうして、地球と月との間には微妙な重力場と重力粒子による密接な関係のあることが、われわれの生々流転にぬきさしならぬ力を貸していることになったのだ。その最も目立ちやすい現象が、月の重力マントによって海潮が引っぱられている干満現象だったのである。サルヴァドール・ダリに海面の皮をめくる裸の少女と海面の下に眠る犬の絵があるが、あの少女と犬は月の化身にほかならなかったのである。

一方、わがヒト族において月の管理が内側にまで届いていそうな最大の現象は、おそらく女性諸姉をすべからく襲っている月経のリズムだろう。すでに一八九八年にはアレニウスが、一九〇八年にはローマーが、一九二九年にブラムソンが、さらに一九三六年にガスマンとオズワルドが月経の開始が満月と新月のときに多く集中するという記録をとっている。

もともと英語の moon という言葉はラテン語の mênsis から派生し、古英語時代の môna を経てチョーサーの時代に moone となり、シェイクスピア以降にやっと moon に定着した言葉である。その mênsis から mênses（月経）が出ている。

かれらラテン派もうすうす月と女性のリズムの関係を知っていたということだが、残念ながら月経と月の科学的関係は、いまだ充分に研究されていない。いくらヴァギナの形が似ているからといってカキやハマグリのようには調査しきれない。が、この関係を断固として否定できる科学者もいないのだ。なぜなら、女性の子宮にたたえられた羊水は大半が海水の成分を再現できているからである。

ついでながら、月の干満と犯罪発生の関係もかなり以前から関心がもたれてきた話題だが、これも決定的な証拠がつかめないままにある。どうやら怪しい関係があるという程度の仮説なら、これまでもいくつも発表されてきた。『イラストレイテッド・ロンドン・ニューズ』誌がロンドンにおける犯罪発生件数と月のリズムを重ねあわせたダイヤグラムを掲載し、スコットランド・ヤードに警戒をよびかけ、刑事たちが満月の前日にはパトロールを強化したことさえあった。カリフォルニアのセブンイレブン支社が万引きの発生数と満月の関係を調べた例もある。その他の例はのちに紹介する。

月が人知におよぼす影響については、シェイクスピアもとっくに気がついていた。『オセロ』には、「月が軌道をはずれてさまようのだ。いつもより月がずっと地球に近づいたので、人の心が狂いだしたのだ」と言うオセロが、エミーリアに答える最終幕の有名なセリフがある。『オセロ』には別のところでも月が象徴的につかわれていて、第四幕第三場でデズデモーナが「自分の夫をだます女の人がいるなんて」と言い、エミーリアに「おまえはそんなことしやしないわね」と聞く。エミーリアが「まあ、奥様は？」と切り返したとき、デズデモーナが「お月さまの光にかけてしないわ」と答える場面だ。そこでエミーリアも言う、「私だってお月さまの光の前じゃいたしませんよ。でも暗いところならいたしてもよござんすけどね」。

ロバート・ルイス・スティーブンソンの『ジキル博士とハイド氏』のモデルとなったイングランド職工チャールズ・ハイドも、自分が満月と新月のときに予想もつかない行動をおこすのだという法廷陳述をし、弁護士もそれは「間歇性精神病のせいだ」と擁護した。昔日のことばかりではない。一九七六年五月から一年間のあいだだけで、サンフランシスコ金門橋から九人もの満月投身自殺がおこったという記録もある。

こうなると、月よりも遠方の恒星からの信号を目印にして季節移動をくりかえしている渡り鳥だっているのだから、われわれの存在がつねに月的なるものの霊妙な受信装置であったって何らおかしくはないということになる。むしろ問題は、われわれが「月の傘下《サブルナリー》」にあることを忘れすぎていることにある。よしんば月の生理学的影響がはっきりしなくとも、少なくともわれわれは月の文化学的磁場の強い影響のもとにいるはずなのだ。そして、そうでなくては、少女たちが哀しみのまにまに月を眺めて涙する場面の説明がつかなくなるし、女性たちが大きな溜息をつく宝石類には必ず「月の雫」だとか「月の涙」とかの名が与えられている事情も解説できなくなるのである。

4

ところで、長いエッセイをはじめるにあたってもうひとつ言っておかなければならないことがある。それは、「なぜ太陽ではなくて、あえて月なのか」ということだ。

われわれの存在にもたらす影響ならば、生命現象のほとんどすべてが太陽の全面的恩恵によっているし、すこし神秘的な影響を問題にしたいのだとしても、黒点現象と歴史の関係に知られるように、太陽だって充分に遜色はない。神とあがめられた濃度や頻度においては、月神は太陽神の足元にも及ばない。すでに宗教史学者ミルチャ・エリアーデや神話学者ジョセフ・キャンベルがあきらかにしたことだ。文芸における太陽の影響も尊大である。アポロ神話からアマテラス伝承にいたるまで、アルベール・カミュから徳永直にいたるまで、社会のドラマの多くは太陽の過剰と欠乏をめぐってきたとみていいほどである。

それでもなお、なぜ、月は太陽に勝るのか。

われわれには「当のものになりたい」という欲望がある。天台教義では「当体全是《とうたいぜんぜ》」といったりする。その当体を何に求めるかというとき、太陽的な自己を設定するという強い方法がある。これはどんな人間にもひそんでいる光輝ある欲望だ。しかし他方、それとはうらはらに自分を別のものに託してみたいという欲望もある。これを私は「自己の他端への投企」とよんでいる。これは月的な自己ということだ。

いちばんわかりやすい例は「恋」である。

恋愛というもの、自分のことを相手に投入し、相手のことが自分に反射してしまう奇妙な現象だ。このような意識は、われわれがエゴセントリックにはなりきれないことを告げるとともに、自己というものが何かのリフレクションであるのかもしれないというおもいを知らせてくれる。それはまさしく月的な感情というものである。おそらく人類の歴史にも、このような太陽的自己の拡張のための知識の系譜と月的な自己の投企のための知識の系譜とが織りなされ、拮抗しあってきたにちがいない。私はそうおもうのだ。

科学者たちがサーカディアン・リズムの証拠を探していた一九七〇年前後、コリン・ウィルソンは、詩人で神話研究者のロバート・グレイヴズに示唆を受けて大著『オカルト』を書いていた。グレイヴズはT・S・エリオットを感心させた『白い女神』の著者である。ウィルソンはグレイヴズとの議論を通して、構想中の本の第一部第二章を「月の裏側」と銘打った。そして、われわれの歴史における太陽知の系譜に対するに太陰知の系譜の探究に乗り出さなければならないと決断した。

同じような「月の裏側」への投企の計画は、W・B・イエイツの多くの詩にも物語られている。イエイツは人類がアニマ・ムンディ（世界魂）の獲得のために遺したシンボリック・システムを、徹底して月を中心に再構成しようと考えた。それはまた本来の「恋」の起源をさぐるものでもあったのだ。アルゼンチンの国立図書館長となった日に、ホルヘ・ルイス・ボルヘスもやはり「月」に関する同じような計画を実行に移しはじめた。表舞台から忘れられた月の知を歴史の中の深い暗喩の裡に渉猟しようという秘密計画である。そしてボルヘスは書いた、「すべての言葉の中にただひとつ、記憶から再生すべきものがある。それは月という言葉にほかならない」と。

こうした計画は、古代から継承されてきた「未知の知」という感覚を、自己を先方に放り上げながらひそかに擁護しようとする決断にもとづいている。似たような決断をした者はたくさんいた。ウィリアム・ブレイクも与謝蕪村も、アンデルセンも宮沢賢治も、ジャン・パウルもクレメンス・ブレンターノも、ピエール・ド・マンディアルグも澁澤龍彥も、そして私もその一人なのである。これは「月知神の光」ともいうべきものの物語なのである。

しかし、とりあえずの問題は、いったい、何がわれわれをしてこのように月に駆り立てるのかということだ。そしてなぜ、われわれは「それ自体」であることよりも、しばしば「そこからの反映」を愛するようになるのかということである。

まあ、結論はこのエッセイ全体の中に散らすことにする。いまはとりあえず、もっと簡単にケリをつけておきたいとおもう。いったいぜんたい、太陽はみるからに野暮ではないか！　私はそれだけを言っておきたい。

太陽というもの、それは活動をせきたて、いたずらに生産を奨励し、人々に頑丈な健康を押しつけ、法の裁きを決定づける。それに大きすぎるし、熱すぎる。イカロスは太陽をめざしたから翼が溶けたのだ。太陽はめざすべきものではなく、ただ君臨している者なのだ。ラルフ・ウォルドー・エマーソンが一八三八年のトランセンデンタル・クラブの席上、「大人というものは太陽をちゃんと見たことがないのに、太陽の恩恵を自分のものにしたがるものなのだ」と指摘したように、太陽を味方につけようという魂胆にも、いささか出すぎた傲慢がある。

それにくらべ、月はなんともつつましく、なんと清冽で、なんとたよりないダンディズムに包まれていることか。なによりも太陽は熱源であり、月はただ反射をこころがけているだけなのである。これでは、どうみても月の懐かしさに分があると言うべきだ。すでにハネカーが『月光発狂者』の中に次の言葉を綴っていた、「われわれは太陽の暗示のない夢を織り出したいのです」。

如月

遊星的失望をこめて

月を見つめていると、
多様な体験が感情の深みでまじりあい、
時が広がってゆく。

――アナイス・ニン

5

如月《きさらぎ》は「生更ぎ」からの転意で、草木の更生する気配をとらえて古人が与えた名称である。着物をさらに重ね着する季節だから如月だというのは十五世紀の『下学集』が流した俗説だろう。むろん陰暦（旧暦）の二月をさしている。

陰暦はその月の日付がそのまま正確な月齢にあたっている。そこが陰暦すなわち太陰暦の真骨頂だ。十三夜、十五夜、十六夜、二十六夜などの呼称から、立待《たちまち》月（十七夜）、居待《いまち》月（十八夜）、寝待《ねまち》月（十九夜）、更待《ふけまち》月（二十夜）といった典雅な名称も自然誌的なカレンダーに合致する。上弦の月は七日月、下弦の月は二十三夜月なのである。

太陰暦の作成と工夫は世界中で試みられてきたが、とくにイスラムのヒジュラ暦（マホメット暦）は純太陰暦として代表的である。断食月《ラマダン》はその年の第九番目の月の新月から次の新月までになっている。ほかの民族の、ギリシア暦・中国暦・インド暦などは陰陽暦あるいは太陰太陽暦ともいうべきもので、月の満ち欠けと太陽の運行の両方を考慮した。日本が最初に採用した暦もこの陰陽暦だった。

考えてみれば、月の満ち欠けを暦の基礎におくというのは、最も自然な方法だった。月の変化は見た目にいちばんわかりやすく、また日々や四季の生活にとっても劇的だ。中国では、だいたい春秋時代に礼記月齢を確立したのが、月を見て日を定める習慣の開始になった。夜半に月を仰ぎ、明日の気象と活動をおもうにはぴったりの暦法だったろう。

日本ではコヨミという言葉は「日読み」（カヨミ）から出ている。この「日読み」はまさに日々の現象を記憶する職掌のことで、おおむね語り部を兼ね、のちに各地の村落共同体で必ず一人はいる長老のヒジリになった。ヒジリはいまでこそ「聖」の字をあてるが、もとは「日知り」である。日和見という言葉も、もともとは時を測るという意味だった。日本の太陰暦はほとんどが中国からの直輸入で、とくに宣明暦《せんみょうれき》が長期にわたって君臨しつづけたのだが、とはいえ、一般にはハレの日さえわかれば、あとはヒジリになんでも聞けばすんだのである。

このヒジリはもとは語り部である。語り部は生きた記憶のデータベースだった。物語はつねに語り部の記憶の中にあり、物語を取り出したければ語り部を拉致してくるしかなかった。語り部は一人とはかぎらない。むしろ集団であったことのほうが多かったとおもわれる。私は歌人の柿本人麻呂だって一種の集合的なコレクティブ・ブレインだとおもっているのだが、まして語り部はのちの箱根や青墓の語り部集団のように、数人あるいは数十人で物語を記憶するシステムをもっていたとおもうのである。そして、このコレクティブ・ブレインの集団がどのように物語を憶えたかといえば、それが「月日を読む」という方法と合体していたはずなのだ。たとえば「そうじゃ、あれは寒い二月の満月のころじゃった」というように。

このとき、月の満ち欠けが記憶のしくみにとって大きかったのだ。いつもギラギラ光っているだけの太陽ではこうはいかない。月の形がどうであったかということ、その太陰変身律こそに物語のミュトス（筋書き）は依存した。記憶は月の形に結びついていたのである。

ともかく太陽暦と太陰暦は、いまなお併用して使われることが望ましい。私もかつてそう思い立って「ムーンダイアリー」を制作したことがあった。一週間ずつが一ページになり、一日ずつの欄には月齢図と月に関する一行知識がついているというもので、三年にわたってなんとか文房具屋さんにもおいてもらったが、あまり売れなかった。木村久美子の黒に銀の弦月をあしらったデザインで、一部の好事家にはやたらに評判がよかったものの、結局は月明派が少数派だったということなのだろう。杉浦康平のデザインによる有名な写研の「文字カレンダー」も、一九七五年の最初から月の満ち欠けの図をのせている。その杉浦康平に初めて会った夜陰、「ぼくは月がいつも九つほど見えているんですよ」と言っていたのが印象的だった。乱視なのである。

新月から満月を経て新月に至るまでが、二九日一二時間と四四分、これを正真の一カ月としていっさいを感覚する。「一カ月」とか「ひとつき」という以上、何もわざわざ太陽の手を借りることはない。そうして月日をやりすごしたうえで一年のうちに太陽運行とのズレが余ったのなら、全員でその余分を眠ってしまう！　これが太陰暦の立場である。ヴェルギリウスの『農耕詩』にも、農事と野良仕事とは切り離せないはずなのに、「万事は、月に従え！」と書いている。太陽に従うのは当然のこと、だからこそあえて月の指示にしたがうときに、人々は何か新しいことを知るはずだという意味である。同じような気配を、北原白秋は白秋の感覚で次のように謳った。

涌き来る狭霧　むらさきの
地球はかをる　土の息
月こそ神よ　まどかにて

もっとも月が地球を一周するのは二九日一二時間四四分より約三日ほど短くて、二七日七時間四三分ですむ。三日の誤差は月が地球を巡ろうとするそのさなかを地球も太陽を巡るからである。

新プラトン学派の泰斗であり博学大知当代にくらぶる者のなかった古代ローマのプロティヌスなどは、数値を挙げて「三日の誤差」とはさすがに言えなかったものの、地球の周行と月の周行の微妙なズレを暗に仄めかして、こう書いた。「神秘とはこうしたものだ。ひとつの現象ともうひとつの現象とが相似ていながら、重ねようとすると少し違っている。神秘はそうした誤差にある」。

このプロティヌスの見解は「あるものはつねに似ている」という現代思想が忘れ去ってしまった重大命題を想起させる点においても特筆すべきだった。私はそのような〝本来〟に合点がつくことを黒森の哲人マルティン・ハイデガーにならって「根本偶然」と名づけてきた。そして月は、われわれにそのような「根本偶然」を告知するに他の追随を許さなかった第一人者でありつづけたはずなのである。

6

二月の月は、また寒月である。「寒月やいよいよ冴えて風の音」と荷風は詠んだ。寒月というと、私はたいてい二人の、いまはあまり読者のいない韜晦詩人の名を連想する。北川冬彦と安西冬衛である。

二人とも名前に「冬」が棲んでいるし、二人ともいかにも厳寒の気魄をもって凍てついた詩をつくった。北川冬彦の詩集題名は『三半規管喪失』『夜陰』『氷』であり、安西冬衛の詩集名が『軍艦茉莉』であって『韃靼海峡と蝶』であってみれば、この連想はあながち無謀というわけでもない。おまけにこの二人の〝冬の棲む詩人〟は月を謳うにまことに冴えわたった詩魂を発揮した。ここは寒月にちなんだ冬彦と冬衛から月の詩を紹介してみたい。冬彦の詩はこんな調子だ。

「あたし、それを壁に掛けて毎日眺めたいの」。
「何を?」「あれよ!」。
彼女の魚のやうな指をたどると、昼の月が燻んだ街をうつすらと飾つてゐる。

「ねえ、とつて頂戴よ」。

これは『検湿器と花』に収められた「昼の月」と題する詩の冒頭で、この調子で男と女のかすかに頽廃的な物語がすすみ、おしまいにこの「昼の月」が落ちてしまうことになっている。漫画誌『ガロ』の南伸坊編集長時代に登場していた佐々木マキや鈴木翁二らの作品には、どこかこのような冬彦的センチメンタリズムが生きていた。

もうひとつ、『豚』という新月の夜に関する奇怪な作品がある。私は稲垣足穂の小品『レーディオの歌』の導入部にこの『豚』のイメージが少しく投影しているように憶測するのだが、どんなものか。冬彦の次の一節と読みくらべていただきたい。

新月。山間の隧道から貨物列車が出て来た。列車は忽ち、谿川に出逢つた。深夜の谿川は列車を引き摺つて二哩流れた。やがて、谿川が北に折れるときがきた。列車は小児の如くよろめいて築堤の上から転落した。暫くすると、谿川の真中に黒々と横たはつてゐる列車の腹が音もなく真二つに割れて、中から豚がうようよと這い出た！　豚。豚。豚の群れは二哩の谿川を一斉に遡り始めた。

冬彦に較べると、冬衛のほうは「類推の悪魔を馭する男」と自称していただけあって、さらに鮮烈だ。『軍艦茉莉』も最初の「月の出がかすかに、私に妹のことを憶はせた」というあたりはまだおとなしいとしても、ここから十数行もスタンザが進まないうちに突如、「月はずるずる巴旦杏《はたんきょう》のやうに堕ちた」などという図抜けて攻撃力に富んだ一行があらわれる。

もともと「てふてふが一匹韃靼海峡《だったんかいきょう》を渡って行つた」の一行詩をもって当時の詩文界を震撼とさせた男である。そんな一行に急に出喰わしても驚くことはないのだが、ことが月球的なるものに及んでいて、それがしかも「ずるずる巴旦杏のやうに」などと一気に表現されると、やはり当方はどぎまぎとせざるをえない。冬衛の「巴旦杏のやうに堕ちる月」は、小笠原靖和の一句「自転車の構造を出る春の月」と並んで月の出入りに関する双璧の表現であろう。ちなみに、冬衛は二月の寒さが好きな詩人でもあった。『二月の美学』にこんなおもいを打ち明けている。

短い二月の美しさは
娼婦ツウインガレラの荒れた頰にほのぼのさす化粧の色
二月は
そんな哀しい月

ところで、冬衛が一八九八年、冬彦が一九〇〇年、二人はまさしく二十世紀の開幕とともに誕生する。一九〇〇年はマックス・プランクの量子定数誕生の年でもあって、この年以降、世界は未曾有の量子的消息に見舞われる。さらにミンコフスキー時空連続体とヒルベルト空間が生まれ、ヴントの民族心理学、フロイトの『夢判断』、チャンドラ・ボースの電気神経学が生まれている。五年もたてばライト式飛行機とアインシュタイン相対論が空間に異常を与えることになる。この二十世紀第一日目にニーチェが死んだのもまことに象徴的であった。

その一九〇〇年近辺に、冬彦、冬衛をはじめとする日本の月球詩文学派が集中して産声をあげていた。一八九六年が宮沢賢治、牧野信一、犬養健、九七年が中河與一、十一谷義三郎、九八年に吉田一穂、安西冬衛、九九年には萩原恭次郎が生まれた。一九〇〇年が稲垣足穂、北川冬彦だ。そして一九〇一年から高橋新吉、龍胆寺雄、小熊秀雄、春山行夫、北園克衛とモダニストがつづいて、「ポッカリ月が出ましたら」の一九〇七年の中原中也に至る。

これはまったくルナティック・ラインダンスともいうべき壮観である。

かれらは共通して青少年期を大正浪漫のなかにおくり、アドレッサンスの余韻の残る多感な二十代を昭和エレクトリック・シティに突っこませている。かれらはおおむね背広を着たツクヨミノミコトたちであり、月神アルテミスに恋慕した者たちなのだ。そして、かれらの祖父は「月は青白い幽霊のやうな不吉の謎」であると『月に吠える』の序文に書き、「花瓦斯《はなガス》のやうな月夜のいぢらしい蝶類の騒擾」を『青猫』に描いた一八八六年生まれの萩原朔太郎だった。では尊父はというと、エマーソンやスウェーデンボルグやメーテルリンクを日本に入れた一八七三年生まれの神秘的半獣主義者・岩野泡鳴というところだろう。叔父さんは、そう、一八八五年生まれの北原白秋だったろうか。隣の兄貴分は、さしずめ『月映《つくばえ》』の主宰者だった恩地孝四郎である。

そこでふとおもうのは、もし十八世紀イギリスの、ニューコメンの修繕屋で蒸気機関の発明家ジェームス・ワットやフランクリンの友人で酸素を発見した牧師ジョセフ・プリーストリーらのバーミンガム学派が、三々五々フロックコート姿で月夜に集結し、なにやら自然神学めいた悠久の話題を語りあったという「ルナソサエティ」を日本に持ちこむのなら、きっとこの賢治から中也に至る月球派紳士族をこそ「日本ルナソサエティ文芸部」に推挙するべきだろうということである。

実のところはかくいう私も一九七七年からの数年間、渋谷松濤のブロックハウスに「ジャパン・ルナソサエティ」を秘めやかに主宰していたのである。勝手気儘な会員は中井英夫、長新太、荒俣宏、まりの・るうにい、楠田枝里子、山尾悠子、鎌田東二、武田好文、羽良多平吉、南伸坊、渋谷恭子、真壁智治、倉田江美、佐藤薫、佐々木光、中山銀士、吉川正之、前田朝子といった面々である。なに、満月に酒と肴を持ち寄って、雑談やら雑俳やらを遊ぶというだけのことだった。ただ、屋上には天体望遠鏡の一台が必ず待っていた。

7

月は地球に対して、いつもいつも同じ顔を見せている。これは月が自転していないからではない。月の公転周期と自転周期がなぜか完全に一致しているからで、ちょっと厳密にいえば「月は地球に対しては自転していない」というべきなのである。

月は裏側を見せない。それならわれわれは月の半分しか見ていないかというと、そうでもない。たとえば月面の東の周縁にあるスミス海などはあるときはまったく見えないのに、あるときはその全域が見える。月がわずかに振動しているせいなのだ。これを秤動《ひょうどう》という。この秤動のおかげでわれわれは月の全体の五九パーセントを見ていることになる。残り四一パーセントが真の裏側である。

月が真の裏側を見せてくれないとなると、なんとかそこを覗いてみたくなるはずだが、なぜか人類は月の裏側についてはほとんど想像力をはたらかせてこなかった。わずかに大胆な夢想をたのしむ名うての神秘主義者たちのいささか無謀な議論があるだけで、人類は月の裏側に対してはまったく無知だったのである。むしろ想像力は裏側に対してではなく、月がなかった時代に対してはたらいた。ギリシア人侵入以前のアルカディア地方に「われわれは月が天にある以前からここに住んでいた」という記録があるのは、その有名な例のひとつである。そこでギリシア人たちはかれらを「プロセレネス」(月神セレネー以前の人々)と呼んでいた。

もっとすごい推理は、ハンス・ホエルバイガーのいわゆる「ヴェルトアイスレール説」(世界氷結説)によるものである。ホエルバイガーはノアの洪水に代表される世界的洪水の原因を空想して、洪水は月が地球に近づきすぎておこったのだと考え、それはだいたい紀元前一万二〇〇〇年ころだとまで言ってのけた。そして、月が近づく前の人類とそのあとの人類とを分けたのである。一九五〇年に発表された『衝突する宇宙』で大旋風をおこしたイマニュエル・ヴェリコフスキーが展開した議論では、この月誕生以前と月誕生以降の両世界が彗星接近以前と以降とに分けられている。

では、われわれはいつから月の裏側について語りはじめたのか。それははっきりしている。一九五九年十月七日からなのだ。

この日、月の裏側の画期的な電送写真が地球の北側に送られてきた。ソ連の打ち上げたルニーク三号が六五〇〇キロの距離まで月面に近づいて撮った写真だった。もっともルニーク三号の写真は裏側だけを撮ったものではなく、月の表側との中間部を撮っていた。撮り残した部分は六年後の一九六五年七月二十日、やはりソ連のゾンデ三号が送ってきた。その後はアメリカのレインジャー号やルナ・オービターが活躍し、八センチと六〇センチの二つの焦点距離レンズによって、月面上一〇〇メートル単位の精度の画像をきっちりつくりあげた。

というようなことで、われわれの文化史はもっぱら月の表側の光景にだけ関係してきたのである。そして月の表側と地球との親密で不変の関係に、ひたすら格別の感興をいだくことになったのだ。それがシ・ルナー空間である。シ・ルナー空間とは月球がこちら側を向いている空間のすべて、すなわち月と地球との間の月光に満ちた空間をいう。

このシ・ルナー空間に憧れてヨハネス・ケプラーの『ソムニウム』(夢)があり、つづいてフランシス・ゴドウィンの『月の男』やシラノ・ド・ベルジュラックの『月世界旅行譚』が綴られたのだった。私が長年にわたって偏愛してきた文学は、まさにこのゴドウィン＝ベルジュラック放物線の延長にある。十五、六歳のころ、エドガー・ポオの『ハンス・プファアルの無類の冒険』やジュール・ヴェルヌの『月世界へ行く』に夢中になって以来、私は、この月に焦がれた想像力の冒険者たちにぐいぐいと引っ張られながら、つまりは最初はマージョリー・ニコルソンの描いた歴史に沿いながら、ついでドイツ浪漫派の「夜の側」の賞揚に幻想科学の香気を伝えられて、月に誓いをたてたくなってきたわけだった。

とくにジャン・パウルの『巨人』で、主人公アルバーノが山上の眠りで見た夢に奇妙な水柱が出現し、この水柱をアルバーノの涙が押し上げた場面を読んだとき、私に確実な月への転換がおこった記憶がある。パウルはアルバーノの涙は足りなかったと書く。そこで彼は静脈を切り開いて、血によって水柱を高く上げる。すると彼の血が水柱を竜巻にし、彼を光の放つ方向へ導くのである。そこでアルバーノの目が醒める。そして、初めて気がつくのだ。光とは月だったのか！

西洋式シ・ルナー空間探検の伝統は今日なお継続している。イタロ・カルヴィーノの『柔らかい月』などのハイパー・ファンタジーに、「月は文字通りスポットライトのように燃え上がっている」と綴ったラリイ・ニーヴンの『無常の月』などのSFに、さらには満月に少年たちの自転車を飛ばしたスティーブン・スピルバーグの『E.T.』の映像に、それぞれつながっている。いずれそのいくつかにふれて〝西洋の月〟を論じるつもりだが、その量は実にうんざりするほど、そのため比較的よく読まれているにもかかわらず、どうみてもつまらないロバート・ハインラインの『月を売った男』などのような三流品も多くまじることになる。

その玉石混淆ぶりからすると、泡鳴・白秋・朔太郎にはじまる日本の月球派紳士族の作品はよほどに均斉がとれていることをここで強調しておかなければならない。このことを確認しておいたうえで、今宵は冬彦と冬衛に言及したついでに、やはり忘れられた作家の一人である牧野信一について少しく語って、如月の月の淡光を身に染めることとした。

8

牧野信一の父親は電気技師でアメリカの軍艦の乗務員だった。牧野はこの父親からアメリカ製品を送られ、反発しながらも幻燈や英会話に親しんだ。長じてはギリシア古典と中世伝説に通暁し、『ファウスト』と『ドン・キホーテ』を語らせたら右に出る者がいなかった。小林秀雄、井伏鱒二、坂口安吾、三好達治らは、昭和五、六年にはすっかり牧野の感覚の牽引のなかにいた。

その牧野信一に『吊籠と月光と』という小説がある。

小説とはいっても牧野の作品はどれもこれもエッセイふうにはじまって、そのうち酒場から帰った作家が急におもいついて原稿用紙に「彼は……」などと書き出すようなぐあいであって、いささか強引に虚構を入れこんでくる作風だから、小説とよんでいいかどうかはわからないのだが、その唐突な手口に慣れた者にとっては、『吊籠と月光と』はある種の根源的郷愁を誘う作品になっている。

題名は、主人公である「僕」が自分の中に棲む三個の人格を月の輝きわたった白い街道に運んで行ってインディアン・ダンスをさせてみたい、という空想にもとづいている。その「僕」

のなかに棲む三個の人格の分別がおもしろい。まずAは「諸々の力が上昇し下降して黄金の吊籠を渡し合うこと」を夢想している樽の中の哲人ディオゲネスばりの呑気な芸術家で、大人になっても昆虫採集をしたり、月を欲しがったりする。Bはエウリピデスの悲劇を退けたストア学派のようなスピリチュアリズムの倫理を日々に採用しようとする人格である。Cはいわばピサの斜塔に籠って大小数々の金属球を落下せしめて一秒毎に真相を定めようとする科学的な血の流れをもつ人格だ。

そこで「僕」はこの三個の人格を、ある日おもいついてシラノ・ド・ベルジュラックやハンス・プファアルよろしく彼方の諸国遍歴をさせようとする。この構成は空海の『三教指帰《さんごうしいき》』をおもわせる。なかなかふるっているのは、芸術家気取りのAをバンヤンの嶮路にさし向けて悪魔と戦わせ、道徳家ぶっているBをラ・マンチャの紳士と相対せしめて珍問答をさせ、真理探究にいそしむCには、ガリヴァー船長が訪れた飛行島の中にあるラガト大学のインチキ科学実験室の見学をさせたい——と想うくだりだ。自身の個性を典型的な三極真空管に分身させたうえで、さらにこれらにそれぞれ対立する「反世界の魔」を配するあたりが心憎い。こうして最後に「僕」は、「呪われた原子哲学よ、嗤うべき小芸術よ、惨めな感情の風土よ！」と言い残して吊籠に乗って月世界に赴くという寸法だ。

この作品に凛と漂っているものの名は、まさしく「遊星的失望」というものである。あるいは「地上とは思い出ならずや」という気分である。たったひとつ地球だけが取り残されているという、この香ばしい失望が牧野信一を支えてきたものだった。しかし私なら、牧野信一に続けて次のように言いたい気もする。「しょせん僕たちは地球にしがみつく俗流の狂気には倦いた者たちだ。いままさに悠然たる速度で遠のきつつある月の如くに、いましばらくは回遊を重ねて地球を眺めのよい星にしたい。諸君、いまや遊星的失望こそが救いなのではありますまいか！」。

ここで「遊星的失望」とは、本書が隠しているアンダーモチーフのひとつであって、もともとは「遊星的郷愁《プラネタリー・ノスタルジー》」から導かれてきた感慨だ。これは、しょせん地球からは脱出できないこの身なのだから、せめて地球に生まれてきたことを失望しつつ、けれどもやはり地球にしか生まれえなかった自身の宿世の余分の息を、いっとき届かぬ月に託しつつ、いたずらに月の話などしてみようという、そういう感慨だ。しかも、そのことを誰かに説明したいような、誰にも説明などしたくないような、そんな奇妙な感慨なのである。

あえて言葉にするのなら、さしずめ種田山頭火の句「月があかるすぎるまぼろしをする」のようになっていく。まさにこういう幻をするという感覚なのだ。

ちなみに、あまり知られていないようだが、山頭火には月の句がそうとうに多い。以下はそのうちのごく一部、ぼんやりと、ただし一句を二度ずつゆっくり読まれたい。そうすれば、私のいう「遊星的郷愁」や「遊星的失望」がそれほど寂しいわけでもないことが、けっこう月が勝手な趣向であることが、それぞれわかってもらえるだろう。

ふるつくふうふう月がのぼる

月も水底に旅空がある
待つでも待たぬでもない雑草の月
月が冬木に墓むきむき
どうでもここにおちつきたい夕月
月のあかるさがうらもおもてもきりぎりす
腹いっぱいの月が出ている
帰りは、ひとりの、月あるいっぽんみち
月がまろい夜を逢うて別れた
お月さまがお地蔵さまにお寒うなりました
月夜の道ばたの花は盗まれた
三日月、おとうふ買うてもどる
月へひとりの戸はあけておく
月があかるすぎるまぼろしをする

花月

月がとっても青いから

思い出はむかし室町で見たまるい月

——鏑木清方

9

三月はふいに死にたくなる月だ。

逍遙する街路の傍らの芽もふいて、本来ならばおおきにベルグソンの生命的飛躍《エラン・ヴィタル》を痩身にさえおぼえるところだが、花の咲くのサクは、もともと古代語サキを語源にもつわけで、それは「裂く」や「先」や「坂」を同根とする「先っぽ」への最後の昂揚のことであって、たとえば桜の乱れ咲くを見ても、むしろ妖しくなるばかりなのである。

梶井基次郎のあまりに著名な考察「桜の樹の下には屍体が埋っている」をもちだすまでもなく、また近くは篠田正浩の『満開の桜の樹の下で』が撩乱の桜吹雪にくりかえされる耽美的殺戮を映像とし、東松照明や森山大道が桜の狂気をカラーフォトグラフィあるいはシルクスクリーンとしてグラフィズムにしたのを想起するまでもなく、花は一途《いちず》に死相の美学を伝播するものだった。

いや、そうした美学伝播のひとつの源を新吉原は仲の町の夜桜にまかせてもいい。あれは毎年三月一日に植え、晦日にはわざわざ根こぎして取り去る大樹であった。そうして一樹にはかない命を託してしまうのが桜の真髄、だからこそその真髄を引いて助六の『由縁江戸桜《ゆかりのえどざくら》』が舞台になったのだった。仲の町の桜の出現が寛保元年、翌年すぐが助六の舞台化である。その桜の、とりわけて夜桜の妖しさは、その後は菱田春草や松林桂月をへて、昭和の土方巽の舞踏や鈴木清順の映像に、さらには平成の勅使河原宏の『豪姫』の茶会の場面や奥村靫正の日本画グラフィズムにつらなるものであるのだろう。

花にまして死を誘う張本人に月がある。

ふたたび梶井基次郎を例にとれば、その香り高い小作品『Kの昇天』が、海辺の満月に魅せられてみずからの月影に曳行されて死んでゆく主人公Kの絶景を扱っていた。この「月光殺人の譜」というものは、このほかアマデウス・ホフマンやモーリス・メーテルリンク、あるいはブラックウッドやラブクラフトら多くの幻想作家の一度は扱う同工異曲らしく、わが国でも幻影城の主人・江戸川乱歩が近代ビルの真夜中を相手どって、満月の夜に次々におこる怪奇殺人事件に仕立てている。内田百閒の得体の知れぬ短編『件《くだん》』では多少ひねりが加わって、体が牛で顔だけが人間の姿をした〝件〟という化物である私が、黄色い大きな満月の夕べに群衆に囲まれて、あと三日しかない生命を見つめるという筋になっている。

こんな話をしはじめたのは、死のエスセティシズムを漂わせる「花」と「月」の両方をぽんと並べて「花月」とし、これをもって「三月」の異称にあてている趣向を審らかにしておきたかったからである。「弥生」ではあまりにも三月が鷹揚になりすぎる。

加うるに「花月」とは、謡曲に多少の関心のある者ならば、誰もが知る現在能『花月』に出てくる七歳の折に天狗にさらわれた美少年の名でもある。父とともにしばらく謡曲をやらされていた私には、面喝食《めんかつじき》・喝食鬘《かつじきがつら》・後折烏帽子《えぼし》の花月が能舞台正面に登場して最初に言う口上、「そもそもこれは花月と申す者なり。ある人わが名を尋ねしに答へて曰く、月は常住にして言ふに及ばず云々」がいまなお忘れられないでいる。とくに「月は常住にして言ふに及ばず」が極上だ。これは、「月」とは最遠の理念であり真如の道理そのものだといった意味である。王朝以来の花鳥風月・雪花月の美意識を踏襲し、さらに月に寄せるおもいを赫々とした哲理にたかめようとしたあげくの言葉であった。なんといっても「常住」を越えようとしているところがいい。

能『花月』はまた「花」の意味を次のように謡っている、「花は因果の果に通ず」というふうに。これまたなんともやるせない花である。では、それならなぜ月や花はやるせないのか。われわれはどうしてそんな気持をもってしまうのか。

10

ヒトはなぜ立ち上がったかという問題がある。難問だ。
ふつうは直立二足歩行問題といわれている。サルが樹から降りて両足で立ち上がり、両手を自由にしたことをいう。ハイハイしていた幼児が「あんよは上手」で立ち上がる驚異と関連して、すこぶる重要な場面をめぐる問題だ。

しかし、これまでの仮説にはあまり説得力のあるものがなかった。つんのめりながら走っているうちに、結局二足歩行になったという説明ばかりが多く、それではエリマキトカゲと変わらない。が、この点についてははなはだ素っ頓狂ではあるが、まことに興味深い解答をした男がいた。津島秀彦という量子神経学者である。私は彼と一九七六年に『二十一世紀精神』という対話をしたのだが、その一書の中で彼は私の質問に答えて言下に言ってのけた、「月が遠ざかったからですよ！」。

地球から月が急に遠ざかったので、わが祖先たちは「ああっ」と驚いて思わず立ち上がってしまったというのである。これには仰天した。大笑いもした。しかし、長い目でみれば、ひょっとするとそんな事情もあったのかもしれないとおもうのは、人類が一斉に立ち上がったかどうかはべつとして、月が地球から遠ざかりつつあることは天文学的にも正真正銘の事実であるからだった。

実は、現在でも月は一年に三、四センチほど地球から遠ざかっているのだ！

この計算を三〇億年前に適用してみると、なんと太古の月はわずか六日というべらぼうなスピードで地球のまわりを公転し、しかも地球から一万八〇〇〇キロあたりの近場をふらついていたということになる。現在の地球と月の距離が三八万キロであることにくらべると、いやはや三〇倍も近かったことになり、それならさらに、そのころの月はきっと「お盆のように大きな月」であったろうという推理も成立してくる。これならば十二単衣《ひとえ》のかぐや姫だって裾をからげてふと地球を訪れたくなろうというものだ。もっともこの時期は、地球の回転もめちゃくちゃに速かったから、はたして姫は無事に軟着陸できたか、どうか。

ついでにもうひとつ大事なことを言うことになるが、月は地球からもっと遠ざかり、いずれはシ・ルナー空間の重力場から解放されてどこかへ飛んで行ってしまう運命にもあるということだ。このことについては、のちにふれたいとおもう。

さて、このように太古の月が地球の近傍を周転していたとすると、もともとの原始月は地球からひきちぎられた〝地球の子息〟であったのではないかという憶測をしたくなる。はからずも月の大きさは太平洋の広さにすっぽりあてはまる。きっとどろどろのスープ地球が今日よりもずっとすばやく自転していたころ、巨大な遠心力が地球の赤道部をひきちぎったにちがいない。だから太平洋ができたのだ——。おおむねこう考えたのが、ダーウィン二世のジョージ・ダーウィンである。この仮説はなかなかの人気を博した。「月は地球の分身なんだ」とおもえば、一夜の月見もいっそういとおしくなるからである。

しかし、このダーウィン説には決定的な無理があった。もし地球から一万キロあたりの空間にひきちぎられた月が生まれたとしても、地球の潮汐力でその息子は分解して無数の破片となってしまうにちがいなく、その節は地球は月という衛星をもたなくなるかわりに、土星の輪に似たすばらしい指輪をはめることになるはずだったからである。それでは、月が地球の御曹子ではないとしたら、彼はどこからやってきたのか。

私の無責任な言い方なら次のようになる。月は地球と同様に太陽の生んだ子ではあろうものの、生まれてまもなくどこやらに双子の兄弟の片割れとして消息を断ち、やがてふとした機縁で地球圏に近づき、しばらくはこれを定めとして地球を旋回していたのだが、しだいに地球のありきたりの興亡に倦いて、いままたゆっくりとここを離れようとする者である……。

ともかくも、月は地球の近くにあったのに、だんだんわれわれから遠ざかっている。そこでこんな説明がほしくなる。リチャード・ドーキンスの文化遺伝子「ミーム」（いわば意伝子）の概念を借りて言うのだが、われわれの遺伝子や脳には月がだんだん遠のいていったという古来の記憶が伝播されていて、それが月に対するはかなくやるせないおもいを駆り立てているにちがいない。それなら「月のミーム」がわれわれのニューラル・ネットワークにはいまなお流れこんでいるはずだ――まあ、そんな説明である。

11

ひきつる水平線・水の落魄・回帰線――。こんなふうに海の彼方にふくらむ原始の潮汐力を詠んだのは『黒潮回帰』の詩人・吉田一穂だった。私は北海道生まれの一穂を〝ブラキストン線の向こう側の詩人〟と名づけてきた。かたやゴール人の血と闘い、熱砂のアフリカに彷徨したアルチュール・ランボーは「陸地の潮流と引潮の巨大な轍が東に向かって円を拡げる」（海）と、世界歩行者としての観察を鋭くした。

地球をくまなくうねる潮汐力は想像するだにすさまじい。海ばかりに潮汐力があるわけではない。地球全体が静かに呼吸する。陸地も月に引っ張られているという話をしたが、この引っ張りぐあいは計測されている。なんと一日に三、四センチくらいが引っ張られ、また元に戻っている。これを一カ月の単位でみると、二度にわたって二〇センチも上下する。ランボーの「陸地の潮流」とはおそらくこの大地呼吸に対する直観でもあったろう。

もともと潮汐力の原因には地球と太陽と月の三体が関与する。

これをアンリ・ポアンカレの三体問題という。ポアンカレはここから今日のカオス理論につながる仮説をたてた。私がいま夢中になっている理論のひとつだ。それはともかく、地球起潮力のデータはまだ正確なものが出ていないが、太陽の起潮力は距離が遠いために約半分の力になっている。太陽と地球と月がほぼ一列に並ぶ新月時や満月時にはこれらのそれぞれの起潮力が重なって、いわゆる「大潮」となり、上弦の月や下弦の月のころは力が直交して弱めあって、「小潮」となる。この激しいリズム現象が、船の男たちを狂わせる六時間ごとに向きを変える潮流を生む。「ひねもすのたりのたりかな」の春の海も、その内情はむしろ「のたうつ」に近い様相というべきなのである。

ここで、ちょっと思いあわせたいこと、突然に付け加えたいことがある。それは、ヒトザルからヒトに向かったわれわれの祖先たちは、いったん気が変わって海に入ったのではないかという仮説だ。

この仮説はもちろん実証されているわけではないけれど、人体にひそむ夥しい海的要素を説明するために立案された仮説だった。ＬＳＤをのみながらアイソレーション・タンクで瞑想を続けているうちに地球外情報局の声を聞き、おまけに人間とイルカとの発生的同一性に着眼したというジョン・リリーは、この説に一も二もなく賛成である。私は一夜、竹村真一君の箱根の別荘で八十歳を越えたリリーとそんな話題をたのしんだ。リリーはヒト族とクジラ・イルカ族は系統樹の同じ枝から分かれたと考えていると言っていた。『裸のサル』のモリスなどもこの説をとっている。

ではもし、われわれがいったん海に入ったのだとすると、どういうことになるのか。海の潮汐力を体内で憶えているということになる。遺伝子コードにも貯蔵《ストア》されているかもしれない。そうなると、さきほどの直立二足歩行の開始についても、いささか「体内の月」の関与を持ち出してもいいということだ。そうだからといって説明が立派になるということはない。なにごとも暗示的な世界の話なのである。

いずれにしても、陸地を二〇センチもリフトする潮汐力はわれわれにいろいろの影響を与えてきた。ヒトザルの立ち上がりはともかく、その後の文化史や社会史にも月は介入してきたのである。こんな例もある。

一九五〇年を境にした前後十年の生産率統計を調査したムネカー報告では、月が満ちていく時期の方が欠けていく時期より生産力が集中するという。満月直後が最大値で、新月に向かってしだいに減少するというのだ。クラウス＝ペーター・オッセンコップも似たような研究に没頭した。女性ホルモンと月齢との関係を調査して、月が地球電磁場の〝しっぽ〟に影響をおよぼすという仮説をたて、満月には月が電磁場の〝しっぽ〟を横切るため、月からのエネルギー粒子が異常に多くなると主張した。もっと変な研究もある。あるオタクの計算によると、プロ野球の清原和博のホームランや打率の上昇が確実に満月に向かって肥えていくらしい。すでにのべた女性の月経周期についても、スパンテ・アレニウスが一万件以上の月経報告をもとに「月と女のメロディ」の記譜をした。そして女性が体内に太陰暦をもっていることをつきとめた。

月と御婦人の関係ばかりではない。米国医学気候学研究所の『人間行動に対する満月の影響』という、まるで中世の城館にでも保存されていそうな主題の報告もある。放火・盗癖・衝動殺傷などのメンタリティの高い犯罪は、満月の前後に異常なピークを示すというものだ。一九五六年から七〇年までの三八九五件の犯罪事件を調査したマイケル・リーバーの報告書やカリフォルニアのバークレイ・ライト研究所の報告書でも似たような結論が出た。これなど、さしずめ〝二十世紀の狼男〟の実在を裏付けたかったのだろう。こうしたヨーロッパにおける狼男のイメージは、古くはオウィディウスのリュカオンの物語やマリ・ド・フランスの『ビスクラヴレット』のレー（中世短詩）のころから悪魔のメタファーとしてあらわれていた。

ともかくも、月の力は意外なところに及んでいるのだ。ハリー・ラウンズはゴキブリの心臓が満月や新月になるとドキドキする理由を調べるうちに、血液中の化学物質が増減することに着目し、ストレスと月の関係を唱えるにいたった。ストレス下にある心拍を月が地球の電磁場を通してあれこれ左右しているという見方である。元イリノイ大学の病理学者ウィリアム・ピーターセンも「大気にも潮汐力がある」とみて、その生体への著しい影響を数値化した。

私の友人の電気心理学者の研究は人体における電位差の解析にあるが、それによると頭部と胸部の電位差が最も激しくなるのは煌々たる満月時であるという。この研究はアメリカの精神病理学者レオナード・ラビッツにはじまる着想で、ラビッツはそろそろ「月による精神病の発生」に関する確証を得つつあるそうだ。しかし、これについてはすでに二十世紀初頭にD・H・ロレンスがとっくに予言を書いていた。

月は大いなる輝かしい中枢神経である。

まったくわれわれのニューラル・ネットワークは月の雫で織りなされたのかと言いたくなってくる。

12

戦後のいっとき、『月がとっても青いから』という流行歌があった。だから「遠まわりして帰ろう」というのだが、遠まわりして何をするのか、菅原都々子は歌っていない。
昭和三十年のこと、石原慎太郎が『太陽の季節』を発表した年の、アメリカではディズニーランドが、日本では船橋ヘルスセンターが開園した年の、清水みのる作詞の歌謡曲である。歌は二番で「月の雫に濡れながら、遠まわりして帰ろう」となり、三番では「月もあんなにうるむから」となっていく。なんだかびしょびしょの月のようだが、きっと青い月光がなんとなく気持ちを変化させたというのだ。月光の寓意を織りこんだ歌はおびただしく多い。しかも大半はせつない恋心を月に託すという歌詞である。それでも、時代の折々の言葉が月の感覚に投影していて、それはそれで参考になる。

日本の歌謡曲で、月を持ち出して代表的なのは『りんご追分』だったろう。りんごの花びらが月夜の風に散ったというだけのフレーズを、米山正夫の名調子に乗って美空ひばりが信じられないテクニックで連綿と歌いあげる。ひばりが「月夜に、月夜に、そうっと、ええーええ、えーえーええー」と長くくりかえすところ、そこはただ暗渠に光る月だけが津軽を支配しているように聞こえてくる。その後の月の歌は『月の法善寺横町』を筆頭にいささか乱脈気味になり、なんだか星も月もいっしょくたになっていった。それがやっと新しい感覚で月っぽさが戻ってきたのは、やはり山口百恵くらいからだったろうか。

一番が「月夜の海に二人の乗ったゴンドラが」、二番では「三日月模様、空が尖ってゴンドラも」、三番で「月は光を朝に隠して影だけが」という歌い出しの『夢先案内人』は、突っ張った表現で岩谷時子以降の作詞界の話題をさらった阿木燿子の言葉である。中森明菜の『水に挿した花』では「三日月からプラチナの光がもれる」いう金属的な月光が出る。松任谷由美の『満月のフォーチュン』は「満月をよぎる雲のストロボに照らされた」と、月光の青がストロボの青い光に見立てられた。月の光がプラチナやストロボのメタファーになるのは、やはり一九八〇年代に入ってからのこと、ソフトマシーン時代らしい借り物だった。ともかくも、恋の歌には安手の月光がひっぱりだこだ。しかし、月光が男女の深層心理や下意識におよぼすやるせない影響そのものは、歌謡曲ばかりではなく音楽全般におよんでいる。

ロックギターに信じられないほどの革命をもたらし、あっけなくドラッグで死んでいったジミ・ヘンドリックスに「月が青けりゃ薬をやるさ」や「月の光を呑みほしたい」の文句があるのを知ったときは、これはなんだか見捨てられない符牒を感じたが、そうでなくとも、たとえばキングクリムゾンの『ムーンチャイルド』、デビッド・ボウイの『ムーンエイジ・デイドリーム』、ピンクフロイドの『ダークサイド・オブ・ザ・ムーン』からプリンスの『チェリームーン』にいたる、ちょっと有名すぎるロック・ムーンの砲列には、イドだかエスだかは知らないが、もともとアルタード・ステーツ（変成意識）のひとつやふたつが奥深く表象されているはずなのだ。ましてやジャケットに満月をあしらったTレックスのマーク・ボランにおいてはなおさらだ。きっと音と月光の関係には、やはりベートーベンのソナタ『月光』以来の因縁というものがひそんできたというべきなのだろう。

だが、私はベートーベンの月光はあまり好まない。月に対して直接的すぎるのだ。それならドビュッシーのピアノ曲『映像』第二集の「荒れた寺にかかる月」や、またはラヴェルの『夜のガスパール』の第三曲の「スカルボ」のピアノである。またシェーンベルクの『月に憑かれたピエロ』の第一曲で月を酒に譬えたフルートとチェロとヴァイオリンとピアノの「月に酔い」や第十八曲のピッコロとバスクラリネットが加わった「月のしみ」がいい。

オペラ劇場にも月光は出る。私が好きな舞台背景の月光は、ヴェルナー・ヘルツォーク演出のワーグナーの『ローエングリン』でエルザが祈ると白鳥の曳く小舟に乗った騎士の背後に出る朧月光、同じくワーグナー『トリスタンとイゾルデ』のラストシーンでアウグスト・エヴァーディングが出した海上の月とその光、よく知られているところではモーツァルトのフリーメーソン・オペラ『魔笛』で、やはりエヴァーディングが夜の女王を月の中に入れた場面などである。もっとも『魔笛』には一八一五年にフリードリッヒ・シンケルがベルリン・オペラ座のために考案したスフィンクスに満月をあしらった舞台装置画が最も美しい。バルトルシャイティスは初演時のガイルの舞台装置のほうがいいというけれど、私は当時急激に高まりつつあったエジプト学ブームを象徴的に配当したシンケルを買いたい。

ただひたすらばかでかい月を出したということでは、スペイン国立サルスエラ劇場のペネーリャ『山猫』が群を抜いていた。なにしろ舞台の三分の一ほどの満月が発光するのである。エミリオ・サヒの演出だった。そのほか話は聞いていながらもまだ見ていない、たとえばパウル・リンケのオペレッタ『月の女神ルーナ』など、気になる作品も少なくない。

それにしても、なぜ月光は青白いものと相場が決まったのか。

そこが恋心に受けているところなのだろうが、ところが現実には月光をフィルター分析してみると、むしろ赤味がかっていることを知らされる。残念ながら、青白く見えるのは夜空との対比による錯覚か、もしくは明るすぎる太陽との比較による錯覚なのである。いや、残念ではないのかもしれない。錯覚だからこそ、ミニスカートの歌姫たちは、今宵も月の光を青いスポットライトの中で歌い続けているともいえるのだ。大手拓次はそこを「まぼろしは、月をきざんでゐる、薔薇の形に」と言ったものである。

月光を浴びるのではなく、こうした淡い月の光を集めるという感覚もある。私とともに七〇年代に仕事をしていた写真家の永田陽一は、この色味さえおぼつかない霊妙の月光を集めてモノクローム写真を撮っていた。彼はこれを「ルナグラフィ」と名付け、満月の明るい夜にその光だけを頼りにカメラのシャッターを開放にした。私も何枚かルナグラフィを見せてもらったが、それは「おぼつかなさ」に富んだ、凝視するのをためらいたくなるほどの気配写真となっていた。

その永田に少なからぬ影響を与えた森永純も、あるとき竜安寺の住職を説き伏せ、ついに石庭を月光だけで撮ることに成功している。石庭のコンセプトが「月光に照らされた海」であるという理屈だった。月光を集めて写真を撮るというこのルナグラフィの方法は、一九九〇年に石川賢治の『月光浴』という写真集で一般化した。マッシュルームが月の光でただ呆然と光っている写真がなかなかで、私も焼き増ししてもらった。マッシュルームと月光という取り合わせはすこぶるサイケデリックなものだった。キノコ狂いのジョン・ケージに見せてあげたい写真であった。

そういえば、私が写真というものの最初の衝撃をおぼえたのもアンセル・アダムスの名作『ヘルナンデスの月の出』というルナグラフィである。テントで幾晩も待ちつづけていたアダムスのF64にしぼった大型カメラに映じたこの満月は、まさに目の醒めんばかりの月光力をたなびく雲層に投下し、さらにニューメキシコ州ヘルナンデスの荒寥たる大地をも照し出していた。おそらくアダムス自身の眼にはこれほどの「月下の光景」が見えたわけではないだろう。

ひとりカメラのみが時間をかけて月光の雫をフィルムに浸みわたらせたにちがいない。

長時間露光をするならともかくも、実際の月光がそんなに明るいとはおもえない。事実、観測データによる月の明るさはせいぜいマイナス十二等星ほど、太陽にくらべればなんと四六万分の一しか輝度を誇らない。もし太陽の反射を全面的に反射できていたとすれば、月はいまよりも三〇倍ほどは輝いていたことになる。それがいま見るようなマイナス十二等星の光にまでなってしまうのは、クレーターによる凹凸が激しいために乱反射するせいで輝きが落ちているからである。けれどもそのおかげで、中心が最大に明るくて周辺が暗くなるはずの球体である満月も、全円が均等にかがやく姫になることができたのだ。

『月がとっても青いから』作詞・清水みのる／作曲・陸奥明
『リンゴ追分』作詞・小沢不二夫／作曲・米山正夫
『夢先案内人』作詞・阿木耀子／作曲・宇崎竜童
『満月のフォーチュン』作詞作曲・松任谷由実

卯月

月のタブローは窓越しに

お月さまお許しを、あたしの耳たぶ返してよ。
あたしも剃刀返すから。

――中国福建省童謡

13

月はむろん満月もよく、またナイフで切り裂いたような三日月や、もっと僅かな、それこそ糸切り歯で千切り裂いたような糸月もよい。そんな細いほうの月をまとめて「弦月」というときがある。月がやたらに好きな宮沢賢治に、こんなのっぴきならない月の歌があった。

星もなく赤き弦月ただひとり　空を落ちゆくは只ごとならず

この「只ごとならず」という月の逼迫の現象が大好きで、私はしばしば愛唱している短歌である。きっと賢治はなにごとかに熱中していて、一度見た弦月が数時間後にまたたくまに山の端に落下していたのを二度目に見て、その月のただならぬ速さに感興したのだろう。しかし、月はいつだってただならぬといえばただならぬもの、それは表現者の意図にもよる。賢治は月の落下の速度を描いたが、その弦月が不気味に赤かったということも心の意図にただならぬものを付与していたはずだった。

だいたい日本人には、そういう只ごとではない月に引っ張りこまれる表現者が多い。絵画史にもそうした「ただならぬ月」を描いた何人かがいた。すぐおもいつくのは幕末明治の浮世絵師・月岡芳年だ。いささか描線に力学がこもりすぎている点をのぞけば、画題といい構図といい、また狂気じみた色彩といい、そのただならぬ気配は申し分ない。

芳年にはその名も『月百姿《つきひゃくし》』という古今東西にも類例をみない妖気ただよう月の絵尽しがある。北斎の『富嶽三十六景』が地上的なるものの視像カタログであるとするなら、芳年の『月百姿』は空中的なるものの視像カタログである。もともと浮世絵師は月をよくその構図にあてがった。春信も写楽も歌麿も、北斎・広重も、それぞれに達者で洒脱な日本の月を描いてきた。たとえば、広重の『名所江戸百景』にある永代橋にかかる上弦半月の夜景などは、浮世絵的天体をとらえた粋の骨頂ともいうべき出来映えで、こういう月はヨーロッパ人にはおいそれと真似できない。それはまさしく日本の月以外のなにものでもない。

中原中也や小林秀雄や大岡昇平らにはかりしれない影響を残して二十四歳で夭折した象徴詩人・富永太郎の『影絵』という詩に、

半欠けの日本の月の下を
一寸法師の夫婦が急ぐ

という二行がある。格別に好きな二行だが、日本の月のイメージとはこのように奇怪でいて、ずばり大胆な一本調子にあるのではなかろうか。月の下の一寸法師なんて、なかなか怖いものがあって、いい。蕪村の「月天心貧しき町を通りけり」にもどこか通じるものがある。この怖い富永太郎の感性の木枯をぞんぶんに受けた中也では、「今宵、月は茗荷《みょうが》を食ひ過ぎてゐる」となっていく。うまいものだ。やはり月が只ごとではないのである。

このような情緒の機巧学的按配をとことんまでつきつめ、それを月の極端な事態で説明してしまうといった感覚は、欧米文化にはなかなか見つからない。とくにヨーロッパはノヴァーリスもイエイツもそうだったが、総じて月に対して精神的なのである。それが日本は万葉古今でも心情的、その後はどんどんと芥川龍之介が銀のピンセットでつまんだような指呼の対象になっていく。禅にも、水に映った月を掬いなさいという公案や仙厓が好んだ指月の公案があり、ラファエル前派のダンテ・ガブリエル・ロセッティが水中のオンディーヌを描いた感性と、際立つ対照をみせている。

芳年の『月百姿』はこの手の奇怪で大胆な月の調子に、さらに二上り、三下りの変調を加えて、日本情念の月に託する気配の綾を絶妙に描出した。たとえばこんな絵だ――。賊巣の月、朧夜月、高倉の月、朱雀門の月、垣間見の月、朝野川晴雪の月、吉野山夜半の月、盆の月、廓の月、山木館の月、孤家の月、大物海上の月……。ざっとこれらが『月百姿』の表題の一部であるが、これだけ日本の月の妖力をならべられたのでは、ことこの件に関するかぎり、私が最も傾倒する浮世絵師の北斎さえ旗色が悪くなる。

結局、芳年の月は、三島由紀夫がいっときおもいをこめた「椿説弓張月」なのである。そう言っただけではなんのことやらわからないかもしれないが、三島は、『太陽と鉄』などの著作やボディビルダーのイメージがあるため、一見して太陽派とおもわれがちであるが、その本来の気質はあきらかに月的なものに惹かれていたのだと、私は見ている。ということは、いわば月を隠して太陽に走ったぶんが三島の過分な失敗だったということで、芳年はその三島の奥に棲む月的なるものだけを抽出できた絵師だったのだ。

その三島と、私はひとときを船坂弘の剣道場で話しこみ、そのとき芳年が話題にのぼったことがあった。最初は芳年の話ではなかった。日本の世紀末について志賀重昂と泉鏡花をくらべると、重昂の山は精神鍛練の山だったが、鏡花は伝奇の山を持ち出したという話だった。この二人のちがいが日本の近代をふたつの流れにしたはずで、三島は自分はその両方を継承したいと言った。そして、だいたい日本の近代を芳年の死をもって議論をする風潮があるけれど、あれはいけません、芳年を前近代に切り捨てるのはよくないという話になっていったのだ。そして、三島はこう言った、「日本の近代は芳年の死を含んでいるんですよ」。

芳年が近代にどのように継承されたか、それはよくわからない。むしろ長いあいだ忘れられてきたという印象のほうが強い。それに芳年を引き受けるなら、それこそ太陽的であってはならず、月球派でありつづける必要があったのである。そこを三島はどこか勘違いしていたのではなかったか。

14

芳年以降の日本画の流れにも、当然のことだが、月は生きていた。それもうじゃうじゃ生きていた。芳年は近代に死んではいなかったのだ。そのことは泉鏡花の『国貞えがく』でもあきらかだ。

だいたい明治以降の日本画などというと、よほどの好き者でなければ一部始終を通暁できないが（というより一般に知られなさすぎるのだが）、ひとたびその一端にふれたとたん、出るわ出てくるわ、そうか、日本には花鳥風月がこんなにも思いつめた筆致で生きていたのか、ということをいやというほど思い知らされる。それほど近代日本画には文字通りの「日本」が残っている。ただ、多くの日本人はそこを覗かない。

それだけに、日本画の月を話題にするとなるとついつい点が辛くなる。ともかく数が多すぎる。ここでは極上をついばむ程度にとどめたい。で、まずは、東の横山大観、西の竹内栖鳳であるけれど、大観は富士に月の得意の配合よりも、『浪』や『海潮四題』のような海と月の配合がいい。糸月を海上に引っかけた『秋』など、少々ぞっとする。栖鳳には水彩画ふうの『ベニスの月』と大和絵ふうの『おぼろ月』という好対照がある。が、潮来《いたこ》の夜景で着想したという『おぼろ月』がやはり景色が存分なのだ。狐が月をぎょっと振り仰ぐという構図にはヨーロッパはむろん、日本にも他にちょっと真似ができないものがある。

村上華岳には多くの月はないが、『崔鬼織月《さいきせんげつ》』『崔鬼月光図』『月』という圧倒的な三作があるためか、華岳は月に傾いていたという印象が強い。塗り残しの月ではなく、細筆で輪郭をとった月になっているのは、大観や春草同様の朦朧体を引き立たせるためだった。松林桂月の『春宵花影』、入江波光『松に月』、小野竹喬『仲秋の月』、川合玉堂『三日月』、木島桜谷『寒月』などは、題名を聞いてすぐに絵が瞼の内に思い浮かぶというほどの名作たちである。とくに桂月の夜桜は、一度見たら忘れられない「日本」をもちながら、なお花と幹の応挙流のリアリズムが震撼としていて、まだ薄寒い季節でありながら月は充分にぬるんでいるという感覚を描ききっていて、独壇場だ。

私の好みも入ることになるが、富岡鉄斎の月も忘れてはならない。いったい鉄斎がどれくらい月を描いたといったら、五百枚や千枚は下らないとおもうのだが、それがすべてというくらい付け足しのようで、ぞんざいであるのが気楽だ。いわば「ほしけりゃ、くれてやろう」という月なのである。江戸期の禅林画僧・仙厓の月の系譜といえようか。その鉄斎に静かな共鳴をもたらしつづけた太田垣蓮月にもずいぶんすばらしい月の按配がある。蓮月尼は月の歌にも含みのある歌が多く、京都の旧家に棲む粋なフランス文学者・杉本秀太郎も好きだという「沖とほく弓張月のかげふけて引く潮寒き浦のまつかぜ」など、その絶妙である。

まあ、こういうぐあいで、日本画の月はべらぼうな数である。今日なお日本画家たちは月をあしらうのに躊躇はしない。節操がないとさえいえるものもある。たとえば東山魁夷の『花明かり』や加山又造の『春朧』などのような、時代を画し、出来映えも悪くない現代日本画の月もあるのだが、たいがいはどこかよそよそしい。月が様式と意匠を出て光ってこない。大観や栖鳳にはじまる近代日本画の月だって、むろん花鳥風月雪月花の月ではあるのだが、かれら明治の風を潜り抜けた者には、まだ様式や意匠を安易に受け入れまいとする気概が月におよんでいた。

そういう「惰性の月」が多い現代の日本画家の中では、近藤弘明が様式や意匠を外れて、なお月を描けるめずらしい夜の画家である。近藤の絵は必ずしもうまいわけではない。どこかひっかかるような筆が残っている。それでも彼の絵には霊性のようなものがあり、それが月を皓々と照らし出す。一九七三年だったとおもうが、個展の会場で『満月華』を見て驚いた（その個展で初めて発表された作品だったとおもう）。満月に照らされて地上の華々が宇宙化してしまっていたのだ。見ていて、それこそ只ごとではない。月も異常に華々に照り返されている。満月には光のような華々が蒸着されているのである。

その後、近藤には『霊光』や『寂韻』や『無辺光』などの月の作品があることを知ったのだが、それらの月も従来の日本画の範疇には入らない月になっていた。ともかく月光がじっとしていられずに、波動をこちらに送り、またこちらからの波動で胎動している。そんな月はめずらしい。天台密教の家に生まれた画家ゆえの主題のようにもおもえるが、どうもそれだけではない。こうして近藤は、夭折してしまった横山操に続いて意外な月を描ける画家の二人目がいることを私に告知してくれたことになる。

15

ヨーロッパやアメリカの画家の月はどうか。日本の月の絵が月そのものにただならぬ万象を託そうとしたのに対して、それは月光に万象をあずけてきたようにおもわれる。

早い話が、未来派に虹の浸透を導入したジャコモ・バルラの『アークランプ』だ。タブローいっぱいに街灯から散乱する光の矢が描きこまれているなかで、三日月だけがアーク光に対抗して光っている。月光と電気光だけ——。カンヴァスにただそれだけを描いて万事を表現しつくせるというこの観照力が、いかにも汎ヨーロッパなのである。

このような伝統はすでにキリスト教絵画において太陽と月の光輝パターンをふたつながら採り入れていたあたりから始まるものであろうが、いわゆるタブロー史上に〝ヨーロッパの月〟が定まるのはルネッサンス以後、まずはアダム・エルスハイマーの夜景画の出現があり、ついでピーテル・ブリューゲルの冬景色の中においてであった。ブリューゲルの『ベツレヘムの戸籍調査』の枯木越しの月、その月の光に照射された何もない寂寞の土地ベツレヘム、ここに私はヨーロッパ流の月の視像の定型を措いている。おそらくこの背後には、ケルトやゲルマンの民族学的な月の観念が控えているにちがいない。

しかし、画家たちが好んで月を描きはじめるのはロマン派およびウィリアム・ターナーの時代以降のことである。かれらは黄昏以降の領分に目をつけた。何かが夜にやってくると考えたのだ。いったん「夜の側」にも真実があるはずだとわかると、勢いがつく。フリードリッヒもホイッスラーも、ラファエル前派も月的なるものに気づいていった。とくにターナーが推したサミュエル・パーマーは、少年時代に乳母から悲しい物語とともに窓の外の月を見たことがきっかけで、その後はずっと「心のランプ」としての月を描きつづけた。少年時代に凝視した月ばかりが絵の中に何度もあらわれてくるパーマーにとっては、きっと月そのものがトラウマだったのである。

ウィリアム・ブレイクにも月は欠かせない。ただブレイクはエリザベス朝このかた流布しはじめた「イギリスを月の王国と考える神秘主義」を、イギリス一国を越えたもっと本来の月的世界観に導こうとしていたため、神話原理そのものを新たに描こうとしていたきらいがあり、そうなると月だけではなく、あらゆる神話要素に想像力を駆使することになって、私の期待するほどには月の絵は残っていない。このほか印象派にも多少の月はあるものの、もともと光を粒子的にとらえようとするかれらには、ついつい太陽のスペクトルのほうがずっと重要になっていた。

現代の月の画家としてまず真ッ先におもいうかぶのは、感化院・曲馬団・精神病院職員・占星術師などという奇妙な遍歴をへて、六十歳近くなって突如として色鉛筆の月を描きはじめたリトアニア生まれのフリードリッヒ・ゾンネンシュターンである。とにもかくにもその標題が「月の大親分」を名のらんばかりにまことにルナティックなのだ。

月の銀行、月の精の蛙、月の射撃王、月の魔法の鳥、月のサーカスの愚者の船、月の囚人たち、月の道徳のおしゃれ鳥、月の万能高等評論家……これらはすべてタイトルである。まったく月狂いとしかいいようがない。ところが残念なことにはゾンネンシュターンは月光を呑んだ月狂いのものたちの表象のほうを描くのに熱中して、いわゆるお月様そのものをタブロー中にはあまり入れてくれなかった。月はゾンネンシュターンの視覚精神の奥底にまで入りこんでしまっていたのである。これでは〝東の芳年〟にくらべるわけにはいかない。

そこで次に思い浮かぶのが、ベルギーの異才画家ポール・デルヴォーだ。デルヴォーは月そのものを画面に持ちこんで、かつ月光を浴びた光景を異様な静謐にまで昂めている。それなら私が「夜半都市の月男」と名づけたこのデルヴォーこそは、いわゆる正統派の月光画家であって、〝西のデルヴォー〟とよばれるにもふさわしい。

デルヴォーの油彩画の特徴は、形而上学的な夜半都市、ギリシア的ともロマン派的ともみえるいつも同じ顔をした女たち、幾何学的な列柱や電柱、遠くに走る汽車や電車、それを見送る後姿の少女、そして夜半の天空にかかる鎌のような月――これらの絶対的な頻出にある。なかでも、夜のプラットフォームの貨車のテールランプと祇園祭宵山のすだれ提灯に似た電柱碍子と後向きの少女が印象的な『孤独』、ギリシア神殿の夜を散策する同じポーズの三人の裸婦をパースペクティブに沿って配した『こだま』、奇妙な化石学者と半裸の淑女たちとスティーブンソン型蒸気機関車の対比が当を得ている『散歩する女と学者』、以上の三点が図抜けて秀逸である。これらはともに怖しいほど鋭い鎌の月を天高く配置させた構図をとっている。デルヴォーは満月と二日月（三日月ではない！）をほぼ同数ほど描いているが、なぜか私には圧倒的に二日月を配している作品のほうに興趣が集中した。

ついでながら、デルヴォーに影響を与え、実際にも似たようなメタフィジック・アートを提起したジョルジョ・デ・キリコに月がないのは、考えてみると妙な話である。幾何学都市、蒸気機関車、その構成感覚などにおいて酷似する両者なのに、一方は「白昼のキリコ」となり、他方が「夜半のデルヴォー」になった理由を、一度は両切りゴロワーズでも喫いながら思案してみなければならない。

私の見方では、デルヴォーに並ぶ不思議な月照感覚の持ち主はアンリ・ルソーなのである。この、最初はジャーナリズムから稚拙だと謗られ、やっとアポリネール、ピカソ、ドローネーらに認められてからは一転して「熱帯純朴」の代名詞のようになった画家は、実はパリの植物園をすっかり夜景に変えてみせたたいへんな想像力の持ち主だった。『眠れるジプシーの女』の熱帯風景も月も、あれはすべてルソーの熱帯であり、ルソーの月だった。

ところで、ルソー当人もきっと直観していたことだろうが（そして日本人はほとんど関心をもたないことだが）、ジプシーの一族には月女の集団としてのれっきとした経歴がひそんでいる。ジプシーは主として母神マッタあるいはサラ・カーリーを信仰し、神の子アラコを救世主とみなす。マッタは三相一体の月の女神ディアーナが変貌した姿であり（このディアーナについてはあとで詳述する）、サラ・カーリーはインドの恐るべきカーリー神の月への変身である。またアラコにもいつか昇天して月に行くという物語がつねに添えられていた。つまり、ルソーの月はもともとジプシーの月であって、女の族長に率いられた漂泊者たちのシンボルだったのである。

いわばデルヴォーの月は人工の個の月で、ルソーの月は自然の類の月だということになるだろうか。

現代絵画ではこのほか、パウル・クレーの線描画による「線束の月」、ホアン・ミロの『夜の人』や『月に吠える犬』などにみられる愛らしい「反記号の月」、サルヴァドール・ダリの「青空の中の昼の月」、デルヴォーとともにベルギーの現代絵画の先頭を分けあったルネ・マグリットの「帽子の中の月」、マックス・エルンストの「二重月」などにも、私の好みがおもむいている。これらはいずれもシュルレアリスム前後の画家による月である。

しかし、それぞれ天下一品ではあるものの、かれらは総じて多才でありすぎて、たまさか月をモチーフに選んだとしてもすぐにまた他のモチーフへ移ってしまうため、多少私をがっかりさせるのだ。いやしくも月球派に名を連ねるには、少くとも月を相手にする理由において厳密でなければならず、厳密であるならば、何はさておいても自身の日々周辺をルナティックにするか、月的なるものの大量導入を欠かせるわけにはいかない。

それゆえパウル・クレーのイラストレイティヴなフリーハンドの一本の線による三日月など、実はこの一点だけで月の絵コンクール金賞に価する傑作ともおもわれるのだが、いまは「月に狂じる」を主題としているのであって、クレーが月光画家と呼ばれるほどには月に狂じていない以上、私はここでは讃辞を尽すことを控えようとおもう。

ポップ・カルチャー以降はどうかというと、これがはなはだ頼りない。

それでもソウル・スタインベルクとトミー・アンゲラーのコミカルなペン画による線月は私

を喜ばせてきた月だった。これらと少し似ているが、ベン・シャーンや粟津潔、あるいはミルトン・グレイザー、アラン・オルドリッジ、ピーター・マックスらのグラフィック・デザイナーやイラストレーターの、六〇年代後半からビートルズとともに時代を席捲したクリエイターたちの月はあまりいただけない。また、日本のデザイナーが色をつかいすぎてやたらにグラデーションを美しく構成しすぎるモダン・ジャパネスクの月にも、あまり食指を動かす気がおこらなかったのである。月をあしらうにはいささかやんちゃなところがなくてはいけないのに、そこが日本のアートディレクターにはいまひとつ把握されていない。ひとり奥村靫正がポップ・ジャパネスクで意気を吐くばかりだ。

ちなみに私は横尾忠則と宇野亜喜良の月には少し期待があったのだが、二人は月には執心がなかったようだ。かえって異常なパースペクティブの裡に月をあしらったのは、中村宏とタイガー立石という、かつての観光絵画研究所出身の二人だった。この二人には月を場所としてとらえるというか、月の斎庭というか、月を観念の彼岸にある装置とみなすような興味深い視点が先駆していたようにおもわれる。

月を描いたりはしないのだが、真にルナティックであったジョセフ・コーネル、ヨーゼフ・ボイス、ナム・ジュン・パイク、パナマレンコ、小竹信節らのアーティストもとりあげたいのだが、それでは話はデュシャンまでさかのぼることになり、いささか収拾がつかなくなりそうなので割愛することにする。ただし、西ドイツ放送主催の「ナハトムジーク」シリーズのポスターで世を瞠目させたハインツ・エーデルマンの新野性主義ともいうべき月には、今後の期待をこめておきたい。

以上、ここで持ち出した月を相手にする私の厳密な理由とは、たとえばアレキサンダー・ポープの次の言葉を噛みしめるということだ。

ささて、なんとなれば、地球において喪せにしものは、
ことごとく月に安置されたればなり！

16

鴨沢祐仁の『クシー君の発明』がひとつのきっかけだった。この漫画のような漫画でないようなコミックワールドは、月や星を街頭に落とし、そこをコンペイトウが好きな異星少年のような主人公が通りすぎていくという、その後のコマ割月球感覚を大いにゆさぶる先駆性を発揮した。あきらかに下地には稲垣足穂の『一千一秒物語』がキラキラと光っているのだが、私はこの作品の登場をおおいに賞揚したものだった。

その後、月のファンタジーやSF感覚を取りこむコミックは、とくに少女漫画の隆盛とともに次々と発表されていった。萩尾望都・大島弓子・山岸涼子・坂田靖子・吉田秋生・近藤ようこ——彼女らが縦長のコマ割の一角にあしらう月の感覚は、いまのところ海外にも例がないモノセクシャルなセンチメンタリズムを築いている。彼女らは、それが平安王朝を扱っても北欧

神話に取材した時代を扱っても、また宇宙世紀を扱っても、たくみに月をかざして破綻していない。

男性コミックライターにも、たとえばますむらひろし・森雅之といった月明派がいるが、私は鴨沢祐仁を越える作品にはお目にかかれないでいる。それなら漫画家ではないが、かえって「週刊新潮」の表紙をながらく飾りつづけた谷内六郎の一途《いちず》をこそ推すべきだ。五線譜にかかる月や水溜まりに映った月を描かせたら、この人の右に出られる童心画家はいなかった。竹久夢二・初山滋・茂田井武の系譜に入るだろう。このほか気がかりなマニエル・ノワールの画風を月にも託せる名人として、金子國義から梅木英治に至る一連がある。

さて、こんな標題の絵をどこかでご覧になった読者もいることだろう。「月を盗む人」「キネマの月」「ムーン・ダンス」「お月様の対話」「カリガリ博士の夜」「月世界製のガラス」「月の信号」「銀紙の月」「月は五°七′四″八をのみこんでいる」「飛んできた三日月」「月の息」「自分を忘れた月」「月泥棒」「フィルムの月」……。

パステル画を描きつづけているまりの・るうにいだ。彼女は自分を飾画家とよんでいるが、その発想において茂田井武や谷内六郎を継ぎつつも、そこに宇宙を展いてみせた。長いあいだ稲垣足穂のエッセイや作品の飾画や表紙画を担当して、タルホをして「現代における天体画家の第一人者」と言わしめたこのパステル・コスモスの月人は、その画業の当初に「海上で月を片手にもって出現した弥勒菩薩」をテーマとして以来、もっぱら月と土星と彗星を好んで描いている。とりわけ月は、他のモチーフを中心にした作品の場合にもたいてい画面の一隅に配属されてきた。

もちろん月を大サービスするときもある。かつて『パンドラの匣』の口絵となった『くちばしを付けた人の上空に浮かんでいた!』にあっては、なんと八個の月が夜更けの街を急ぐくちばしを付けた人・2』にあっては、なんと八個の月が夜更けの街を急ぐくちばしを付けた人の上空に浮かんでいた! フレデリック・ブラウンの芸達者なSFにおいてすら、これほどに奇想のムーン・サーカスにはお目にかかれない。彼女の月は、もはや芳年の月でもデルヴォーの月でもない。シュルレアリスムの月でもなく、ターナーやフリードリヒが油をたっぷり使った滲み出るような月でもない。アメリカのネオンサインの月やビルボード・アートの巨大な月でもない。

まりの・るうにいの月は銀紙やセロファン紙やガラス製の月であり、煙草も喫えば哲学書も読み耽ける広告の月であり、また、折り紙のごとく形を変え、絆創膏のようにめくれ、ムービーフィルムとなって動き出す月である。そこには、オスカー・ワイルドの月、ロード・ダンセーニの月、ジョルジュ・メリエスの月、花王石鹸の月、トリスタン・ツァラの月、クールミント・ガムの月、ステッドラー鉛筆の月、イナガキ・タルホの月、レイ・ブラッドベリの月、さらにはデビッド・ボウイの月までもが棲んでいる。

彼女のパステル画の生産現場をときたま目撃することのできる立場にある私にとっては、このような「月族のバーゲンセール」が刺激にならないはずがない。いやいや、私の月球趣味は傍らのまりの・るうにいの月に憑かれた月人ぶりによってこそ、いよいよ佳境に入ったとも言えるのである。

まりの・るうにいの月に多くの人が参集しやすいのは、その月が――また土星や彗星が――月の絵画史上においてはじめて自由な位置と運動を与えられたからだった。月は彼女のパステルによって自在なムーン・オブジェとなり、月おじさんとなった。いよいよ月は長きにわたった天空の椅子から腰を上げて、ひとつ背のびをして一人遊びをしはじめたのである。

こうした月のダンディズムについてはなかなかいい評論がない。順当ならルートヴィヒ・ティークやオスカー・ベッカーこそこの手を書いておくべきだったとおもわれるのだが、私の読書量が少ないせいだろう、まだ見つからない。そこで、ここでは荒俣宏に登場してもらうことにする。彼とは一九七九年に『月と幻想科学』という対談をしたこともあり、そんなことをしていなくとも会ったときからずっとルナティックな関係をもちつづけた仲なのだが、その荒俣君がお月様のダンディな遊蕩というものを、さすがにうまく書いてくれている。

> 月が人びとの想像力を掻きたてなくなってから、もうどれほどの歳月が流れたろう！　別世界としてのイメージを独占したかにみえた月が、そのイメージ・メーカーたる機能を失ってから、人間はいったい「もうひとつの世界」をどこに索めてきたのだろうか？　現代科学技術の散文的な威力が月を地球の延長につなぎ止め、もともとは遥けきものであったはずの太陰を「既知の土地」に変えてしまったとき、ぼくたち現代人は〝月〟を失ったと言っていい。別世界への憧憬を表象しようとする芸術家たちも、おそらく別世界創造あらそいのさなかに科学の力に屈したがために、もう月を描こうとはしなくなったのだ。

この序文を冒頭においた『別世界通信』の黒いカバーには、まりの・るうにいの描く〝地球照をもつ三日月〟がキラキラと光芒を放っている。

地球照《アースシャイン》とは、三日月や半月の光っていない部分が地球からの反射光によってうっすらとその赤黒い相貌を見せることである。ちなみに、まりの・るうにいは極端に審美的な猫派であり、かつて『月虫』を着想したクービンや月族猫科のゾンネンシュターンとともに、「月と猫の相似律」を身をもって証明しつつある。

もっとも、この点においてはすでに岩野泡鳴が偉大な先駆者であったとも言うべきかもしれない。泡鳴はその詩『月と猫』において、とっくに「月と猫とはその夜より、わが座を和す霊なりき」と宣言していたのである。鉄斎が「ほしくばもっていけ」とばかりに画帳のそこかしこに月を付け足しはじめた明治四十年のことだった。

遊月図集 I

月牛アピスと月女イシス

ヨーロッパ全土の月の神話はエジプトの月の牡牛アピスに始まる。
そこにオシリスとイシスをめぐる復活と再生の物語が月の満ち欠けのごとく絡まった。

オシリスを背負うアピス。もともとエジプトには月神ミンがいた。聖牛アピスが月に見立てられたのは、その三日月のような角のせいだった。やがて脇腹にも月のイコンがくっつき、再生を象徴するオシリスとイシスの物語を運ぶ。アピス信仰はモーセの時代に中近東にも進出してバール信仰になる。

アタナシウス・キルヒャーが描く月女神イシス。オシリスを呑みこんで月神ミンとして生き返らせた。イシスはエジプトの生成変化のすべての象徴である。各地につくられたイシスの神殿では月の舟にイシスを安置した。オシリスはのちのメシア信仰の原型のイコンでもあった。

ディアーナ(ダイアナ)こそ古代母系社会のシンボルである。
多乳多産の狩猟神であるとともに、あらゆる「夢」の母体でもあった。

月を狩る三重月女神ディアーナ

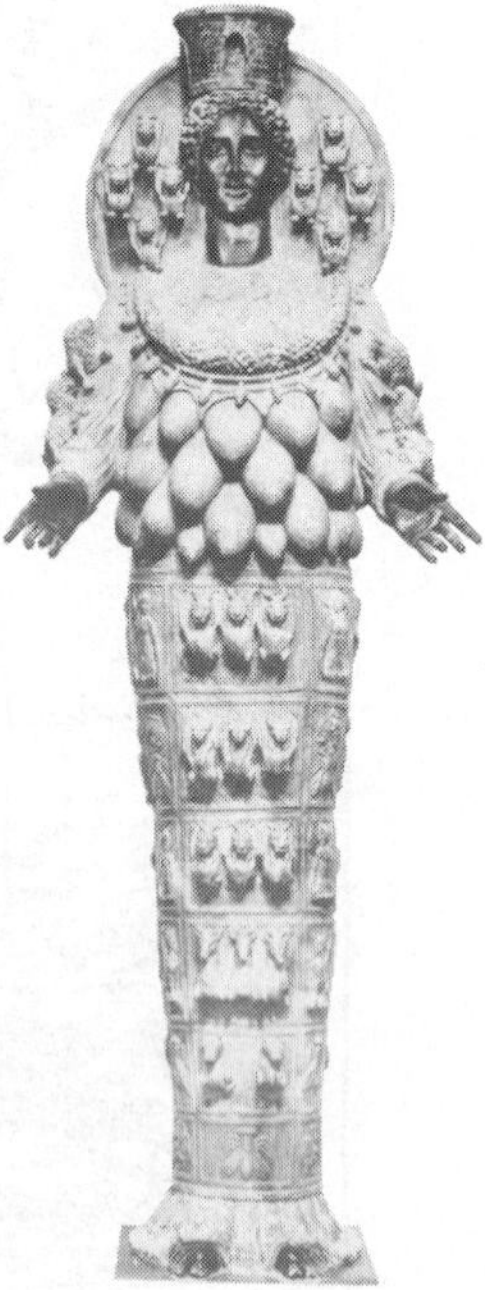

ディアーナは三相一体（三重神）の姿をもつ天界の女王で、月の処女神であって、創造の太母神。数十種の姿をとるが、最も有名なのがエフェソスの森で信仰された多乳神。体中にさまざまな動物の頭を示している。ギリシア化してしだいに犬を伴う狩猟神の姿になった（図はフォンテンブロー派の油彩画）。

チャイニーズ・イシス

古代中国には太陽的な東王父に対して、つねに月的な西王母が君臨していた。その一方で、月の夜の精気を呼吸して瞑想に耽る阿羅漢幻想が跋扈した。

東方幻想に駆られた16世紀、ヨーロッパにはここに示したキルヒャーの図像のような擬似仏教的なルナティック幻想が横行した。千手千眼観音像とエジプト神が合体して月神化したり、月夜の精気に酔う阿羅漢像に道教的な昇仙する雰囲気が付け加わったりした。

インドに発して中国に育まれた密教は月の光輝を好んだ。月輪観である。
月光に向かって瞑想し、そこに菩薩の反映を感得するのが修行だった。

瞑想する月光の中の菩薩

ヒンドゥ神と仏教イコンの多くは密教化されることで、著しく神秘主義の色彩を濃くして、ルナティックになっていく。伎芸天（カーラ）は三日月となり、如意輪観音は月輪を背負い、ここにあげた虚空蔵菩薩（東京国立博物館蔵）は月知的な記憶力を鍛えるためのイコンとして重視された。空海が虚空蔵求聞法によって月知的記憶術の奥義を極めたことはよく知られていよう。

満月に月兎

月の暦をはじめ、世界にはいまなお夥しい月の民俗や習俗が脈々と生きている。月に棲む蟋蟀や兎や桂男の物語は、精水の保管所としてのイメージを伝える。

上図は中国の「兎児翁」という月神で、馬や駱駝に乗せられることも多い。中図は兎が桂の樹の下で餅をつく北京の「月餅」の文様。下図は北米インディアンのハイアワサ伝説で、月から生命が誕生した図。

インドでは太陽神ミトラに天空神ヴァルナが月を代表する一方、
サラスヴァティ（弁財天）をはじめ数々の神々が月の霊妙な知と重なった。

ヴィシュヌの月

かなり珍しい図だ。インドの最高神であるヴィシュヌが三度目のインカーネーションに入ったときのヴィジョンを図示した。牡牛化したヴィシュヌの頭上にユートピックな月の王国が空中庭園のごとく出現している（モーリス『ヒンドゥイズム』より）。おそらくヴァルナと習合したのだろう。

キリスト教は古代の母系月神型の物語の多くを、父系型のファミリーに書き換えるために異常な努力を注いだ。が、そこには裏があった。

書き換えられた月の創世記

聖書の「創世記」を図示した図像は数かぎりなくあるが、ルネサンス以降はキリスト教の正統解釈にもとづかない“裏読み”も出現した。これはカルロ・クリヴェッリが「創世記」第六日目を描いたもので、まだ日月の捕獲にキリスト教を配慮したためらいが見られる。

エリザベス朝は月光領域を王国として地上に実現しようとしていた。
しかし、多くの月世界幻想は「月の万有引力」の登場で変化する。

月世界構想の失敗

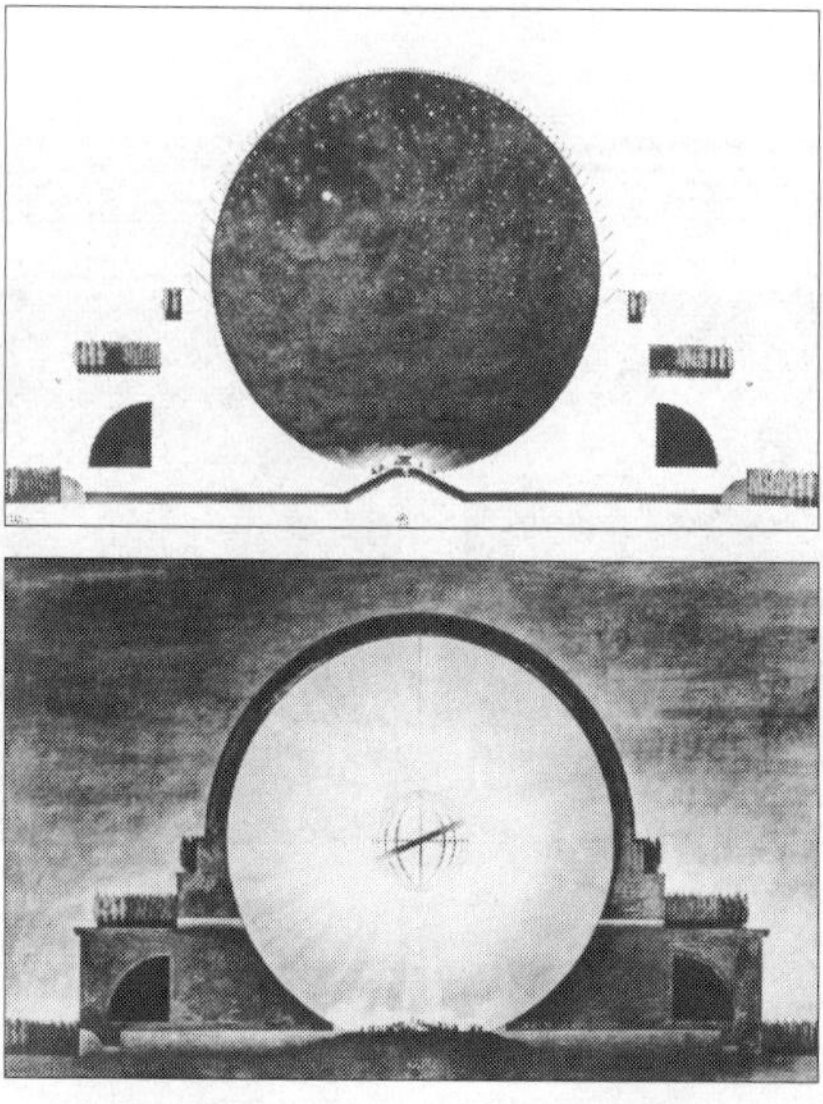

18世紀の月世界幻想はダニエル・デフォーの『コンソリダトール』で始まった。やがてニュートンの力学がその幻想にリアリズムを付した。新古典主義派の建築家エティエンヌ・ブレの『ニュートン記念堂』設計図はそうした科学と幻想の空想的合体をあらわしている。

アラビアン・ナイトの月

イスラムの月はアラブ世界の月神信仰をアラーを中心に組みなおしたものである。女神アラートがアラーとなり、三日月神ファーティマが娘に付け加えられた。

上図は14世紀のトルコ王スルタンの花押が放つ月光力。下図は『アラビアン・ナイト』の一場面で、三日月が象徴される。不思議なことにこの物語には満月の表象はあまり出てこない。イスラムではとくにシーア派が三日月の鋭い鎌のような力を、今日なお信仰している。

ブレイクとドレ──物語の中の月

ウィリアム・ブレイクがエリザベス朝の月世界幻想を古典に戻そうと試みた。ギュスターヴ・ドレはその古典の月を物語の中に戻そうとした。

『無心と経験の歌』（1793）でヤコブの梯子によって月に昇ろうとしたブレイクは、『眠れるアダムとイブ』（上図）では月神の誘惑こそ神の恋にふさわしいことを描き、『探索する魂』では迷走する精神は三日月を跨いで目覚めていくというヴィジョンを示した。太古の月の力に戻ろうとする意思表明だった。

1848年にラブレーの挿絵で名声を博したドレは、ラ・フォンテーヌの『寓話』でバロックの真価に到達すると、次々に物語の上空にかかる月をエッチングして、『神曲』にも『ドン・キホーテ』にも月を加えていった。上図は月世界幻想譚の傑作中の傑作、アリオストの『狂乱のオルランド』の一場面。

真夜中に何かがおこる

月には予兆力があると信じられてきた。また夢告力があるとも信じられてきた。

アンデルセンやラフォルグは、偶然の出来事はたいてい月夜の晩におこることを告げる。

マルク・シャガールは月を幸福のシンボルにした珍しい画家である。恋人たちはしばしば月の見守る夜陰に空中で結ばれる。一方、アンリ・ルソーの月は熱帯のなかのジプシー的遊牧感覚にあらわれる月で、不吉とも吉兆ともつかない予兆を空間に漲らせる強いシンボルとして用いられた。

カフェが開いたとたん月が昇った

電気が二十世紀の都市の夜を飾るようになると、月光は街灯の光と競って、新たな力動的な都会感覚の路上に降り始めることになる。未来派の月だった。

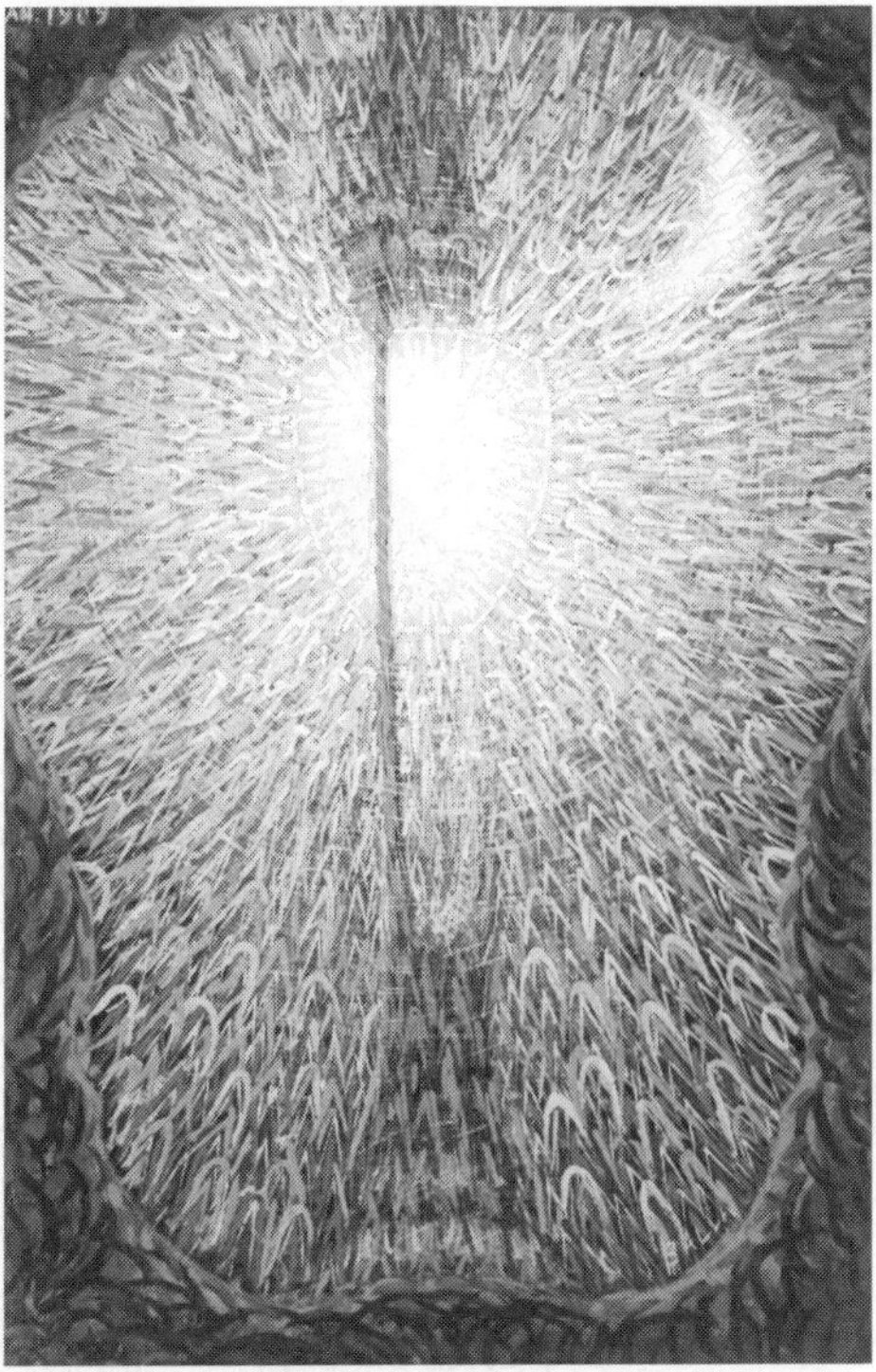

ジャコモ・バルラの『街灯』(1909) が見せた光のディヴィジョニズム (分割主義) は、カルロ・カルラの『夜景』、ルイジ・ルッソロの『自画像』などに月光電気化学ともいうべき描像の可能性を確信させた。それとともにこの感覚は都会の夜を妖しく飾るカフェが "バー月界" であることを確信させた。

アメリカの月はミシシッピの河から生まれてヘミングウェイの月となり、
ついでSFの月となって宇宙に飛ぶと、一転してマンハッタンに落ちてきた。

ジョージア・オキーフの月

スティーグリッツやデュシャンがニューヨークに四次元幻想幾何学のような芸術感性の騒動をもちこむと、この街は一変して様相を新たにしはじめた。そんなときジョージア・オキーフが『月のニューヨーク』(1925) を描いた。そこにはパリのカフェ趣向とは異なる構造的交錯が光を浮き出させていた。

皐月

月は今宵も遠ざかっている

スフィンクス「尋ねよう。外の世界に何かもうひとつの世界があるとすれば、それは何だね？」
キューピッド「答えよう。それはもう解決ずみのこと、月にある新世界のことだ」

——ベン・ジョンソン

17

 やや霞がかかりすぎて月のクリスタル光学よりも空のパステル美学のほうがまさりがちの朧月の春の尾は、五月に入ってやっと切れはじめ、いよいよ月を観望する好季を迎える。五月におもうぞんぶんに月を眺めておかないと、六月は雨にたたられ、七月は星のまたたきに眼を奪われ、八、九月まで観月の絶好の機会を逃すことにもなりかねない。

高校二年の五月一日、私は初めてのメーデーに参加し、同時にその後のメーデーにはけっして見られぬ激しいデモンストレーションの渦を体験した。それは一九六〇年の五月一日であって、安保条約締結までにわずか一カ月半をあますだけの、日本の青年たちの焦躁の火ぶたが切って落とされた夜だった。当時、私が通っていた高校はとくに左翼が強いというわけでも、反体制の機運が強いというわけでもなかったのだが、それでものちに北海道知事になった横路孝弘や『宝島』の編集長をながくつとめた石井慎二などが上級生にいて、われわれ少壮の徒は煽られて街頭に出ていったような気がする。その夜、疲れはてた体を国会周辺のアスファルトにおろし、ふと生々しい月がいっときわれわれを射すのを見た。そのときのまことにありきたりな「むなしさ」というものは、どうやらその後の六、七年にわたる私の激闘期の前兆であり象徴であるようだった。

以来、数えきれぬほどの街頭デモの先陣を切ったにもかかわらず、汗と疲労と放水を一身に浴びてアスファルトに坐るたびに、私はその夜のどこかの天空にひっかかる月を見ては、十五歳の日のことを想い出さずにはいられない。そのころ、こんな春日井建の歌を読んだ。

月のおもき翳りを負ひて立つ　無宿なりし垢づける背に

衝撃を受けた。月だけを見てこんな歌がつくれるものなのか。自分はよくわかりもしない安保闘争などという現実をまるでマルクスの定規を呑みこむようにして、そのはてでちらりと月にも思いが馳せただけなのだ。いやあ、まいった、まいった。当時、月はまだまだ私の存在学の仲間には入っていなかったのである。

さて、五月一日の話のついでに、「一日」の言葉の成り立ちの一件をここにさしはさんでおく。私の青年期の成り立ちなどよりも、よほど月の言葉の成り立ちのほうが問題を誘うにちがいない。

ツイタチ、フツカ、ミッカ……のツイタチは、実は「月立ち」のことである。ツキタチが音便によってツイタチに変化した。本来の意義では、西空に日の沈んだあとに月がほのかに見えはじめる日からしばらくの日々をツイタチという。いわゆる上旬であるが、そのうち、月のはじめの一日目のみをツイタチとよぶようになってしまった。いまは「朔日」と書いてツイタチと読ませる。「朔」は真ッ暗の月、すなわち新月をさしている。朔太郎が月を気にしたのも「朔」の字の按配によるものだったろうか。

日本語は実に当意即妙、「月立ち」は月の第一日目であるが、「月立つ」というと、これは月が改まって次の月に入る経過を意味する。万葉集に「月立たば時もかはさず」とか「朝づく日向ひの山に月立ちて」と謳われたのは、月そのもののことではなく、新しい一カ月がはじまるんだという感慨だった。

ツイタチが朔日のことであるというこの不即不離の微妙は、日本語のあやしくも誇りうる「おぼつかない厳粛」ともいうべき結構だ。昨今はこんな日本語の面妖や面倒を嫌う人々が急増しているが、この日本語感覚域にこそひとつの典拠を求めぬかぎり、詩も哲学もへったくれもない。

早い話が、「月的なるもの」を綴ろうとしているこのエッセイも、日本語で綴られているからこそ、月のイメージをあれこれ掬いうることになっている。たとえば月光のおもむきを一気に表現するにあたって、「月華」という言葉があり「月気」があり、「月前」とも「月痕」とも書け、「月鏡」また「月露」と綴り、さらには「月魄」などというたまらぬ二字まで待ちうけるこの語彙群がもしなかったならば、私はとても月に向かって発情する気にはならなかったかもしれない。ヨーロッパの美学に通暁し、かつ漢語と日本語に通暁していた語彙の詩人の日夏耿之介でさえ、自身で「月読《つきよみ》のごとく・燔肉《ひもろぎ》のごとく・密人《みいら》のごとく」（咒文）などと綴る折には、日本語の刻みゆく皺の深みにおのがじし「快哉！」を叫んでいたはずだ。

日本語の深層構造にはかりしれぬ愛着をおぼえる一方で、日本語の持ち味が発揮されないためにいつまでもその言葉のイメージがつかめないことだってある。翻訳語がその例であるが、とりわけ科学用語については日本語の持ち味がうまく生かされないばあいが多い。もともとの科学用語の起源が西洋合理主義に発しているのだから、和訳に趣向を凝らしすぎると原義がそこなわれて科学思考の役に立たないという事情もある。nature に「自然」という言葉をあてはめたのはそのデキの悪い代表例のひとつであって、「自然」の「自」にも「然」にも地球や月や宇宙は舞い降りては来てくれない。そのほか「引力」や「重力」などという訳語も誤解を招くし、「氷点下三度の温度」も「温」の字が邪魔をする。このような事情は、月の科学を叙述するときにもいささか、うしろめたさを負うことになる。

18

いったい科学と幻想がどちらも過分ではなく、ちょうどひっぱりあって渾然一体となった時期というのは、十八世紀だけである。これ以降は科学が勝ちすぎるか、幻想が勝ちすぎるか、だいたいはどちらかに主張が偏った。

たとえばゲーテが『ファウスト』に着手していた十八世紀末に、シュレーゲル、パウル、ノヴァーリス、ヴァッケンローダーらを配して陸続と「夜の側」に登場したドイツ浪漫派の面々にしても、その月への忠誠からいったらまったく申し分ないのだが、こと科学と幻想の重畳に関しては科学を一歩出て、すでにメルヘンのほうへ赤方偏移していた。かれらは科学のある詩人と言われるより、よほど魔力のある詩人（kraftaskáld）とよばれるほうを好んだのだ。

十八世紀という時代の最大の特徴は、一六八七年にニュートンが月の軌道を初めて数学的に記述した『プリンキピア』（自然哲学の数学的諸原理）が刊行され、その徹底した原理的な衝撃が神学者や自然哲学者や詩人に届いたところからはじまったという点にある。ニュートンとロンドン株式取引所とコーヒーハウス、このイギリスに代表される三つの動向が十八世紀の開始を象徴するベルだったし、実際にもニュートンの月と株式のあれこれの噂をコーヒーハウスですることが、この時期のいちばんのオシャレな流行だったのである。それを歴史家は「ヨーロッパ・ルネッサンスの白銀の時代」と名づけた。

これをいいかえると、トマス・バーネットの創造自然、アンソニー・シャフツベリの神格自然、ジョーゼフ・バトラーの自然道徳、デビッド・ヒュームの精神自然、それにデビッド・ハートリーの振動にもとづく自然教育とジョセフ・プリーストリーの月光共鳴型の敬虔自然を加えた一連の思想、すなわち自然学のために精神の形態が持ち出され、精神学のために自然形態が持ち出されたこの一連の思想によって、科学と幻想の完全対同が求められ、そして終わったともいえるのだ。

では、月の引力を発見したニュートンは十八世紀に何をもたらしたのか。

一言でいうなら、真理の追究が神理の追究への努力とまったく等しいことを告げたのだ。バーネットからプリーストリーまでの思想がすべて〝自然〟を内側にとりこもうとしたのはそのせいである。それなら、ニュートンはそれ以降の科学の歴史に何をもたらしたのか。古典力学の頑丈きわまりない精緻な体系と絶対時空のモデルと数学的微分観念である。では、イメージの歴史には何かをもたらしたのだろうか。月をリンゴにした？　まさにその通りだ。ニュートンこそは、リンゴがある中心のシンボルになることを教えた人である。ウィリアム・テル物語も白雪姫物語も、ビートルズもアンディ・ウォーホルも、ある意味ではつねにニュートン回帰を選んだのだ。その恩恵はいまなおアップル・コンピュータにまで続いている。

が、月がリンゴになったということは、実は地球もまたリンゴになったのであり、またリンゴも月になったということなのだ。ようするに何でもが月になりうること、ニュートンの力学はこれを告げたのだ。

大著『プリンキピア』はハレー彗星の発見者エドマンド・ハリーの「さすらいの月女神」に関するすばらしい献詩ではじまる。ついでニュートンの自信たっぷりの序文がある。世間には幾何学が正確で力学は精度が落ちたものという見方があるが、それは誤解だということ、自分はそれを完全に打破するためにこの本を書いたこと、それはメカニカ・ラチオナリス（理論力学）の確立だということが宣言される。つづいて定義、公理、法則が掲げられて、三部構成の本文になる。

私が『プリンキピア』を読んだのは一九七一年に「遊」創刊号をつくった年の暮のことだ。正月には途中をとばして第三部の「世界体系について」をむさぼった。なぜなら、月はこの第三部で初めて出てくるからだった。

　ここは最初に「哲学することの諸規則」という前文があって、「規則一」には自然を解明するには現象を説明するために必要な説明以上のものを認めてはいけないこと、「規則二」には同種の結果はできるかぎり同じ原因に帰着すべきこと、「規則三」に物体の性質に関する実験でわかったことは普遍的性質をおびる可能性があること、そして「規則四」に帰納的に推論された実験哲学の命題はそれがくつがえされるまでは真理とよばれるべきであること等々、がそれぞれのべられている。これは私を感動させた。私はいっぱしの小さなニュートンになれるような気がした。

　しかし、本論に入ってからの私はすっかり月の記述の乱舞に酔ってしまっていた。月の幻想科学にただただ熱中し、科学であることより月がそこに明証されていることに夢中になってしまったのである。クライマックスは命題二二・定理一八の「月のあらゆる運動、およびそれらの運動のあらゆる不等性は、提示された諸原理から既決されること」からはじまった。命題二五・問題六は「太陽が月の運動を乱す力を見出すこと」、命題二七・問題八が「月の時運動により、月の地球からの距離を見出すこと」、命題二九・問題一〇で「月の二均差を見出すこと」、命題三七・問題一八が「海を動かす月の力を見出すこと」とつづいて、命題三八・問題一九で「月の本体の形を見出すこと」というどえらい証明がくりひろげられ、ついに命題三九の補助定理に「彗星は月よりも上にあり、惑星の領域内に運行すること」とある箇所にさしかかったときは、いよいよ体の中から湧き出る哄笑をとめることができなかったほどだった。

まさに「やった！ やった！」のていたらくなのである。ただのお月様万歳なのだ。そしてこのとき、私は十八世紀の科学的自然哲学から飛び出していったのだった。

19

月の科学のことを「セレノグラフィ」（selenography）という。日本語では「月理学」と綴っているが、そう綴ってしまうと selenography に宿っていたセレネー（Selene）というギリシア月神の香気がまったく喪われてしまう。セレノグラフィには月の夜の帳がうっすらと参画しているのに、日本語の月理学ではなにやら「月経を研究する学問」にみえてくる。そこで私はかりに〝月究学〟という呼称をつかうことにした。

クレーター（crater）もうまい日本語にならない。火もないのに「火口」もよくないし、「割れめ」も月面の事実には反する。あれはべつだん割れているわけじゃない。私なら仮に「円状月溝」とあてたいところだが、これも科学性からは大幅に遠くなるだろう。もっともクレーターはその英語のほうにも責任がある。傾斜の強い深々とした〝穴めいたもの〟が連想されるからであって、しばらく〝月究派〟の第一人者であった国際月面学会の指導者のパトリック・ムーアなどはクレーターを「ムーン・ソーサー」（月の皿）と言い換えたほうがよいと提唱していたほどだ。もっとも、そうなるとこの上にスパゲッティでも盛りたくなりかねない。

こんなぐあいで、月の科学を綴るには、これまでの野暮な慣用語や学会用語に修正を加えつつすすまなければならない。多少の機知や脱線は、月に免じて御愛敬というところだ。私はかつて、星の諸学を総称して「星物学」という一語を設けたことがあるが、以下は月の諸学「月究学」のちょっとしたフラグメントである。
まずもって、月の誕生から始めるのが順序というものだろうが、実はこの最初の問題がいちばん解明しにくい。アポロ十二号と十六号が持ち帰った月の石の分析データが出たのち、なおしぶとく候補にのぼっている仮説は次の四ツである。これまで少しふれてきた議論を含めておさらいをする。

a―太陽系の中で地球と月とは一緒に生まれた兄弟である。
b―太陽系の中で地球が生まれ、月はその地球から生まれた子供である。
c―太陽系のある場所で地球が生まれ、別の場所で月が生まれた。
d―太陽系とは別の場所で月は生まれ、何らかの飛行を経て、地球の軌道にとらえられた〝もらい子〟である。

この四説にはそれぞれもっともな理由がある。
月の大きさを考えれば（a）の兄弟説に軍配が上がる。太陽系のほかの諸遊星――私はplanetを〝惑星〟とするよりも〝遊星〟としている――のまわりを回遊する衛星の大きさは、母星にくらべて極端に小さい事実から推測すると、月は地球の子であるよりも、むしろ二重遊星すなわち兄弟関係にあると考えたほうがよいことになる。その一方、月の石も地球を代表する岩石も似かよった玄武岩であるという点からみれば、二者の間には甲乙つけがたい共時性がひそんでいた。先に名前を出したムーアやその師のH・P・ウィルキンス、元ソビエト連邦の月究派第一人者のA・V・マルコフ、『見る月見られる月』という軽妙なミニ博物誌を書いたことがある有馬次郎たちは、主に兄弟説を強調する。詩人の中山啓はこう綴った。

月という骸骨は
太陽から分家した地球の
そのまた分家なのだ

ちなみに、アポロ十一号が持ち帰ってきた「静かの海」の石は、多量のチタニウム、ジルコニウム、イットリウム、ベリウムなどのレアメタルを含んではいるものの、おおかたは何の変哲もない玄武岩と角礫岩だった。また、〝海〟以外の区域の岩質はほとんど斜長岩系でできていた。

しかし、アポロ十二号と十四号が持ち帰った月の石はやや変である。地球では自然の状態では検出されることがなかったはずのウラニウム二三六とネプチウム二三七が検出されたのである。また、いまのところはカリウムとリンとポタシウムを成分としているとしか言いようのない〝クリープ〟と名づけられた合金状の鉱物も採集された。きっと本来は内部にあった地質が表面にひっくりかえてきたのだろうというのが、とりあえずの憶測だ。

月の内部のほうはどうかといえば、これは表面から深さ二五キロあたりまでが玄武岩系、その奥に斜長岩系のハンレイ岩、さらに中心部には地球の上層マントルにもみられるアセノスフエアがあるのではないかと推定され、内部については地球とはそれほどちがわないことが判明した。ルビジウム・ストロンチウム法などを駆使して推定された月の年齢は、地球や隕石の起源とほとんど変わりない「約四五億年前」ということなのだ。

ただし、ちょっと謎が解けていないのは、月の海の部分に重力異常がみられることで、これはその部分に局部的なマスコン（質量集中）がおこっていることをあらわすのだが、それがどうしておこったか、はたして古い時代の熔岩が集中しているせいだけなのか、そこがいまひとつはっきりしない。そこでＵＦＯが好きな連中たちは、月はほんとうは空洞なのではないかといった推理をするのだが、むろんいまのところはどんな確証もない。

他方、地球と月とのあいだに作用する潮汐力を前提としてあれこれ詮索してみると、（c）の太陽系内飛来説がやや有効になってくる。前にも人類の立ち上がりのところで少々ふれたように、この潮汐力は地球にブレーキをかけ地球の自転を遅らせ、その結果、月は一年に三センチずつ遠ざかってゆくことになる。この遠ざかりをどのように解釈するかで、また意見は二ツに分かれる。

すなわち、もともと月は地球の近くにいて次第に遠ざかりはじめたのか、それとも外側からやってきていったん地球に近づき、その後に潮汐力が作用して遠ざかりはじめたのかということだ。前者は結局（a）と（c）の折衷案であり、後者の説では、月は三〇億年ほど前に地球から一万八〇〇〇キロほどまで接近し、それから潮汐力によってあとずさりしながら今日の三八万キロまで後退し、さらに、年々三センチずつ離れていることになる。かつて岩波新書に名文の『月』を綴った古在由秀はこの仮説にもとづいていた。

いまのところ旗色の悪い仮説が（b）と（d）である。

地球から月が分かれて飛び出したという（b）説は、半世紀前まではなかなか人気のあった憶測だった。この憶測はジョージ・ダーウィンを嚆矢として、ハーバード大学天文台長だった月究派エドワード・ピカリングをはじめ、多くの科学者やアマチュアに受け入れられた。とくに太平洋の大きさに月がすっぽり収まる偶然の一致も手伝って、いっとき多くの者たちが「月は地球の子息なり」の感興に酔いしれたことは、前にも書いたとおりだ。当時は、環太平洋地帯に地震が多いのは、かつて月が出産されたときの陣痛であるという議論が大真面目にとりあげられたものだった。

もっとも一九八四年にハワイのコナで開かれた「月の起源に関する国際会議」では（私は固唾をのんで見守っていたのだが）、やたらにジャイアント・インパクト（巨大衝突）説が浮上した。原始地球が成長して現在くらいの大きさになったとき、火星ほどの巨大な微惑星が衝突してきて、そのときマントルがえぐられ月になったという説である。ヴェリコフスキーめいていて、どうも解せないところだ。

最後の（d）説は非科学的な空想力を基準にすれば最もよくできている。月はいわば彗星のように宇宙空間を飛んできて、あるとき地球の軌道にとらえられ、その後に遠ざかりはじめたというものである。この説にも多くの尾鰭がついて、例のホエルバイガーの「月が地球に大接近した折に月の海の水が地球に飛び出してノアの洪水をおこした」とか、スペインのシクスト・オカンポの「太古の月には知的生物がいて大戦争をおこし、その余波が地球の古代文明をつくった」とかの珍説となった。

私はどうかというと、ニュートンの『プリンキピア』を読んでいるときですら「月の孤立者としての尊厳」を賞揚したいほうだから、どちらかといえば（d）説に近い「月は宇宙の迷走者だった！」に依拠したい。そうではあるのだが、といって、そのための科学的条件を寄せ集める気はあまりなく、もし科学を持ち出すのなら、正直なところ（c）が真相に近いのではないかとおもっているのが現状だ。しかし「科学以上」ということだってある。

月の発生にしてからがこんな程度であるのだから、月に関するそのほかの天文学的推測もそれほど厳密であるはずがない。もともと宇宙の発生が人知の解明力の彼岸にある命題なのだ。今日、主唱されているビックバン理論というものも、いくら「最初の三分間で宇宙はつくられた」と言われても、全部が全部納得できるものではない。プラズマの光の矢とエントロピーの矢と時間の矢がそこからはじまったとしても、では情報の矢はどうなったのかといったような疑問が次から次へと湧いてきてしまうのである。すでにハンネス・アルヴェーンやデヴィッド・レイツェルらの反論も出そろった。

しかし、月面や月の内側の造成のドラマをあれこれおもいめぐらすのは、少なくとも地上のささくれだった人間主義的問題にくらべればよほど呑気な思索に耽っていられるのだから、ここはひとつ、ドイツ浪漫派の月の使徒ルートヴィヒ・ティークにならい、「われら流謫の天使ゆえ、月のみに思索をすべからく捧げん！」と嘯いて、ふたたび月の物理学的詮索にあけくれるべきなのだろう。

20

月に大気がないことは、月をいっそうあっぱれな天体にしている。このことを私が自分自身でも確かめえたのは、例のリーダーズ・ダイジェスト社製の月球儀を入手したあと、京都から東京に引っ越して屋上に小さな銀色の天文ドームをそなえた九段高校に入ってからだった。ある夜、それまで私に文句をつけてばかりいた天文部の友人に誘われて月による星触を観望した。ややあって星は月のリムに近づいたとおもうまもなく、すっぽりと姿を消した。反対側から星が出現するときも事態はまことに瞬間的だった。もし月に大気があるなら、星は月のリムに近づくにつれてチラチラしつつ消えるはずだった。しかし、月はまさに一刀両断に星を消去した。

この印象は強烈である。こんな天体は近所にはざらにない。マリーナ四号は火星にはわずかながら大気のあることを告げたし、木星や土星は見てもわかる通り、厚い大気膜でおおわれている。水星にいたってはぶよぶよのガス体であるから問題外、すべからく天体は〝冷ややかなるもの〟でなければならないからだ。

なぜ月には大気がないのか。大気が逃げ出してしまった、いや、月が大気を放逐したからである。これは、月の重力値が地球の六分の一にすぎない事情によっている。もし太古の月に空気があったとしても、表面重力が低いためにそこにとどまってはいられなかったはずなのだ。空気の分子が放逐されるばかりではない、水の分子もじっとしていられない。

空気も水もなければ、風も吹かない。音も伝わらない。何もない。何もないから、何も妨害者がいないから、太陽の光も散乱しない。だから月面から見た空は青くなく、真黒になる。昼も夜も真黒だから、いつだって無数の星がギラギラ見える。月面は黒い空に太陽と星たちがともにあるだけの光景となる。かつてジェラール・ド・ネルヴァルの狂気が見た光景に似て、宇宙の光景はまさしくこのような暗黒の月面に開闢するのである。

とはいえ、その暗黒の月面から届いてくるのものは、「月がとっても青いから」という、あの青い光なのである。これは不思議だ。ジュール・ラフォルグをはじめとする多くの詩人たちを想像力の極北に走らせた月光の神秘は、いったいどうして生じてしまうのか。いったい月はどのような光を届けてくれているのか。

月光が青く見えることについては、夜空による対比がわれわれの目を狂わせているということで、これについてはちょっと説明をした。問題はそれ以外のことである。

月面はもろに太陽を受けとめている。そのため、太陽光のあたっている月面とそうでない月面とでは、驚くばかりの温度差が生じている。たとえば月の赤道付近の真昼は摂氏一二〇度、逆に真夜中には零下一三〇度まで下がる。地球上の内陸性気候の比ではない。これを基準にしてみると、月面では実に五分に一度の温度変化がおこっている勘定になる。地球人にとってしのぎやすいのはわずかに夕涼み時だけ、月では縁台将棋ばかりがはやりそうなのである。そのほかの時間はとうてい月面には立っていられない。もともとこのような激しい温度差の生じる原因は、主に海洋と大気のあるなしにかかわっている。水と大気が適度な保温と冷却を調節しないためである。とりわけ「雲の欠如」が月を極端な原始的環境に追いつめた。

ということは月は太陽光を浴びながらも、その大半をうまく散乱できないでいる球体だということなのである。そのうえ、これまでの科学的観測による非情なデータで知らなければならないのは、暗天に太陽光を一身に浴びてグスタフ・マイリンクをして『月光投身』を、北原白秋をして『月光微韻』の長詩をかかしめたほどの月光も、ほんとうのところは太陽光のたった七％しか反射していないということである。

そのほかは大部分を月の大地が吸ってしまって放射線に変えている。では、その放射線が「青い光」になっているんじゃないかと思いたくなるが、放射線は一〇ミクロンほどの波長の赤外線が中心だから、われわれの視覚には感受されない。もともとどんな物体も各種の複数の放射線を出力しているわけで、われわれの人体もこれでも赤外線放射体であるのだが、あまりにも狭い範囲の波長（400mµ～700mµ）をしか感受できないわれわれの眼球には、これらはほとんど入力してこないのだ。

ことほどさように、月もみずから自家製の月光をわずかに放出しているのだが、そのまたほんの一部しか地球には届いていないということになる。したがって、李白がそれを肴に酒を飲み、キーツがそれを頼りに心を綴った月光は、つまりは菅原都々子から山口百恵におよぶ歌にうたわれた「青くて蒼い光」は、ほぼ太陽光のなれのはて、それが地球を取り巻く大気によって青くちらついているにすぎないという結論になってしまうのである。

それにしては月光には「幻想元素ファンタシウム」ともおぼしい何者かが関与しているとしか説明のつかない霊妙な輝きがあるではないか、その原因は太陽光にはないのだから、反射光を受ける月面に妖しい物質が含まれていてもおかしくはないではないか、という推測も出てきそうだ。たしかに、それを何らかの蛍光物質のようなものだとか、フロイト批判者ウィリアム・ライヒが提唱したオルゴン・エネルギーのようなものだとかと考えることもできなくはない。実際にも、そういう仮説をもった科学者もいた。前に紹介したオッセンコップの月光エネルギー放射説などもそのひとつだ。

それには月光の中の吸収線（フラウンホーファ線）を調べ、スペクトル分析による結果以外の物質が関与しているかどうかをチェックすればよい。一応、理屈の上ではそうなるのだが、実際にこれを科学技術のプログラムにあてはめるにはいろいろ困難をともなう。正統月究学派のソ連のコズレフやイギリスのコパールの計画が、まさに「月面上の蛍光物質の摘出」をあげていたのだが、私が知るかぎり、あれから二〇年ほどたったいまなお、はっきりした結論には達していそうもないからである。

そういうわけで、妖しい物質はいまだに検出できないでいる。

しかしながら、月光のこの世のものとはおもえぬフラジリティには必ずやどこかに不思議微粒子が介在しているにちがいなく、病床の正岡子規が「鬼火が混っているはずだ」と決めつけていた月光が、いつの日か、コバルトブルーの小さな瓶詰めになり、アンデルセンの童話の挿絵のようなラベルが貼られて、ある夜に売り出されることもあるはずだと、そうおもいたいものである。いやいや、そうは問屋がおろさないかもしれない、と私の話をはぐらかしたのは藤富保男である。そして、さらさらと次の一節を紙にした、ギャッ！

月は後向きになって
煙を吐いて留守になる

水無月

お盆のような月が出る

眠りの仇敵、沈思の詩人、
手には猫目石の破片と
煌めく月の涙を取り、
太陽の眼を胸に隠しこむ。

——シャルル・ボードレール

21

誰もが不思議に思っていることがある。それは、昇りかけの月はなぜあんなにも大きく見えるのかということだ。この不思議は古代から議論の的になっていた。

アリストテレスは『プロブレマータ』に「なぜ東風が吹くと、すべてのものが大きく見えるのか」と、はやくも得意の推理を持ち出している。古代ローマ時代の地理学者ストラボンも、師匠のポセイドニオスが投げかけた謎だった「太陽や月が海上に沈むときと昇るときだけ大きく見えるのはなぜか」を受けて、「それは海からの大量の水蒸気が発生して、光がその中を通るときに折れ曲がるからではないか」と書いている。

ルネ・デカルトも月の大きさに頭を悩ました。そして、考えた。きっとわれわれはみかけ上の月の近くにある木々や建物と月を比較して、ついつい心理的に月を大きく見てしまうのだろう。フランシーヌ人形を黒い鞄にいれて持ち歩くデカルトらしい慎重な見解だった。だが、この見解はすぐに議論をまきおこす。フランスの神学者ニコラス・マールブランシュとダブリン哲学協会会長ウィリアム・モリヌークスが、月の出をめぐり紳士の仮面を投げ捨てて激越な哲学論争をはじめたのである。マールブランシュは神の経験を盾にとり、モリヌークスは人間の知覚を牙城にして、互いに譲らなかった。

このモリヌークスの心理説を受けたのが、かの科学僧正ジョージ・バークリーだった。私がいっとき強い影響を受けた科学哲学者である。岩波文庫の『人知原理論』は、もうぼろぼろになっている。当時、私はバークリーとマッハとアインシュタインを交互に読み耽っていたものだった。そのバークリーがアイルランド王国枢密顧問官に贈った『視覚新論』に、地平線上の月が大きく見える現象に関する議論がたっぷり出てくる。

バークリーの結論を一言でいえば「それは、われわれの知覚によっている」ということだ。もともとこの科学僧正は「距離は観念の媒介によって知覚されている」という立場をとる相対性主義者である。そこで月の出についても、あれは地上の水蒸気などによって光線が妨げられて月のみかけの姿が弱々しくなり、つねに弱々しい像を見るとつい大きく感じてしまうわれわれの経験が、そのみかけの月をより大きく見てしまうのだと説明した。だが、それで説明はあたっているのだろうか。

バークリーの時代は、日本では芭蕉の時代にあたる。芭蕉はだいたい雨にたたられて月を逃している雨男である。そのせいか、月の句は「月のみか雨に相撲もなかりけり」とか「あすの月雨占なはん雛が嶽」あるいは「月はやし梢は雨を待ちながら」といった妙に愚痴っぽい句が多い。「名月や池をめぐりて夜もすがら」という人口に膾炙した句があるくらいだから、さぞや月の名句が多いだろうと想像するのは、芭蕉をろくに読んでいない証拠だ。見立ての名人のはずが、月に関しては「何事の見たてにも似ず三かの月」というギブアップがあるほどなのである。雨男ではあっても月男にはなれなかったその芭蕉が『更科紀行』で美濃から姨捨山の名月を眺めたときは、こう詠んだ。

あの中に蒔絵書きたし宿の月

さすがの芭蕉も宿の障子の外にぽっかりと出た月に驚いたのだろう。あまりの大きさについ俳諧が気色ばみ、「世の常に一めぐりも大きに見へて」と書いている。さっそく月を盃に見立て、そのなかに空筆で蒔絵を描いてみた。川柳のような句であるが、昇った月の大きさに呆れた様子だけはよく出ている。

このように、大きな月はまるでわれわれをたぶらかしているように見える。月が好きな私としてはたぶらかされたり、いっぱい食うのはおおきに本望だ。しかし、その月はいつも大きいわけではない。天頂にある月が大きいということはまずない。月が巨大に見えるのはつねに昇りかけのときだけなのだ。

昇りはじめた月が巨大に見えるという現象はいまなお科学上の大問題なのである。しかも、この謎は解けていない。街を歩いていてふと気がつくと、やたらに大きな赤い月がビルの向こうに顔を出しているという、あの誰もが何度もギョッとした体験をしている〝お盆のような月〟は、いったいわれわれの錯覚によるものなのか、それとも何かの気象現象のせいなのか、もし錯覚だとしたらどうしてそんな奇妙な錯覚がおこるのか、これらはまったく解決されていない謎なのである。この謎は「ムーン・イリュージョン」という美しい問題名でよばれている。ムーン・イリュージョンだけを学問的に研究する専門分野もある。論文もいろいろ出されてきた。

問題の形式は簡単だ。まずもって、月の物理的な大きさには変化はおこりようがないのだから、第一には、月を見ているわれわれの視野の中に仕掛けがありそうだ。いちばん考えやすいことは、空気や水蒸気のかげんで月がチラチラと光学的に大きく見えてしまうのではないかということである。これには気象条件を調べる必要がある。第二には、われわれの見ている見方に錯覚があるという考え方だろう。自分が立っている周囲の景色に関係があって、その景色との比較で月が大きく見えてしまうというデカルト的な見方だ。私も以前は誰かからそのように教わった。

しかし、このふたつの考え方は実証するのが難しい。それどころか、この問題の背景にはとんでもなく面倒な、手に負えないような重要な問題も含まれていることがわかってきた。ニューメキシコ大学の宇宙環境学者N・ロスコウと元名古屋大学の航空心理学者の苧坂良二は、最近のムーン・イリュージョン研究の東西を分ける第一人者だが、かれらをもってしても解答はない。

ともかく順番に片付けよう。

まずは「屈折説」である。これは地平の空気層の厚みで月の像が屈折してしまうというもので、アリストテレスやプトレマイオスがこの説を言い出した。しかし、この説の証拠はいまのところは見当たらない。これに似た仮説に「遠景説」というものがある。バークリーも遠景説の仲間に入る。茫々とした遠景の風景は大きく見えるというもので、近くに余分の物影がないから遠近感が強まるという説だ。これにはエリアル・パースペクティブ（aerial perspective）という専門用語もついているが、古くから山水画などによく使われた技法でもある。たしかにそのように遠景が大きく見えることも知られている。が、実際に調べると、月を見ている視野に他の遠景が入っていないときでも月が大きく見えることがある。ヘルムホルツも賛成した仮説だったが、事の真相を衝くにはいたらなかった。

次にデカルトらの主張する「比較説」だが、これも決め手を欠く。月の物理的な大きさは視角がほぼ三〇分角だから、八キロ先の遠方では直径七〇メートルのガスタンクくらいの計算になる。そこでその大きさの円にあてはまる円を描いた画用紙を被験者の前方に置き、その状態で月の出を見てもらう。そうすると、みかけの月はそのガスタンクの模擬円よりもひとまわり大きく見えてしまうのだ。これではダメである。

このほか「天空偏平説」というものもある。天空のみかけの形が半球状ではなく偏平になっているという考え方だ。突拍子もない仮説のようだが、なぜか第一次大戦時にドイツでこの観測研究がさかんにおこなわれた。ただし、この決着もまだついていない。ひょっとしたらそういう可能性もあるかもしれないし、そうでないかもしれないというのが現状だ。なぜか民族心理学者のウィルヘルム・ヴントがこの説に傾倒していた。

以上の仮説とはまったくべつに、月が大きく見えるのは眼球の運動性に起因するのではないかという意見が出てきた。「眼球運動説」である。ヴェルトハイマーらの初期のゲシュタルト心理学者がこの説に依拠した。見上げる角度に問題があるというのである。それはなぜかというと、水晶体が変形するからだ、瞳孔が散大するせいだろう、中心視と周辺視のズレが原因だろうなどと、いろいろの提案が出されたが、やはりそれだけではないらしい。

ざっとこのように、お盆のような月をめぐる科学論争はまことに賑やかだったのだが、結局は一個の仮説では説明がつかないということになった。どうやら以上の原因のあれこれが交じりあい、われわれはついつい昇る月を大きく見てしまうということらしい。

けれども私はこのムーン・イリュージョン問題が大好きなのだ。科学の議論として、なにしろ論点が天文学から心理学におよぶ最大領域にまたがっているからである。そして今後、結論がどのように出ようと（容易には出そうもないけれど）、私としては「物理空間と心理空間とは密接につながっているのだ」ということさえ了解してもらえば、そして月というのは半端じゃないのだということが了解してもらえれば、とりあえずは大満足なのである。

22

いますこし、いささかミステリアスな月究学的な話題を提供しておこう。月を動かしている力点についての話と月のお化粧としては最も目立つレイとクレーターの話である。

どんなものであれ、固体も液体も重力によって球体化する。液体ならば朝露や夜露の大きささえあれば球状になり、固体質量ならばちょうど月ぐらいの大きさが球状となる最低半径だ。そうだとすれば、月は宇宙における最小の球状物塊である。これ以下の物塊は火星の衛星のフォボスやダイモスに似てひねくれた西洋梨のようになる。月こそ宇宙きっての慎ましくも恭しい星球にほかならない。

月が球体であることから、これまでの天文学は月を推理するにあたって兄弟球体である地球をあまねくひきあいに出してきた。おかげで多くの誤解が生じたが、それもやっとアメリカの威信を賭けたアポロ計画によっていくぶんかは訂正されることになった。とりわけ月の石の分析データと月面に設置された月震計の送るデータは、すでに紹介してきたように、地質学ならぬ月質学のあらましをあきらかにした。

月が球体であるということは、そこに重力がはたらいているということである。地球も球体で、そこにも重力がはたらいている。前に書いたように、これを正確にいえば重力ではなく重力場というものだが、そこで問題が持ち上がる。ふたつの重力場はいったいどこでどのような折り合いをつけているのかということだ。

たとえば、月と地球のあいだの重心はどこにあるのか。地球と月というふたつの球体をヤジロベエの両側に吊るし、その平衡点をさがすと、どこになるのか。こんな質問を大学生に出してみたところ、ほとんどの学生が答えられないか、あるいはまちがった答を出した。平均的な答は地球の大気圏を少し出たくらいの地点というものだった。むろんひどいまちがいだ。が、ちょっと考えてみれば、難しくはない。

月と地球の質量比はほぼ八三対一である。両者の距離はおよそ三八万キロだから、この内分をとると、月―地球系の重心は地球の中心から四六〇〇キロほどのところとなる。そこであらためてその地点をさがすのだが、これはなんと地球の内部ということになる。それほど地球の直径はバカでかい。答は月と地球のヤジロベエは成立しないということなのだ。だいたい地球の内側、約一七〇〇キロのあたりが重心である。

これで、どういうことがわかるかというと、月も地球も地表下約一七〇〇キロの点を中心にともがらに楕円軌道を描いているということになる。おわかりいただけただろうか。月が地球を周回しているように見えるのはこのためなのである。さらにいえば、もともと太陽のまわりを一年をかけて周回しているのは地球そのものではなく、太陽を回っているのは月―地球系の重心だったということなのだ！

ところで、「私はぼけた言語のへりにいる者だ」と言った哲人ヴィトゲンシュタインの逸話に、こんな話がある。友人のノーマン・マルコムが書いていたのだが、あるときヴィトゲンシュタインとマルコム夫妻が散歩をしていた。歩きながら天体の運行の話になった。と、ヴィトゲンシュタインが急に思いついて、われわれ三人が太陽と地球と月の立場になって、お互いに運行の関係を演じてみようと言い出した。マルコムの夫人が太陽で一定の歩調で草むらを歩く。マルコムが地球で夫人のまわりを駆け足でまわる。ヴィトゲンシュタインはいちばんたいへんな月を引き受けて、駆けるマルコムのまわりを走りまわりはじめた。そして、目がまわりその場にくたばってしまったというのだ。

ヴィトゲンシュタインが月の役を選んだのが象徴的な逸話である。このウィーン世紀末を代表する論理哲学者には、夜中に凧に火をつけて「彗星だよ、彗星だよ」と言って大人を驚かせるような少年時代があった。私はこれを知ってうれしくなった。まったく同じことをニュートンも少年時代にやっていたからだ。真空管の原理を発明したウィリアム・クルックス卿にも、『月と六ペンス』のサマセット・モームにも、そんなやんちゃな面がある。モームは凧狂いで火事場見物が好きだった。大人になっても凧上げに興じていた山本太郎も月の好きな詩人だった。かれらが危険なルナティック・サイエンティストあるいはルナティック・アーティストのいくぶんかの素質をもっていたという証拠である。

さて、次はレイのお話だ。

月面を観測していて最も謎めいた形状をみせているものにレイ（光条）がある。ティコ、コペルニクス、アリスタルコス、ケプラーなどといった名だたる学名のついている大クレーターは、それぞれ巨大なナメクジが這ったかのような放射状のレイを月面に走らせている。地上からのレイの見え方は日の出の約一二時間後に見えはじめ、日没の約一二時間後には消え、満月に近づくにしたがって目立ち、満月時に最大の光輝を放つという順序をとる。

こうしたレイの謎には多くの月究派が挑戦した。最初に仮説を発表したのは二十世紀初頭のトムキンズで、彼はインド北部の岩塩の流出跡にヒントをえて「それは月の塩である」というまことにロマンチックな説をたてた。つづいてＰ・ファウトは氷の結晶がキラキラと光っていると言い、ダーネイが月の内部の割れめ構造の月面上への反映ではないかと憶測した。レイに似た現象をつくろうとして実験した月究派もいる。ビュエルやスチュワートである。かれらは玄武岩の微粒子と粉末をまぜて実験室に人工レイを出現させてみせ、レイの成因を月面岩石の微粉流であるとした。また、その微粉流がガラス状の透明な小球であると仮説したオキーフのような科学者もいた。最近の学説は隕石衝突による微細物質の堆積ではないかというものだ。シューメーカーやボールドウィンの主張を踏襲したユーリーとジャンボニらの説で、これによるとレイは隕石衝突がひきおこした周辺物質の放射状展出によっていて、そこには明度の強い微細物質と暗度の強い微細物質とが混っているために、太陽光線のあたりぐあいでキラキラ輝くという。

そのほか、一時の流行となった火山溶岩流説もあるが、どうやらレイに関する決定打もまだ出きっていないとみるのが妥当である。ただ古いクレーターのレイが磨滅している観測事実からすると、レイは比較的新しいクレーターの産物であるということだけが確からしい。私自身はレイこそが月面上で最も美しい特徴であると考えている者であって、かつ最近の月面地図が詳しくなったかわりにレイをかきこまなくなったことを残念がる貧乏症なので、ひたすらレイやクレーターの成因がなにやら想像もつかない消息によってひきおこされていたことを願うばかりだ。

クレーターについては、隕石や小惑星の衝突によってつくられたという説がいちばん通っている。地球には大気があるから降りそそぐ隕石のほとんどは燃えつきるだけだけれど、月には大気がないので隕石の大半が月面に衝突して傷をつけていくという見方である。しかし、この説にはちょっと難点もある。それは、十七世紀にガリレオがスケッチをしてこのかた月面観察はずっとずっと続行されてきたにもかかわらず、月面に新しいクレーターが出現したという観測ニュースがついぞ出てこなかったのはなぜなのか、その理由をうまく説明できないという点だ。それに隕石がぶつかったにしては、クレーターの溝が総じて浅すぎるという問題もある。まだ決着がついていない。

クレーター関係で見逃せない謎のもう一方の雄は、プトレマイオス・クレーターなどに顕著にあらわれている六角形クレーターの一件である。この魅力的な謎については『月の地質学』の著者である小森長生の説明が、私にはことのほか最もおもしろかった。こういうものだ。

イリヤ・プリゴジンの熱力学理論が有名にした「ベナールの渦」とよばれている熱対流の特殊パターンがある。ベナールが鉄円筒の上にパラフィン膜をはり下から加熱すると、多くの多角形、とりわけ正六角形の細胞パターンが生じることから名づけられた名称で、パラフィン層の中におこった熱対流が原因になっている。いわゆる「ゆらぎ」である。六角形クレーターの成因をこの観点で推測すると、月の内部の比較的浅い部分が溶融して多くの熱対流の渦が生じて、これが表面において六角形状に定着したということになる。

小森説によれば、多角形クレーターの力学構造はおそらくは月の地質学的グリッド・システムが変形して割れめ状を生んだことに依拠しているという。グリッド・システムそのものは、月と地球との距離が接近していたその昔、両者に作用した強靭な潮汐力が月面につくった引っ張り力による。この引っ張り力によって表面がグリッド化しているところへ、月の自転速度の変化などによる影響がはたらいて内部の溶融状態が吹き上げ、そこに割れめ状をつくり、さらに「ベナールの渦」のゆらぎがおこって六角形化が促進された。ほぼこういう展開ではなかったかということだ。

その後、この熱対流説は、月面の表面張力による温度変化が渦をつくったのであろうと訂正された。私としては、月にもイリヤ・プリゴジンやヘルマン・ハーケンばりの自己組織化理論や、あるいはカオス・フラクタル理論があてはまるという意外性を買いたいのだが、さて結末はどうなるか。

ともかくこのように、月面についてはいまなおいろいろの謎が手つかずのまま残っているという現状だ。月の科学は古いようでいて、あいかわらず最先端の科学を試しつづけているともいえるのだ。しかし、科学が万能であるわけもない。たとえば雪の結晶六角形とミツバチの巣の六角形とシャボン玉の六角形の関係すら解明されていない体たらくの現状なのである。月面の謎がすっかり解けないからといってあわてることはない。

ケプラーは『新年の贈物あるいは六角形の雪について』というすばらしい論文の最後の文章で、科学にもこんな救いがあるということを補足した。ケプラーは六角形に関する仮説をいろいろのべ、「地の形成力」とでも表現するしかない自然界の謎の深さを暗に示して、次のように綴ったものである、「……もうこれ以上論じて疲れてしまうよりはむしろ、このうえなく聡明なお方であるあなたから、あなたがお考えになることを拝聴したいものだとおもいます。あとは無あるのみなのです！」。

と、まあ、あれこれの月究学を綴ってきたが、いま日本の少年たちを駆りたてる月の話題といえば、日本人の宇宙飛行士も出現した以上、なんといっても月面に立ったら何が見えるのかということだろう。

想像するに、月に立って、まず最初に感動するのは天空に拡がる天然プラネタリウムのすばらしい光景である。漆黒の空に無数の星が散らばっているのはむろん、そのどの一粒もが大気がないためにまたたかないことに、私ならばずっと見とれてしまうにちがいない。

星々は光の針となって月面に降る。なかで、ひときわ光輪を誇る者が太陽と地球だ。太陽の大きさは地球からの眺めとは変わらない。が、大気がないために光輪はあくまでもくっきりと暗天にナイフで切りとられ、加うるに地球では日蝕時にしか見られないコロナやプロミネンスが、まさしく光の紅舌のごとくにめらめらと動きつづけるはずだ。この異貌の景観はとてもネルヴァルが幻視したという〝黒い太陽〟の比ではない。青空にポッンと孔を穿いた黒い太陽なぞよりも、黒々とした全天にギラギラと炎上する〝光の棘皮動物〟である太陽のほうが、よほど想像を絶する精神的影響をわれわれに与えるだろうとおもわれる。それは悪魔というよりも、むしろ奇しい善魔とよばれるにふさわしい。

太陽にくらべれば、月面からの地球の眺めはまだまだ愛らしい。それはまさに「お盆のような地球」であって、それ以外ではない。それでも絶景は三日月ならぬ三日地球であるだろう。瞬かない光の虫となった星々の中空にアルフレート・クービンの巨大な鎌となってかかる光弧を見せられて、これがただちにわれらの地球であると合点するのは難しい。これまで宇宙を飛んできた数多くの宇宙飛行士たちもすぐには感覚できなかったという。私が最初に会った宇宙飛行士ラッセル・シュワイカートがこの話をしてくれた。そして、これらの異様な天体が地球ではたった十二時間で地平線に没するところを、月面では二週間にわたってゆっくりと天空を横切るのというのも、ひとしお超常的天体趣味を楽しませるものなのかとおもわれる。

そうはいっても大気もなく風もなく湿気もない月面での光景は、あまりにも直截だ。そこには露ほどのゆらめきもない。全部が全部ハイパーリアルでありすぎる。私はやはり、月に行くよりも月を彼方において眺めていたい。月はまさしく水のない水無月なのである。

23

一九五一年、ロンドンで「自然と芸術の形態をめぐるシンポジウム」が六カ月にわたって開かれた。オーガナイザーはランスロット・ロウ・ホワイトで、天文学者グレゴリー、発生学者ウォディントン、動物行動学者ローレンツ、生化学者で中国学者でもあるニーダム、美術学者ゴンブリッジらが参加し、おそらく世界で初めての「形」だけをめぐる議論がもたれた。

M・C・エッシャーの版画が一般の人々の目を「形」には何か本質がひそんでいるということに向かわせた華やかな契機だとすれば、このシンポジウムは「形」をクロスオーバーに学問することの新たな出発点になった。参加者の一人グレゴリーは、こう発言した、「もし、形の科学が誕生したら、すべての科学がつながることになるだろう」。

　私は「形」が好きである。少年は誰でもがそうだとおもうが、形を追いかけたくて昆虫や鉱物をカルピスの函やバームクーヘンの缶に詰めていた。変な形のもの、見慣れない形のものには、必ずといってよいほど目を向けた。中身よりも瓶、人間よりも衣装である。そこで一九七八年の「遊」では「相似律」という特集を組み、外見が似ているものばかりを徹底的に集めて並べたてた。たとえば銀河とつむじと指紋と迷宮庭園、たとえば皮膚の表面とマーク・トビーの作品とミオグロビンの顕微鏡写真、たとえば電気放電と神経系と樹木の根とコロラド河の航空写真――。そして「似ていることの存在学」を主張した。差異よりも相似をというエールである。

　ルネ・ユイグが一九七一年に『かたちと力』を豊富な図版とともに著していたのを知ったときは驚いた。ユイグはこの「原子からレンブラントへ」という副題がついている本を〝自己超越を強いられている科学〟のためにまとめたと言っている。また、時間と空間のなかで認識を擁護するためだとも書いている。この気持、よくわかる。「形」はすべての認識の基礎であり、イメージ・プロセッシングの原型なのである。

　人々に月が話題になるのも、ひとつは反射だけで光っているというけなげさによるが、もうひとつは数多くの天体の中で月だけが形を変えるからである。しかも、月は全部を隠す新月から、ほとんど奇蹟ともおもえるほど厳密な正円の満月にまで変化する。こんな天体はない。天文学はこれまで何度も宇宙空間で完全に近い球を描ける〝星〟の大きさをシミュレーションしているけれど、そのたびに月の大きさが最も妥当であることを立証してきた。あの月の大きさこそが、球体を維持するにはいちばん適当だということなのだ。加うるにムーン・イリュージョンの議論でおわかりのように、月は見かけの大きささえ変化する。

古代人たちがこの月の形の変化から「形は生きている」ということを学んだのは疑いない。エリアーデは『宗教学概論』の第四章を「月と月の神秘学」に、第五章を「水と水のシンボリズム」にあてて、「月＝雨＝豊饒＝女性＝ヘビ＝死＝周期的再生」という方程式をつくっている。その根拠につかったのは、西アジアで牛の角が三日月に見立てられたこと、メキシコでカタツムリの角が月に似ていると考えられていたこと、ブルターニュでヘビの脱皮が月の変貌と同一視されていたことなどの、つまりは月の形の変化が古代信仰に大きな影響をもっていたという観察によっていた。

そうなのだ。月が循環的に再生することは、われわれの歴史の奥のそのまた奥の記憶に入っているミームなのである。女性はいまもなおこの循環的再生を月々に再現しているが、古代祭儀にも月の再生を擬したイニシエーションがいろいろおこなわれていた。インドのプージャーはそのような儀式のひとつである。

プージャーは新月の第一日目にはじまり、月の形が変化しつづける二週間にわたって続く。そのあいだ司祭は月女神トリプラスンダリー（Tripurasundarī）を体の中に入れて瞑想する。儀式には十六人のバラモンが参加する。これはバラモンたちが月の女神の形の変化を一相ずつ担当するためである。かつては一歳から十六歳までの十六人の乙女が十六の月相をあらわしていた。フェミニズムの歴史観を確立してみせた『聖杯と剣』のリーアン・アイズラーなら、すぐにも〝原型進化の宴〟と名づけたことだろう。

月は形を変える。

その月をじっと見る者が、おそらくは人類の最初の物語をつくったのである。そうだとすれば、われわれは各地各民族の月の神話の奥深くに、われわれの物語の原型――すなわち母型――を発見することができるはずなのである。エリアーデは書いている、「月は人間に原初の条件を啓示した。それは次のことを、すなわち、人間は月の生きた形のうちに自分を見つけだすということをあらわしていた」。

文月

神々はモノリスの月に棲む

昔は月を見るのがこわかった。
母を見るような気がしたからだ。

――エリカ・ジョング

24

ドストエフスキーの『罪と罰』に、青年ラスコーリニコフが老婆を殺害したのち、こんなことを一人で考えこむ場面が出てくる。

部屋は一面、月の光にさえざえと照らされている。ここは何もかももとのままだった。椅子、鏡、黄色い長椅子、額入りの画。大きな丸い銅紅色をした月が、まともに窓からのぞいている。「これは月のせいでこんなに静かなんだ」とラスコーリニコフは考えた。「月はいま、きっと謎をかけているんだ」。彼は立って待っていた。

そうなのだ、月はいつも謎をかけている。殺害を犯した者にのみ謎をかけるのではない。窓の外の月をゆっくりと眺めた者のすべてに、突如としてスフィンクスの謎をかける。なんなら明日の夜、月の出を待って高台に上がってみることだ。やけに大きな月がこちらを向いて出て笑っているはずである。

月の謎を最初に受けたのは古代人だ。その証拠は多くの民族たちの神話にのこっている。そう、おもっていた。ところが、そうではなかったということをスタンリー・キューブリックの『二〇〇一年宇宙の旅』の冒頭シーンが告示した。一九六八年、世界中が一斉に劇的なターニング・ポイントを迎えた年のことである。

この年はパリのカルチェ・ラタンに火が吹き、ソニーがトリニトロンのテレビを、アラン・ケイがパソコンの概念を発表し、スチュワート・ブランドの月面に望む青い地球の写真をカバーにあしらった『ホールアース・カタログ』が出版された年である。月球派としてはこれらに加えて、のちに映画『ブレードランナー』の原作になったフィリップ・K・ディックの『アンドロイドは電気羊の夢を見るか』や、門前に馬を飾った日本青年会館ホールで土方巽が踊った『肉体の反乱』をぜひともあげたいところだ。資生堂の広告とともに年を読む女性諸姉のために申し添えるなら、セルジュ・ルタンスがディオール社のイメージクリエーターに抜擢され、あの電気月光的化粧術を世に問うた年でもあった。

映画『二〇〇一年宇宙の旅』は原題を『二〇〇一スペース・オデュッセイ』という。キューブリックとアーサー・クラークによる共作のシナリオである。その有名な冒頭シーンにヒトザルが出てくる。ヒトザルはハイエナと闘い、ヒョウに襲われ、仲間と争い、そしてある夜明けに黒く輝くモノリスを見る。モノリスは一対四対九の薄い直方体である。かれらはその日から少しずつ変化し、ついに骨の棒と石の武器を操るものたちになっていく。このヒトザルの名前がシナリオでは〝月を見るもの《ムーン・ウォッチャー》〟となっているのである。

のちに、クラークは映画をノベライゼーションした同名の作品の中でこう書いた。「これまで地上を歩いたあらゆる生物のなかで、月を見る習慣を持ったのはヒトザルが最初である。とくに若いムーン・ウォッチャーたちは、丘のむこうから昇る青白い顔に向かって何度も手をのばし、さわろうとしたものである」。

ヒトザルはモノリスを見てヒトになる。その三〇〇万年後、宇宙探査隊員たちは月面でふたたびモノリスに出会い、狂い死ぬ。そしてここに、いっさいの謎めいた物語、すなわちスペース・オデュッセイが開始する。私は脱帽した。この仕掛けには全面降伏だった。

月面のモノリスに似た物体は土星の衛星ヤペタスの上にも発見される。やはり一対四対九の比率をもった黒く光る石板である。ただ、見たところ倍以上の大きさがあったので、ビッグブラザーとかスターゲイトとよばれた。ディスカバリー号の船長ボーマンはこのスターゲイトに近づき、石板の真上にさしかかろうとしたとたん、最後の一言「中はからっぽだ……どこまでも続いている……信じられない……星がいっぱい見える!」を言いのこして、反転宇宙に急激に呑みこまれていくことになる。モノリスはその内側にもうひとつの宇宙を内包する擬月体だったのである。しかし、地球の科学者たちは、モノリスは太陽エネルギーを利用した、未知の物体でつくられたある種の信号装置だと言いはった。それを三〇〇万年前の知性体がなんらかの目的で月面に埋めこんだというのが、かれらのせいいっぱいの推理である。ボーマンはこの推理にしたがい、ヤペタスのモノリスに接近し、たちまち宇宙の内部に落下する。

スペース・オデュッセイにはもう一度、不気味なモノリスが出てくる。最後の場面だ。地球から二万光年隔たった二重星の真っ只中に浮かぶ空虚な部屋の一隅で、赤ん坊がモノリスに出会う。赤ん坊はモノリスの深みを覗きこみ、そして、自分が生まれた原郷に帰ったことを知る。彼は新たな世代のスターチャイルドとして、モノリスがヒトザルをヒトにした張本人だったことに目覚めるのである。

　私はこの映画を京橋のテアトル東京で観た。観客が異様に少ないなとおもった直後からは、まったく何の予備知識もなく、ただ呆気にとられながら目眩《めくる》めくような映像の魔力に襲われつづけた。二十五歳のときだった。まずキューブリックの途方もない才能に惚れ、完璧な特殊撮影技術に感嘆し、ついで、知能をもったコンピュータＨＡＬに憧れ、最後にやっと物語の謎が月の謎と一体化していることに考えこまされたものだった。ようするに何も言うべきことがなかったのである。

　こんなことは初めてだった。全身の泡立つ興奮は何日たっても消えないし、それ以上に、人類史の全貌をこのような意外な物語に封印してしまった意図に茫然とさせられた。が、ひとつだけ気をとりなおせたのは、われわれが必要とするスペース・オデュッセイは、やはり月にこそ始まらなければならなかったのだということだった。

25

月におもいをよせたヒトザルがいたにせよ、いなかったにせよ（いたにちがいないけれど）、われわれが知りうる月の謎に関する最古の記述は各地の神話のそこかしこにひそんでいる。そしてそこには、われわれの「内なる母の物語」もひそんでいるはずである。月が母だったはずである。

よく知られている月神神話でいちばん多いのは、日蝕月蝕神話のヴァージョンだろう。そこでは天地創造神の右目と左目に太陽と月をあてたり、兄弟姉妹を太陽と月に割りふるという話がたくさんあって、そこからいろいろな物語がはじまっていることが多い。古代人が日蝕や月蝕に強い畏怖をもったのは当然のこと、岩屋戸に隠れた太陽神アマテラスの物語が何度も語り継がれてきたように、突如として訪れる原因不明の暗黒の到来に、語り部たちの想像力はいやがうえに盛り上がったにちがいない。それが右目や左目に結びついたのは、おそらく両眼の輝きが日月両神の見立てにふさわしかったからだったろう。

ただ、話はどの民族の神話でもなかなか一筋縄ではなく、けっこう複雑になる。日本神話が各地の部族伝承を換骨奪胎して勝手なスクリプトをつくったごとく、どの民族も多様なプロットを編集することに語り部たちの命運を賭けてきたからである。

たとえばエジプト神話では、鷹神ホルスの右目が太陽、左目が月であるとされる一方、天空神ヌトの息子が月になり、それが穀物神オシリスと同一視されたり、知識の神トートとみなされたりする。一様ではない。どちらの目から月が出たかという話も、民族や部族によって異なる。日本ではツクヨミノミコト（月読命）は冥界下りを終えたイザナギが右の目を洗ったときに出生していた。いわゆる邪眼（evil eye）との関係はないのだろうか。

もともとエジプト神話は「ヘルメスの町」であるヘルモポリス、現在のカイロに近い「太陽の町」であるヘリオポリス、古王国時代の首都であるメンフィスという三つの地域の物語を母型にしている。三つに共通するのは唯一ヌンという動かぬ原水神で、ここに各地の特色に富んだ物語がくっつくという様式をとる。ヘリオポリス神学のばあいは、ヌンとくっついた中心神はアトゥムあるいはラーで、これらはヌンから自己意志で生じた太陽神である。ラーから一代おいてゲブとヌトが生まれ、この二人からプルタルコスのオシリス伝で著名になったオシリスとイシスが出る。イシスはオシリス飲みこんで蘇生させるのだが、このときオシリスは勃起した男根をもつ月神ミン（母親を身籠らせる者）の姿になって復活する。ミンの復活は月の本質的な性質、すなわち周期的復活性を暗示する。

イシスも月に関係する。イシスを祀る神殿ではイシスの像が月の舟に安置され、イシスが持つ打楽器シストラムには月をあらわすネコが彫られていた。ときに女陰を三日月であらわしたりもした。その後、イシスがどのようにヨーロッパに滲み出し、やがてパリの都のシンボルになっていったかは、バルトルシャイティスの『イシス探求』が詳しい。

オシリスとイシスからは長きにわたる抗争をくりひろげる兄弟神ホルスとセトが出自する。プルタルコスの物語では父オシリスを殺害した弟セトに兄ホルスが復讐することになっているが、ヘリオポリス神学では死んだオシリスの跡目争いをホルスとセトがするという流れになっている。跡目争いは、目の形をした玉璽《ぎょくじ》ウジャをどちらが手にするかというよくあるパターンのもので、ここに月神であって知神でもあるトートが判定役として関与した。

　こんなわけでエジプトの月神はトートがまずまずのすべりだしを見せるのであるが、そのトートの姿はエジプト朱鷺《とき》とされたりサルとされたり、ヘルモポリスの伝承ではグノーシス派めいた世界卵に巻きつくヘビであったり、また、その後はヘルメスとも同一視され、書記神や言霊《ことだま》神ともみなされた。

　このようにエジプト神話の月といっても、いろいろの場面に顔を出す。一定の月神というものがない。いずれわかるように、この、月の出現の多様性あるいは再帰性という特徴に、実は月神に賭けた古代の最も重要な秘密が隠されているのである。そしてここに月を知識や知恵の源泉に結びつけるという、私が名づけるところの「月知神」という基本型がすでに生まれつつあった。

　これは、かのイエイツやボルヘスやウィルソンが惹かれてやまなかった「月の裏側」に隠された知の系譜の発祥である。この「月と知」の結びつきは、もともとは女性のなかにひそむ知恵の血が月の周期を伴っていたことに起因するが、それが月という遠方の関与によって知識が蘇るというドラマトゥルギーにおきかえられたのだった。

　もっと古い起源を辿ってみると、こうしたエジプト神話の背後には「月の牡牛」であるアピスがいることが見えてくる。

　アピスは月に子供を生ませた王だった。このアピスがクレタ伝説に有名なミノタウロスにつながっていく。ミノタウロスは月の生物を意味するミノスから派生した月牛神で、クレタ文明ミノス王朝では、この信仰にもとづいて歴代の王たちがみんな月女神パシパエーと結婚し、月母神レア・ディクチュンナを奉じた。そしてアピスがのちにオシリスの原型となった。この月と牛の結び付きは、ほとんどユーラシア全域に見られるものである（私は北野天神縁起に出現する天の斑牛もこの系譜に入るとおもっている）。

エジプト神話よりさらに古い母型をもっているとおもわれるシュメール系の神話には、親月神ナナ（イナンナ）から生まれた月神シンが出てくる。クリ・ガリス王がシンの月宮殿を訪れたという記録もある。シュメールの物語をほぼ吸収したアッカド一族の英雄ギルガメシュの叙事詩にも、月神の第二の基本的性格である「不死神」という特徴が雄弁に語られている。だいたいアッカドはこぞって月の一族だったのである。

メソポタミア神話には大きく見て、『エヌマ・エリシュ』という神々の出自と戦争を扱った母型の系列と、冒険につぐ冒険の『ギルガメシュ』の英雄物語の系列とがあった。『エヌマ・エリシュ』は混沌から生じた真水神アプスと塩水神ティアマトがイザナギ・イザナミの役になり、三代後に生まれた天神アヌ、その子の知神エア、その子のバビロニアの主宰神マルドゥークと話がすすむ。とくに強大な力をもつマルドゥークに神々が虞れをなし、ついに戦争をしかける段におよんで大仕掛けの場面が連続する。

このプロットはそっくりそのままギリシア神話のガイア、ウラノス、クロノスと生まれて、クロノスの末子ゼウスが父祖神たちのティタン一族と大戦争をするという、よく知られたオリュンポスの神々の物語にまるまる収容された。古代ギリシア人にはマルドゥークの強大な力が忘れられなかったのだろう。そして、メソポタミア神話で太陽や月をつくるのは、このマルドゥークだったのである。

一方の『ギルガメシュ』は大洪水後のウルク第一王朝の五番目の実在の王をモデルとして発展したスサノオ型の物語で、三分の二が神で三分の一が人間のギルガメシュが暴君ぶりを発揮しているところから話がはじまる。そこで天神アヌがギルガメシュに対抗できる猛者エンキドゥをつくるのだが、二人は激闘のうえ親友になってしまう。二人は連れだって冒険に出る。最初は杉の森の怪物フワワ（フンババ）征伐で、これはヤマタノオロチとほぼ同じ龍蛇の姿をしている。ついでギルガメシュに振られた女神イシュタル（イナンナ）が怒って天の牛を送りこみ、これを殺したエンキドゥが神々の裁定にあって病いに倒れ、ギルガメシュが悲嘆に暮れるというところで、いよいよ不死を求める旅の話になり、ここで出番が少なかった月神シンがやっと登場する。

月神によって不死を示唆されたギルガメシュは永遠の生命を得たというウトナピシュテムに会い、どのようにして不死を入手したかを聞く。そこで「実は昔……」と言ってウトナピシュテムが長々と語るのが、例の大洪水と方舟の物語なのである。これもそっくりユダヤ系の『創世記』のノアの物語がいただいてしまった。ウトナピシュテムをノアに置き換えて、聖書の作者は大半を〝盗作〟したわけである。

つとにヨーロッパの〝物語の母〟はシュメールとアッカドにあったのだ。もっと言うなら、バールもヤーウェもモーセも、ゼウスもアポロンも、ついでにミトラスもキリストもマホメットも、その原型となった父親はみんなマルドゥークだったのだ。さらについでに加えると、ノアの方舟の方舟（ark）も、もとはといえばヒンドゥの三日月アルガと同根で、月の舟をあらわした。

月神シンもマルドゥークがつくった産物である。マルドゥークが女神ティアマトの体から天の内側をつくり、そこに太陽に先駆けて月を貼りつけた。そのシュメールの月がやがて不死と再生のシンボルとなっていく。なぜ月が再生のシンボルになりうるのかといえば、こんなこと説明するまでもないだろうが、かれらには月の満ち欠けこそが擬死再生のリフレインに見えたからだった。

シンの月神イメージはその後にユダヤ世界をはじめ、ヨーロッパ各地に次々に伝承された。のちにモーセが目覚めるシナイ山に住む女神になったのもシンであるし、シナイ山もそのときはすでに「月の山」という意味をもっていた。そればかりか、これは私がひそかに確信していることであるのだが、『旧約聖書』の冒頭を飾るアブラハムという重大な名前も、もともとの古義は「アブ・シン」で、これは「月・父」の意味だったのである！

つまり、もともとは月の神の一族が神々の名前や役割を決める位置にありながら（ということは母権制が先行していたということだが）、のちに名前の置き換えをともなうキリスト教による著しい改竄がおこなわれたということなのだ。これが、各地の神話に月神がとびとびにあらわれ、多様性と再帰性をみせるという原因のひとつになっていた。

ギリシア・ローマ神話ではどうか。

一般にギリシア・ローマ月神の代表格はオリュンポス十二神の一人アルテミス、ローマ月神の代表格はディアーナ（ダイアナ）といわれている。が、これは少し時代が下がってからそうなったことで、最初はセレネーのほうが有名だった。「セレノグラフィー」（月究学）の名に採用された、あのセレネーだ。ローマではルナとして知られている。ヘシオドスの『神統記』によればセレネーの両親はヒューペリオンとテイアとなっている。このほかイオニア人の母神であるイオにも、畏怖すべき三つの顔をもつヘカテーにも、月の性格があてられた。

セレネーには祖父ゼウスに犯されたり、いたずらの天才パーンが白牛の一群を送って交わったといった艶っぽい話がいろいろ残っているが、この月の女神の名を有名にしたのは、むしろ誘拐された月男エンデュミオンに寄せた異常な恋による。

エンデュミオンはオリンピアからクレタ王を追い出したエリスの若き王で、ギリシア神話によく出てくる典型的な美青年の英雄だが、セレネーが思いを寄せたときは若い羊飼いの姿をしていた。恋は首尾よく成就したものの、彼女はエンデュミオンがいつかは死ななければならない運命にあることに耐えきれず、彼を永遠の眠りにつかせてしまう。以来、エンデュミオンはカリアのラトモス山の洞窟（またはペロポネソスの中腹）で若く美しいまま眠りつづけ、まんまとセレネーは夜ごとに接吻することができた。ギリシアの詩人ルキアーノスがエンデュミオンを月世界の王者と見立てたこの場面は、のちにグエルチーノことジョヴァンニ・バルビエーリの『眠るエンデュミオン』の絵が断然に美しい。カラヴァッジオの明暗法をも継いだ、この十七世紀ボローニャ派の画家グエルチーノも、やはり月球派の一人だったのである。セレネーのネクロフィリアの本質を逸さず描いたこの一作は、いまもローマのパラッツォ・ドーリアに飾られていて、それを見る人々を永遠の眠りに誘っている。

セレネーに代わって月の女神の座を奪ったのが、ゼウスとレトの娘で、アポロンとは双子の関係にあるアルテミスである。

アルテミスはもともとはお供のニンフたちを連れ歩き、野生動物と弱き者たちを守護したという狩猟と弓術の女神であって、まるでエコロジー派のリーダーのような母型をもつ処女神だった。そのアルテミスにはさまざまな怖い話や浮いた話がくっついている。怖い話はアルテミスが犠牲の神だったろうというもので、ここからは祭壇に動物たちの生き血を捧げる女神の姿が見えてくる。浮いた話のほうからは、一説では巨体の狩人オリオンはアルテミスを犯そうとして彼女の放つ矢にあたり死んだともいうし、他説ではアルテミスがオリオンに恋をして、それをアポロンが妬んで殺したともいうような、ようするに男たちによくもてた女神の姿が見えてくる。オリオンは実は「山に棲む月男」を意味するが、この話は野尻抱影が生涯愛しつづけたオリオン座のいわれにつかわれる話だった。このほか多くの星座伝説がアルテミスにどこかでつながっている。

さて、月女神のなかでも最も魅惑的で複雑な個性をもつのは、このあとに古代ローマ時代を通して登場し、またたくまに月神としての名声を高め、いったんは多くの民衆の太母神の役割を得ながらも、中世後期およびルネッサンス期にはなぜか魔術と魔女の女王とさせられた数奇な宿命をもつディアーナである。かの天界の女王にして三重月女神であるディアーナ、つまりダイアナのことだ。

コリン・ウィルソンが『オカルト』構想中にロバート・グレイヴズの『白い女神』に関心をもったという話を前に書いた。この白い女神がディアーナである。ウィルソンはディアーナの謎に惹かれて「月の裏側」という一章を設けたのだった。エドマンド・ハリーがニュートンの『プリンキピア』に寄せた献詩にあらわれるのもディアーナである。ドイツ浪漫派の多くの夢想者たちもディアーナにひざまずいた。月は謎の代名詞で、ディアーナは月の代名詞、そしてディアーナは謎そのものの神人格のことなのだ。

26

ディアーナにこめられた想像力の系譜の変遷を正確に追うことはけっこう難しい。ヨーロッパ、いやユーラシア全域にとって、これほど重大で複雑な役割を負わされた女神もめずらしい。少なく見積もっても、ざっと次のような多重で多義的な神人格がある。

第一には、アルテミスから引きついだ性格がある。夜と月の女神であって、動物の女王、また星座に動物起源をもたらした女神の性格だ。これはギリシア神話とローマ神話が合体してからのことだから、まずまずわかりやすい。というよりも、そう考えているうちはわかりやすいということだ。

第二に、三つの顔をもつディアーナがいて、邪険の保護者ラミアの母で、三つの顔をもつというヘカテーを原型とする。これがたいへんややこしい。蒼白の神、恐怖の神、死の神の性質をもつ一方で、「最も美しい者」という月の称号でも讃美されてきたからだ。

そもそもヘカテーが何者であるかだが、おそらくはエジプトの産婆神ヘキトに由来するギリシア時代では最古の三相一体神となった女神である。もともとエジプトや古ギリシアでは女族長には「ヘク」という接頭辞がつけられた。こうしてヘカテーとなった三重神は、ふつうは天界・地上・冥界の三相を支配するとされた。ところが、これはあとからくっついた理屈であるらしく、最初のうちは日本のサルタノヒコのような道祖神に似て、三本の道が交差するところに君臨していたと考えられる。ヘカテ・トレヴィア（三叉路のヘカテー）という名はここから出た。

第三に、満月神としてのヘカテーをすっぽり踏襲したディアーナがいる。ヨーロッパの各地には満月の夜の三叉路でさまざまな捧げ物を供え、いわばお月見をするという風習がある。この風習の奥にある伝承に三相一体神の流れが加わり、ヘカテーは天界ではヘカテ・セレネーとして月神になり、地上ではアルテミスとして地の狩人の首領となり、冥界ではペルセポネーとなって破壊者の役割を担ったのである。このヘカテーの三つの役割のほとんどが、ローマ時代にそのままディアーナに継承された。ちなみにヘカテーを祀る信仰は今日なおハローウィンとしてすっかり子供向けの遊びの中に空想化されている。

第四に、ヨーロッパの森の守護神としてのディアーナがいる。アルデンヌの森ではデア・アルデンナとして、シュワルツワルトの森ではデア・アブノバとして、そしてセルビア人・チェコ人・ポーランド人には月女神ディービカ、デヴァナ、ジーゥオナとして、それぞれディアーナが称えられた。とくにイングランドでは十八世紀にいたるまで、ディアーナは原生林の神として、いわゆる〝嵐が丘〟に君臨しつづけた。これらはフレイザーの『金枝篇』の主題のひとつにもなっている。

第五に、これがいちばん数奇な役まわりになるのだが、キリスト教に対抗させられた不幸なディアーナがいる。

初期キリスト教の勃興にとって、原母的な性格をもつディアーナ信仰の広がりや親しみやすさは目の上のタンコブだった。そこでなんとかディアーナの力を生かしつつ、たくみにキリスト教化をする方策がとられ、ここに敵対者としての魔術的ディアーナ像が捏造されたのである。たとえばヨーロッパの各都市でディアーナが母神とされていると、まずその都市の母神をマリアと呼び変え、つづいてディアーナを魔女に仕立てていった。これがディアーナがルネッサンス期の資料には魔女の女王として出現した背景になる。しかし、この魔女ディアーナに逆に偉大な知識の起源を、すなわち月知神の役割を復元しようとする者もいた。それが、アグリッパやジョン・ディーやアタナシウス・キルヒャーやらの月知学の系譜になった者たちである。

第六に、中世にチュートン系の豊饒の女神と結びついたディアーナがある。この性格はチュートンの荒猟師のイメージから来たもので、大騒ぎをしたり破壊をしながら各地を通り抜けていく精霊の行列を先導する者をいう。この先導者はもともとが女性であって、北ドイツでは「やさしい者」という意味をもつホルダ（ホレ、ホルト）とよばれた。彼女はもともとはヴォータンの妻で、結婚と多産の女神だった者である。カリフォルニア大学で斬新な魔術研究を重ねているジェフリー・ラッセルの見方では、この田園を練り歩くチュートン系の行道《ぎょうどう》は南ドイツでは「輝く者」という意味をもつベルタ（ペルヒタ）が先導し、この名前がヘロデ王の王妃ヘロディアスとも結びついたのだという。

第七に、ディアーナの巫女としての性格がある。これは後世に付着したイメージであるものの、とくにルネッサンス期のグノーシス派や錬金術師たちを惑わせた。その点ではマルシリオ・フィチーノもデッラ・ポルタもパラケルススも形無しなのである。かれらを惑わせたもうひとつの神秘主義の系列では、月による再生を説いたオルフェウス教、アルテミスやディアーナの巫女たち「ドリュアス」を配したオーク信仰のドゥルイド教などもある。

第八に、ケルト人の聖ブリジット信仰と習合したディアーナがいる。ケルト幻想帝国ブリガンツィアの三相一体の女神ブリジットは、十九人の巫女に仕えられ、十九年に一度北方の神殿を訪れた（多産神でもあるブリジットはサンスクリット語のブラーティと同根である）。いまでもアイルランドのイムボルク祭では、キリスト教の聖ブリジットの祝祭とは異なる様式でブリジットが称えられている。このあたりの研究はケルト民族史と同様に成果がいまひとつ乏しいのだが、やっと一九八九年にカルロ・ギンズブルグが『闇の歴史』そのほかでディアーナの新たな影を追究しはじめた。

このほかディアーナはさまざまな伝説や物語に姿を変えて登場する。私が注目している最もよく知られた物語は「赤ずきん」である。

この誰もが知っている物語で、主人公の少女は処女ディアーナ、母親は月の太母神ディアーナ、オオカミなったおばあさんも狩猟神ディアーナなのである。ようするに、「赤ずきん」はディアーナの三つの人格を物語のなかで分解してみせているわけなのだ。右にはふれなかったが、人を食うオオカミの原型はヒンドゥ教のカーリー神あるいはカーリー・マーが変形してヨーロッパのディアーナと習合した姿だとおもわれる。つまり「赤ずきんちゃん」の物語はディアーナのメタモルフォーズそのものだったということになる。

このように三重月女神ディアーナは、なんとも息切れしそうに目眩めく多重神なのである。とうてい一義的には語れない。この女神のネットワークは極端に複雑なのだ。

しかし、ディアーナの謎を解くことは、きっとヨーロッパのみならぬユーラシア全域にひそむ「月知神」の本質を解くことになる。それは、いまだ一度も正面きって論じられてこなかった歴史である。イエイツもボルヘスも、そっと暗喩で綴じようとした。暗喩から暗喩へ、見立てから見立てへ、ディアーナはつねに葬り去られてきた女神だったのだ。けれども、これまでは正の領域でのみ噂されてきた隠れた意味の系譜の解釈を、一挙に負の領域から問いただし、そろそろ神秘主義の牙城から解き放つ必要もある。

私はおもうのだが、歴史はディアーナを（ということはまさに「月」をということになるのだが）、彼女のもっている記憶が〝原初の記憶〟だというただそれだけの理由で、男性原理のメカニズムによって弾き飛ばそうとしすぎたのである。なぜそうなったのかは、正確にはわからない。バッハオーフェンなら母権制社会の解体と結びつけるところだが、おそらくはキリスト教型の国家が管理する物語の出現と関係するのだろうとおもわれる。物語は各地の権力の統括のためにつくりかえられてきたからだ。それは巫女型のシャーマニックな論理が近代社会から完全に消えることを意味していた。すでに驚いたことに、十二世紀のユダヤ神学者マイモニデスは「月の信仰は時代が下るにしたがってアダムの色が強くなっている」とさえ書いている。アニムスたるべき月神にアニマたるべき宿命が付与されてきたという意味だろう。

しかし、国家にも魔術は必要だった。いや、帝国の管理者以外に魔術をつかう者がいてはならなかったのだ。そこに表の魔術と裏の魔術の葛藤がおこる。そして、すでに君臨しおわっている太陽の王や女王に対抗するためには、新たな帝国の計画者はどうしても月の王か月の女王にならなければならなかったのである。それにはディアーナを引き寄せる必要が出た。ディアーナを変格する必要があったのだ。

かくてディアーナは複雑に中空をさまようことになった。

ひとつには、セム族が伝統的にもつ「古い月は魂を貪り、新しい月は魂を育てる」という観念が強く投影されていたからだった。しかしもうひとつには、昼の国家には夜の記憶を排斥するか、こっそりとりこむ事情があったのである。

葉月

月の女王の帝国

月は名うての泥棒だ。
あの青っ白い火を太陽からひったくる。

――シェイクスピア

27

私はジャン・コクトーの『月世界の人』という作品をもっている。素焼きの大皿にコクトーが月人の線画を青一色でシンメトリックに描いたものだ。コクトーにはもう一皿『アルテミス』という大皿があるが、『月世界の人』のほうがいい。

コクトーの月好きは牧神《パーン》好きと並んで有名である。エリック・サティも月光にときおり惹きつけられていた。「月に棲むのは雨女、それも衣裳のみの雨女」という洒落たセリフもある。ニジンスキーも月好きだったろう。証拠がないのでなんともいえないが、きっとヴァツラフ・ニジンスキーも月好きだったろう。マン・レイや、いっときはマン・レイの恋人役でもあったキキもまた、名うての月好きだった。コクトーはキキに月のスケッチをねだられた話を手紙に遺している。かれらは月の女神の存在を直観していた一群である。われわれがいまだ知りえぬものの原郷をいちいち説明することなく、「例のこと、あのお月様のせいでね」と言ってきた一群だった。

あえてその未知の原郷に分け入る者もいた。二十世紀初頭でいえば、最後のケルト観念の照射を知るロード・ダンセーニやウィリアム・バトラー・イエイツがその偉大な介入者の代表である。かれらは詩の言葉を使いつつ〝直観の月〟の構造の内側に入りこみ、その裏側へも回っていった。方法は二つあった。ひとつはダンセーニがそうだったのだが、月をスーパートリックスターにしてしまうという方法だ。何かにつけて「そいつは月のせいなんだ」と言ったのである。そのためには、月に大いに礼儀を払わなければならない。

　ダンセーニにはそういう「月の気分」というものがわかっていた。ダンセーニがつくった神の国ペガーナの神々は娘インザナに銀でつくった月をくれてやり、「月と戯れよ」と命じることを知っていた。こんな文章がある。「昔、月が不意に嵐の雲間から顔をのぞかせて、一人の平凡な宝石泥棒を裏切ったことがある」。

　月には裏返しの邪険な意図というものがあり、その月知神的な裏腹の意図をつかんでやることが重要なのである。たしかに月に入門するには、まずもって月光の無常や月影の美学を堪能することもよい。これがなければ何もはじまらない。これはしかし第一歩でしかない。次の段階は、月がわれわれをあしらう準超越的な存在であることである。それはひょっとしてカラクリ仕掛けじゃないのかとおもえることなのだ。とりわけ何か〝別のもの〟を掠めるという盗賊的な感覚とお月様にはそれが見破られているという感覚とを、ふたつながら結んでしまうことなのだ。ここがわからないと、月って何のことだかわからない。人類で最初に月面着陸をしたニール・アームストロングも、アポロ十一号が往路二日目に月の裏側にさしかかったとき、「このところの月の眺めは実にすばらしい。大金をかけて見にくるだけのことがある」ともらした。月には何もないから、そこに贅沢を賭けたくなるのだ。

もうひとつの方法は、イエイツが得意な方法であるが、月の見えない部分からなんらかの消息を耳をすまし目を凝らして聞くということだ。月をヴィジョンそのものとする方法だ。ただ月を見ているだけではいけない。「月の知」を覗く必要がある。月の消息なんて何もなさそうなのだが、その何もないところから、何かを聞く。あるときそこに、ふいにシュメール人やエジプト人がシン神やトート神に託した謎の文字が浮かび上がってくる。

イエイツの作品にはしばしばマイケル・ロバーツという人物が出てくる。有名な『月の諸相』でも出入りする。この男は架空の人物で、イエイツの傍らに一冊の書物を置いて去っていったりする。イエイツはその書物のページを開き、沈黙し、そして世界霊魂の劇中劇の中に入っていく。なんのことはない、マイケル・ロバーツは月なのだ。反対我という概念を駆使した『月の沈黙を友として』は、そうした二十世紀最後の月の薄明を告示した作品のひとつだった。イエイツは詩やエッセイのなかで「何もないところに神様がいらっしゃる」ということをよく言うが、その何もない場所こそ月だった。

月に謎の文字を読むという歴史はいったん廃れた歴史である。いいかえれば、月の謎を追いかける能力が断絶しつつあったと言ったほうがよい。それを何人かのバロック精神の持ち主が復活したから、それが結局はダンセーニやイエイツにも届いたのだった。その復活者の一人に私が二十代の後半に夢中になったアタナシウス・キルヒャーがいた。

キルヒャーは一六〇二年生まれのイエズス会士で、生涯にわたって磁石論・鉱物論・中国論・象形文字論・光学論など四四冊の世界書物を著した。いずれも奇怪な大冊で蔵書家をうならせている。私も『支那図説』第三版が出まわったころ二冊を入手し、一冊を中野美代子さんにまわした。そのキルヒャーに『エジプトのオイディプス』という奇妙な本がある。一六五二年に出版された。その一八九ページに「アプレイウスにもとづく神々の偉大なる母イシスの姿」という図版がのっていて、その注にイシスの異称とともに、イシスの謎を解くためのアルファベティカルな暗号表がついている。それがことごとく月に関係しているのである。ざっと紹介しておく。

A＝神性・世界・天球の象徴
BB＝月の湾曲した軌道と豊饒力の象徴
CC＝円盤に乗った高い頭飾り、月の植物への影響の象徴
D＝植物の穂あるいはイシスによる植物発見の象徴
E＝色々の綿の衣装、すなわち月の多様な色相の象徴
F＝穀物の発見の象徴
G＝植物に対する支配の象徴
H＝月光の象徴
I＝シストルム（ナイルの守護神）とアウェルンクス（地方神）の象徴
K＝月の満ち欠けの象徴
L＝湿潤をもたらす月の象徴

M＝月のもつ征服と予言の力の象徴
N＝水と海に対する月の支配の象徴
O＝地球あるいはイシスの医術性の象徴
P＝灌漑による豊饒の象徴
Q＝星辰の女王としての月の象徴
R＝万物の養育者としての月の象徴
SM＝大地と海の女神としての月の象徴

神秘学ではイシスと月神トート、および月神ディアーナが時代によって複雑に混淆していることはすでにのべた。キルヒャーはエジプト象形文字の独自な研究を通して、イシスが〝月文字〟を隠しもったアーキティピカル・イコンのひとつであると考えたのであったろう。象形文字や図像学に異常な執念をもったキルヒャーならではの仕事だった。

それにしても月のヴィジョンが秘める内実の解読はどうしてこんなにも手がこみ、またつねに崩壊の危機にさらされてきたのだろうか。すこし歴史の襞をめくる必要がある。

28

月に関する想像力は古代と現代では大幅にくいちがいがある。が、そもそも地域によっても異なっている。日本の月とヨーロッパの月はちがうのだ。

たとえば、日本では月にウサギが棲んでいて餅をつくことになっているが、中国では桂男が棲んでいて桂の樹を伐っている。名を呉剛という。もともと中国には桂男系の伝説と、月にはカエルやオタマジャクシがいると解釈する模様主義の系列とが同居する。この模様主義の系列をさらにさかのぼると、ハマグリ説になる。水の精である月には蛤こそがふさわしいとみたからだった。そうおもえば、満月の模様は蛤にも蛙にも足のはえたオタマジャクシにも見えてくる。古代中国神話では月は陰の気の代表格、水をかたどると考えられた。むろん月の潮汐活動が考慮されてのことだった。

もっとも情報というものは当時でも大陸や海をゆっくり移動できたので、中国の想像力と日本の想像力とはどこかでつながっているともいえる。日本で月にウサギが棲むようになったのは、『楚辞』の天問篇に「月はお腹の中に顧兎を宿している」とあるのを受けているためで、この見方は漢代後期に大陸でも一般化していた。

他方、ヨーロッパでは月には妙齢の婦人がいると考えられている。月の陰影が貴婦人の横顔に見えるからだが、まるで中国人とヨーロッパ人が月の拓本をとってロールシャッハ・テストをしているようで、その対比が興味深い。これが北アジアや南アジアになるとまた変わってくる。スキト・シベリア族では月は円形のバックルに彫られた獅子であり、ウラル・アルタイのシャーマンは月を霜の宮殿に見立てた。南へ行って、チベットでは月に見えるものはカイラス山のような山岳風景、ネパール語には月と蛍が一部同意語になっていて「ジュンキリ」という名をもっている。さらにタイでは満月には洪水の形態が見え、ベトナムにはチュノム文学にしばしばあらわれるように、月はレインツリーのような熱帯的な樹林を見せる。

月が何に見えるのか。それは月に何を見ようとしたかという歴史である。そこには「形」の起源の問題もふくまれる。

この月のヴィジョンという問題は、誰も試みていないけれど、それだけで充分な民族学のテーマになりうるものである。宗教学のテーマにもなる。セム族が人をむさぼる古い月を恐れ、ガリアで三日月がドゥルイドの女神になり、タタールではマハ・アラといえば人間を食べる月を意味し、ペルーではママ・キラあるいはママ・オグロは世界の臍を意味する月のことであるということ、こういう見方そのものが文化の差異の基盤になっていくのである。

月を何にみなしてもいいという自由は、私には民族そのものの自由ともおもえる。太陽が何に見えるかというテーマはない。月だから何かに見えるのである。そして月が何かの形に見えれば、それだけでそこには必ず物語の誕生というものがあったのだ。

話をヨーロッパに戻すが、ヨーロッパ中世には「月はグリーンチーズでできている」という見方があった。これは模様のことではない。色の問題だ。少なくとも私は、中原中也の「月は茗荷を食ひ過ぎてゐる」と同様の、古くなったチーズの緑色のあやしさと解していた。というのも、たしかフランソワ・ラブレーの巨人パンタグリュエルがどこかの奇怪な島で「月のようなグリーンチーズ」を見舞われて逃げ出したようにもおもうし、ボッカチオの『デカメロン』にも女との情事にグリーンチーズを想い出して、「月よりもタチが悪い」とか言って退散した男の話があったはずだったからだ。

ところが、ラテン文化の故事来歴に詳しい村田恵子が調べてくれたところによると、「月はグリーンチーズで仕上っている」を最初に言い出したのはトマス・モアであったという。green は緑色ではなく青色のことで、しかも「新しい」という意味に使ったらしい。こうなるとグリーンチーズは古いチーズではなく、未だ熟していない未熟なチーズということになり、つまりは「幼月」だったという結論になる。きっと中世ヨーロッパ人にとっては熟した月が本物のチーズで、いまだ月齢の満たない幼月がグリーンチーズだったのだ。グリーンチーズとい い、三日月という意味のクロワッサンといい、ヨーロッパ人はずいぶんに酪農酪乳的に月を見てきたものである。

ヨーロッパの単語の中にもいろいろの月が棲んでいる。たとえば、moonshiner といえば密造酒を造る人であり、moonlighter といえば夜襲に参加する人のこと、あるいは娼婦ということになる。スペルが似ている mooncusser は海賊である。〝月〟が入ると何やら秘密めくあたりが大変にゆかしく、そしてまた、いかにも妖しげだ。しかし、そこがいい。

ふたたび強調しておくが、月はともかく変なところがいいのである。いかがわしいほどに高貴で、すましているのに何をしでかすかわからないところが月らしさというものなのだ。遠くから見れば光り輝いているくせに、近づくとただ荒涼の土地ばかり、そこがダンディの所以なのだ。ヨーロッパの言葉にはそうした感覚がうまく生かされている。ただ残念ながら、それがわかっていたのもダンセーニやイエイツまでだった。

もっとも、月をふんだんに単語にとりこんだ言語はむしろアラビア語であって、たとえば月夜に旅をすることを、「月」を四段活用させたアクマーラ（aqmara）という動詞にしているほどだった。なにしろアラーが月神アラータの子分の文化なのである。本当かどうかは知らないが、アル・キンディの『弁明』には、アラビアの三重月女神アル・ウッザはメッカのカーバ神殿の隠れた主宰神だとさえ書いてあるそうだ。

29

ヨーロッパの月も錬金術の時代になると、さらに幾多の魔術的な話にとりかこまれ、そしてますます妖しくなってくる。

もともと錬金術には月が欠かせない。太陽の炉と並んで月の炉が、あるいは左半身が太陽であれば右半身が月であるエルマプロディトゥス（両性具有神）などが、ふんだんに出現する。すでにユングやシンガーが調べきったことである。そうしたなかで最も興味深いのは、月の樹すなわち「月のなる樹」であろう。これは枝々に三日月状の月がたわわに実っているという図で、そこでは〝月の実〟は錬金術における霊薬の象徴とされていた。

はやくから錬金術では金属はすべて惑星に同定されていた。金は太陽、銀は満ちてゆく月、水銀は欠けゆく月、銅は金星、鉛は土星、鉄は火星……といったふうに。一説には、水銀は欠けてゆく月から滴り落ちる物質をあらわした。月だけが二度も使われているのがめずらしいが、七世紀以降になって水銀は水星に座を奪われ「欠けゆく月」の象徴がなくなった。

そもそも錬金術における月は揮発性物質を暗示するばあいが多く、おそらく月の樹も、天空にかかる月と大地に眠る水銀のしずくの揮発的関係を象徴しようとしていたとおもわれる。ライモンドゥス・ルルスが最初に使ったとおもうのだが、「月の液」（succus lunariae）という言葉もある。また、いくつかの図版に「月を食う獅子」が登場するが、これも揮発した霊液の残留物を暗示する記号絵だった。両性具有者が登場しているときは、身体の向かって右側の女性形が月である。月は錬金術的な女性原理をも代行する。そうした寓意の関係をまとめると次のようになる。

太陽―金―硫黄―男―能―熱―不揮発物

月―銀―水銀―女―受―冷―揮発物

ようするに錬金術はプリマ・マテリア（第一質料）を求めるアルス・マグナ（大いなる技術）のことなのである。

プリマ・マテリアは土・水・火・空気の四元素を生み出したもので、アリストテレスもこの万物の根源については言及できなかった。しかし、エメラルド板伝承をうけつぐ隠秘学やユダヤ＝キリスト教神秘主義、あるいはグノーシスやカバラなどの秘教界では、ひそかにプリマ・マテリアを求める技法が検討されてきた。それがいったんイスラム世界で化学と交じり、チェスターのロバートやルルスがアラビアの錬金術書をラテン語に訳した一一五〇年前後、再度ヨーロッパに「アルケミア」の名で戻ってきたとき、錬金術は異様なオカルティズムにまで膨れあがっていく。

そこへ、まず占星術が加わった。このカルデアやバビロニアを起源とする予言技術では、月は七惑星のひとつに数えられ、「冷たくて湿っている」という強い性格が与えられた。この〝冷潤〟という性格がのちのヨーロッパ神秘主義におけるすべての月の属性として引きつがれていった。グリーンチーズという感覚もどこかに冷潤が棲んでいた。

時間の観念も与えられた。天体の星々に人間の成長プロセスが配当されたのだ。月は幼年期の象徴となった。水星が少年期、金星が思春期、太陽が成熟前期、火星が成熟後期、木星が壮年期、土星は老齢期を配当されている。こうした占星術はむろんルネッサンスも覆ったが、その事件は一四三八年にビザンティンの学者ゲオルギオス・ゲミストスがイタリアを訪れたことを嚆矢としている。

すぐさま占星術は熱狂と批判の両方にさらされた。ピコ・デラ・ミランドラの『予言占星術論駁』（一四九五）は批判書のほうの代表のひとつだが、ピコは太陽の光と月の光の人体への影響だけは認め、いわゆる星の位置によるアスペクト（相）の影響をしりぞけた。そのピコの意見への反批判も出た。ベッランティやポンターノは占星術全般を擁護しつつ、月に高潔な知性を与えようとし、一年の長さをほぼ正確に計算してみせた合理科学者のはしりであったジロニモ・カルダーノは、「ピコという奴は第八星宿に月がやどっていたために混乱した精神の持ち主になったのだ」といったホロスコープに準じた批判であてこすりをし、ともかくルネッサンスは月をめぐる隠秘論争の頂点を演じたのである。

そこへ魔術も加わっていく。ここではくりかえさないが、三重月女神ディアーナの存在と位置をキリスト教徒が巧妙に排撃したためにおこった例のいきさつだ。ルネッサンス魔術はキリスト教にひそむ隠れた意味にいくぶん傾倒してはいたものの、やはりキリスト教の牙城を越えるものではなかった。たとえばドルイド教やオルフェウス教にひそむヒドゥン・コードを覗いてみるなどということは、この時代では無理だったのである。

それがまた事態をややこしくさせた。当時の魔術は月をあまり好まないとされてしまったからである。たとえば一五五八年のデッラ・ポルタの『自然魔術』は忌まわしい魔術と賢者の魔術とを分けながら、自然魔術とは「全宇宙の表徴を深い思索をもって観ずることだ」という主題を解いていくのだが、月については既存の占星術を丸呑みしたようなつまらない解説を施しただけだった（私はポルタについてのフーコーの見方には同意していない）。月が空気に属する宮を通過するときに木を植えれば枝や葉をたくさんつけるだろうとか、ネズミは月が満ちるとともに大きくなり月が欠けるとともに小さくなるのだから、ネズミの内臓は月の満ち欠けの割合に一致しているのだといった、そんなたぐいなのである。

プラトンをルネッサンスに導入したマルシリオ・フィチーノも占星術と魔術と錬金術とを統合するが、フィチーノも月を植物的なるものに強く結びつけた程度で、あまり月のオカルティズムには貢献していない。フィチーノの月はそのままコルネリウス・アグリッパに、さらにはロバート・フラッドらに継承される。

かくてこの系譜では、残念ながら月は天体の中の位置を格下げされていったのだ。総じてルネッサンス魔術は月には逆説的な力をしか与えてこなかったと言ってよい。しかし、ここがおもしろいところなのだが、そのことがかえってヨーロッパの月をして真に海賊的にさせたのである。ただ単純に海賊的にさせたのではなく、新たな帝国の誕生のため、まことに不思議な暗合と符牒をもって、月は奇妙な役割をもつようになっていったのだ。

30

一四六〇年ころのこと、レオナルド・ダ・ピストイアという一人の修道士が一冊のギリシア語写本をコジモ・デ・メディチに献じた。これがのちに『コルプス・ヘルメティウム』すなわち『ヘルメス選集』として知られていった神秘文献である。

コジモはフィチーノに序文と翻訳を頼み、これにもうひとつの主要文献『アスクレピオス』が加わって、ここにヨーロッパのヘルメス主義が開花する。私がこのヘルメス主義に関心をもつのは、この潮流の一部にヘルメスをエジプト神イシスと同定し、さらに月神トートやディアーナともみなしていった流れがあり、それがやがてエリザベス朝の背景にまで拡大していったからである。すでに『セニオル・ザディト』には「満月は哲学者の水であり、学智の根源である」と書かれていた。ヘルメス学の深部では、月はイシスあるいはトートあるいはディアーナと同様の湿潤の闇の支配者として、プリマ・マテリアとされつつあったのだ。

では、どのように月がルネッサンス魔術のくびきを脱してふたたび力を獲得するようになったかというと、十六世紀半ばからはじまった絶対君主（王権）のシンボルに借り出されたことが契機になった。すなわちキリスト教の権威に対して、王の権威を持ち出す必要があったのである。

月の〝借用〟の原典はいろいろあるが、最も有名なのはルドヴィーコ・アリオストの『狂乱のオルランド』（一五一六）の一場面、月世界の谷間に主人公の正気を発見するという場面、ロイヤル・ヴァージン（処女王）の出現を予告する場面だ。これはヴェルギリウスの『第四牧歌』のもどきであるが、それがカール五世によって実在のロイヤル・ヴァージンとして実現されたとき、時代は新たな、しかし暗示に満ちたパラダイムを迎えた。王権は月の力によってキリスト教的太陽に対抗することになったのだ。次はイギリスの番、しかも正真正銘の〝処女女王〟エリザベス女王の出番であった。

いったい、エリザベス朝という時代はかなり奇怪な時代である。それはまだ神が君臨していた時代、中世の延長にいたからだ。このような見方は、ルネッサンスがヒューマニズムの復興をもたらしたといった見方をしている者にとってはとうてい理解できない歴史観だろうものの、ミルトンやダンを読む者にとっては当然のこと、この時代はつねに「月下の領域」（sublunary）に照らされつづけていた。すでにステファン・ティリヤードが『エリザベス朝の世界像』（一九四三）で主張したことだ。

エリザベス朝において最も奇怪なのは、エリザベス女王その人が「アストレア」（天体処女神）とされ、その女王自身が哲人にして数学者、また魔術探求者であってヘルメス主義者であったジョン・ディーをことのほか寵愛していたということだろう。

ディーはエリザベス朝最大の蔵書家でもある。ほぼ四〇〇〇冊あった。ディーの後の世代の大蔵書家とされたジョン・ダンで一四〇〇冊、ロバート・バートンで二〇〇〇冊だから、当時としてはまさに星の数ほどの書物がひしめいていた。内容もすさまじい。プラトン、ポエティウス、カッシオドルス、アウグスティヌス、ドゥンス・スコトゥス、アルベルトゥス・マグヌス、ルルス、アグリッパ、ロジャー・ベーコンはもとより、ピコの選集、フィチーノ全集、ヘルメス選集からパドヴァ学派のポンポナッツィからパラケルススまで揃っていた。

女王はなんとかこの魔術的な蔵書を〝謁見〟したくて変人ディーを訪れたということになっている。

当時、ディーは化学芸術貴族フィリップ・シドニーを中心にしたシドニー・サークルと魔法伯爵ヘンリー・パーシーを中心としたパーシー・サークルとの両方に顔をもっていた。そしてそこで何をしていたかといえば、宇宙数学と象形文字と精神幾何学との関係を説いていた。このディーのルナティックな指導性がエリザベス女王をアストレアにした。

急に話を現代にとばすことになるが、あれは一九七〇年前後のこと、二人の歴史家、老フランシス・イエイツと若いヨアン・クリアーノは、エリザベス女王の天体的帝国への着位に、当時、太陽を教皇権の象徴とし、月を帝王権の象徴とする伝統の逆襲をそれぞれに感じとっていた。この指摘はそれまではバッハオーフェンやティリヤードなどの少数の碩学を除いてほとんど重視されなかったもので、私は八十歳を越えた白髪のイエイツ女史をロンドンの自宅に訪れたとき、すぐにこの人ならエリザベス・ルネッサンスの謎が解けたはずだということがピンときた。彼女は外見も初代エリザベス女王のような老女だったのだ。クリアーノにも会いたかったが、エリアーデを継ぐこの天才的なルーマニアの宗教学者は、その後、四十一歳にしてチャウシェスク派の何者かによってシカゴ大学の化粧室で後頭部を撃ち抜かれて、即死した。

イエイツとクリアーノが予見したことは重要である。それは、エリザベス女王がのちに月神ディアーナと習合した歴史に、新たな知を求める人々を正しく導くであろうからだ。

すでに後期エリザベス朝では、ウォルター・ローリーやジョージ・チャップマンらを代表とする「夜想派」の月神信仰が高揚していたが、それはその後、大陸とくにスペインとフランスを太陽の砦とみなし、イギリスを月の基地とみなす独特のイギリス的感情の起源にもなっていったのである（フランスはフランスで、ルイ王朝に象徴されるように太陽を僭称するのが好きな国だった。しかしこれではキリスト教帝国や月の王国ともろにぶつかるしかなかった）。

こうしたヘルメティックで、かつまことにルナティックなエリザベス朝の新しい感覚は、別途、エドマンド・スペンサーの『神仙女王』やヘンリー・レノルズの『神話の秘儀』にも端を発している。『神仙女王』の第三巻は女性騎士ブリマートの貞潔が主題であるが、それはシンシアすなわち月神ディアーナの手のこんだシンボリズムにあてられていた。また、クリストファー・マーロウは『フォースタス博士』の上演においてなかなか月的な演出を披露した。舞台には人工の稲妻が走り、そこを口に花火をくわえた悪魔たちが走り回った。そしてジョージ・チャップマンの『夜の影』が、これらを受けた決定打を放つのである。

傑作『夜の影』は「夜の讃歌」と「月の讃歌」の二部構成になっている。冒頭、難解な学問に没頭する気質というものは夜に属するのだということが描かれ、それは悲しく泣くような魂の徘徊をともなうことが告げられる。つづいてこうした深い思索が白昼の愚かな活動と比較され、第一部は月が昇ってきて幕切れになる。第二部は月の支配がだんだん満ちていく進行で、調子はしだいに魔術性を加え、月であるシンシアの光があまねく広がると（すでに察知されたとおもうが、シンシアはシュメールの月神シンのヴァージョンである）、詩篇は圧倒的な月夜の光の帝国の勝利の宣言となっていく。海賊的な女王エリザベスの帝国が太陽的栄華を誇っていたスペインに勝ったという比喩だった。

それとともに、ここには「知の憂鬱」が支配する国という進行も重なっていた。チャップマンはヘルメティックな手法を隠しつつ、思索の奥に光る月を暗喩にして、この国の未来を描こうともしたのである。

この太陽から月への遡行という逆説的な意図は、シェイクスピアの戯曲群でも維持される。全篇が月の光に照らされた『真夏の夜の夢』の妖精王オベロンの宣言にはじまっているのだし、『マクベス』の魔術と『ハムレット』の月下の苦悩をへて、ついに『テンペスト』の魔術師プロスペローが月的な世界を操るという意図の展開が裏読みできるからである。この感覚はイブ・カンポスのCGを駆使したピーター・グリーナウェイが（ワダ・エミの衣装も使って）、一九九一年に『プロスペローの本』としてたくみに映像化してみせた。

ようするに、月の帝国とは女王エリザベスに託したヘルメスの知の流出の暗示だったのだ。ヘルメスの知はみずからの意味を隠すことをもって表現を試みる。ジョン・ディーからジョージ・チャップマンにおよんだ女王をとりまく隠秘の哲人たちは、今日ではとうてい考えられない思考方法によって、イギリス帝国のもうひとつの可能性を魔術的観念の裡に育もうとしたのである。それには、月神ディアーナの象徴が必要だったのだ。

もっとも、こうした妖しいムーンランドの感覚は、太陽の帝国をめざすキリスト教世界や合理的な前近代主義の動向のなかで、そんなに長続きしたわけではない。イギリスにピューリタン革命がおこり、ルイ王朝の隆盛やアメリカ移住がはじまったころになると、イギリスの知識人たちも妄想批判に乗り出した。十七世紀初頭、コーヒーハウスに集っていたジョナサン・スウィフトやダニエル・デフォーやらが古い知識人たちの空想癖をなじり、その世紀のおわりころには、ウィリアム・ブレイクが『月のなかの島』で月世界イギリスの矛盾を、あらたな神話感覚をもって暴き、とどめをさした。

ブレイクの詩は月の中にイギリスのような国があり、そこで偏った知識をもった者たちがヴァーチャル・ランドで遊んでいる光景を歌ったものだった。帝国が管理した魔術の嫌いなブレイクは、月を本来のヴィジョンの月に戻したかったのだったろう。

遊月図集 II

夜景博士と電気少女

ポール・デルヴォーの絵の中の男と女は、そのすべてが月男と月女の分身である。絵の中で何がおこっているのかは、わからない。月だけが知っている。

ベルギーの異才デルヴォーの『月の位相』シリーズ（1941・1942）には、ジュール・ヴェルヌ『地底旅行』の学者オットー・リンデンブロックをモデルにした眼鏡男が登場する。『クリスマスの夜』（1965）では少女が月下の機関車と送電線を見送る。なにもかもが月明事件を暗示する一瞬なのである。

形象の月・線状の月

抽象絵画や構成主義だからといって、月はお留守にはならなかった。むしろ「月の形而上学」はここにこそ出奔して、かえって精神の微分方程式にあずかった。

カンディンスキーもマーレヴィッチもミロも、みんな月が好きだったが、パウル・クレーはとくに月を線状に扱って絶妙の"線幅絵画"ともいうべき作品を仕上げた(『教会と城』1929)。下図はミラノ抽象派のアタナシオ・ソルダーテの『裏通り』(1947)。もとより月は抽象なのである。

ヨーロッパのデザインの月は小さく、日本の月の意匠はやたらに巨きい。
この相違は「野の月」をめぐる日本人の無常と数寄に起因した。

巨月を愛した日本人

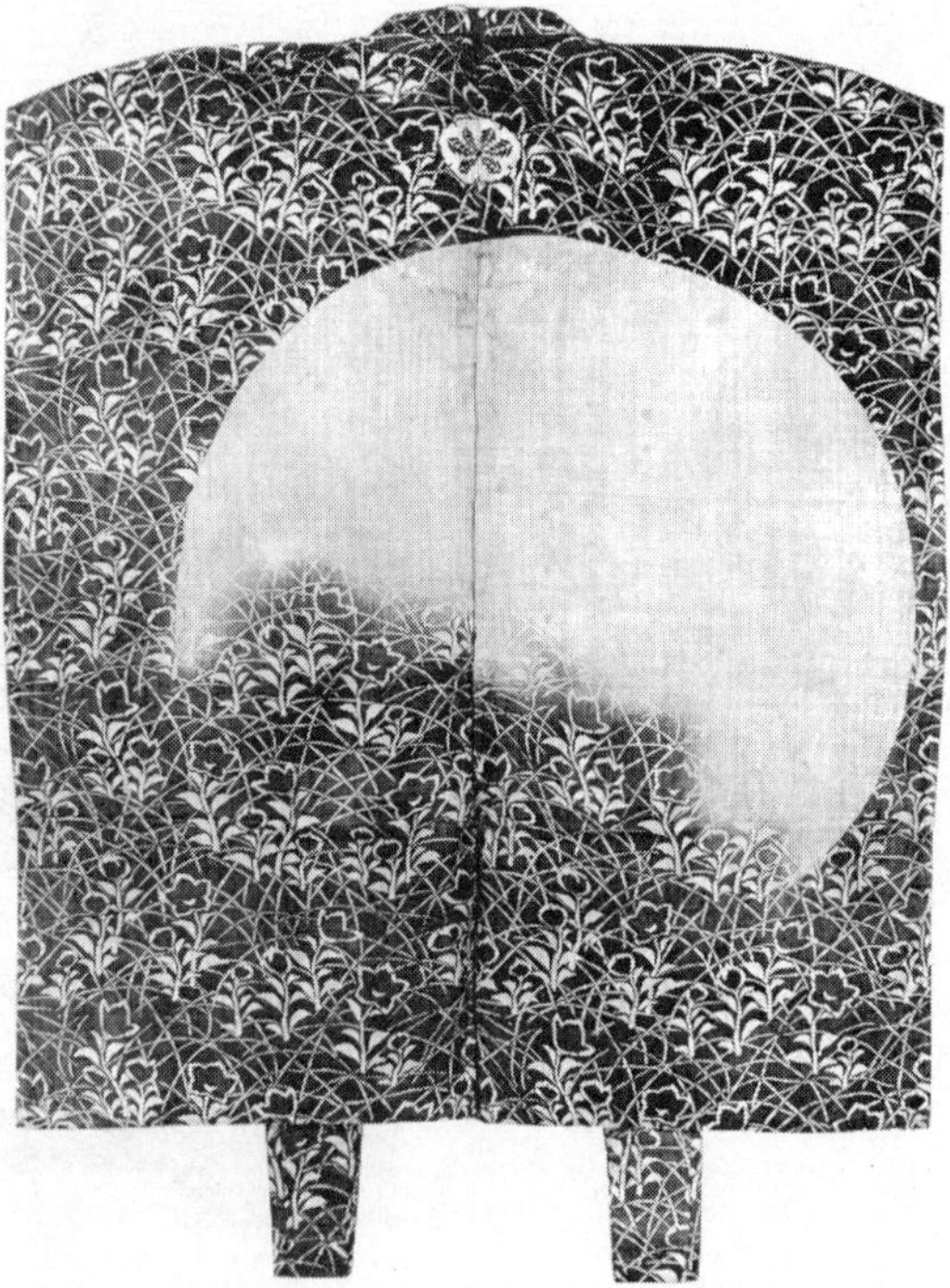

日本の意匠の月の特徴は、もともとは雪月花や花鳥風月に発した「月に寄せ、月に思ふ」という観点に派生したのだが、それを視覚化するにあたって日月屏風や武蔵野図や柳橋図や能装束が大きな役割をはたした。そこには「野の月」に寄せるスサビの感覚を偏愛する趣向が立ちあらわれている。

後水尾院の寛永文化には、桂と修学院とともに
王朝の月をリデザインする大胆奔放が罷り通った。

琳派の半月

本阿弥光悦の書と俵屋宗達の絵による『四季草花下絵和歌色紙』。この異様な半月のかたちは宗達独得のもので、おそらくは「ふくらみ」が好きだった光悦のディレクションによる。慶長寛永期以前、こんな月は日本にもなかった。その後、尾形光琳・乾山、酒井抱一らがこの異様な月を引き継いだ。

浮世絵には月がいっぱい出ている。出ているだけでなく、巨きい。独自の遠近法に加えて月の錯視を強調した技法はいまさらに驚かされる。

浮世絵師の観月法

上図は歌川広重の『東都名所・吉原仲之町夜桜』。世に名高い遊郭の桜を明るい黄昏の裡に描くため薄墨を基調にした名作。下図は歌川国芳の『東都名所・新吉原』で、日本堤の月下の光景に地廻りや誰也行灯の下の犬を絶妙に配し、洋風の影もあしらっている。それにしても巨大な月だ。

月めく里見八犬伝

日本漫画のルーツのひとつに読本の挿絵がある。
とりわけ『南総里見八犬伝』にはたえず欄外に月が出て、物語を妖しくさせた。

滝沢馬琴の『南総里見八犬伝』には葛飾北斎をはじめ、何人もの浮世絵師がかかわった。ここに掲げたのは柳川重信のものだが、指図は馬琴が描いた。左右見開きになっていて、その片方の欄外に夜空の吹き出しがあって、月が描かれていることに注目したい。コマ割り漫画の嚆矢である。

村上華岳の極め月

これは華岳四十八歳のときの作品である。喘息をぶりかえす日々、幽遠な木霊のかなたに皓々と照る満月に想をえて、筆を採った絶品である。

村上華岳は京都絵画専門学校で入江波光・榊原紫峰・土田麦遷・小野竹喬らと同期となり、国画創作協会をつくった。しかし33歳で喘息発作に冒されてからは、しきりに彼方を想って菩薩と月光と雲塊と牡丹を描くようになった。この絵はズバリ『月』（1936）と題されている。

花月を友とする

西行が花月を友とする数寄の遁世を好んでこのかた、桜と月を同時に歌い、同時に描く者が絶えない。

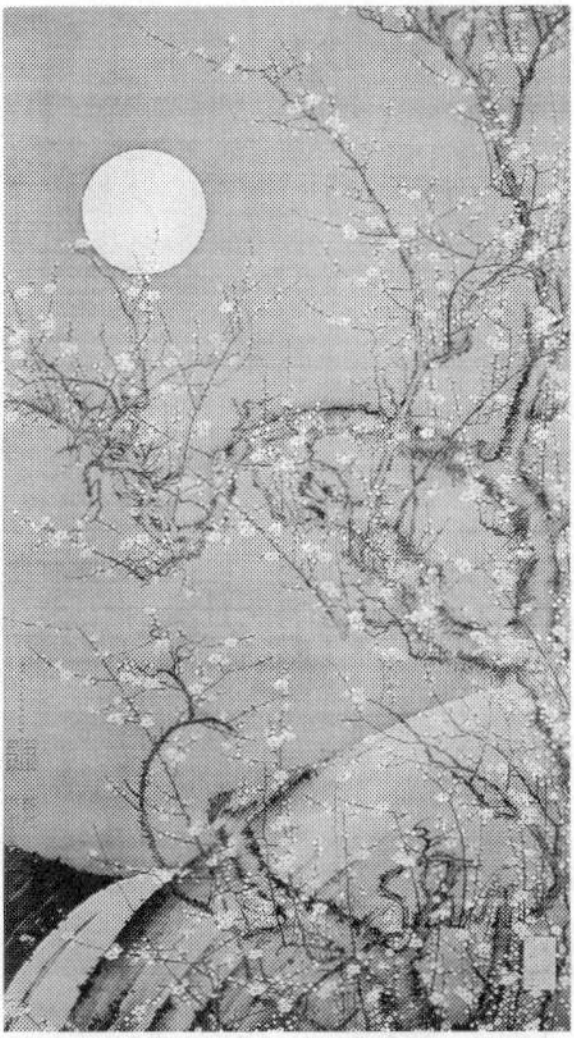

ここには梅と桜の両方の代表的な絵画を示した。上図は江戸中期の伊藤若冲の『月下白梅図』で、いささか万葉の香りを偲ばせる。この構図は蕪村も好きだった。下図は明治期の松林桂月の『春宵花影』で、1939年にニューヨークで展示されたときは、墨一色で花と月の色が浮かぶ技法が驚嘆された。

宮沢賢治は月を多様に題材にした作家であり、歌人であった。
たとえば月光瓦斯、赭焦げの月、月は水銀、とけのこる月、月天子……。

月と賢治と電信柱

賢治の『月夜のでんしんばしら』はなぜか多くの挿絵画家が挑戦した。上右は賢治自身による挿絵で、どこか寂寞が漂う。上左は菊地武雄の傑作（1924）で、日本の挿絵の黄金期（竹久夢二・武井武雄・初山滋・茂田井武と同時期）を感じさせる。下右はスズキ・コージの漫画扉絵（1985）、下左は畑中純（1985）。

月が降りてきた遊園地

二十世紀は博覧会とサーカスと遊園地とロケットの世紀でもある。
なかで各地にルナ・パークが開設された。夜の都会は月を捕獲したかったのであろう。

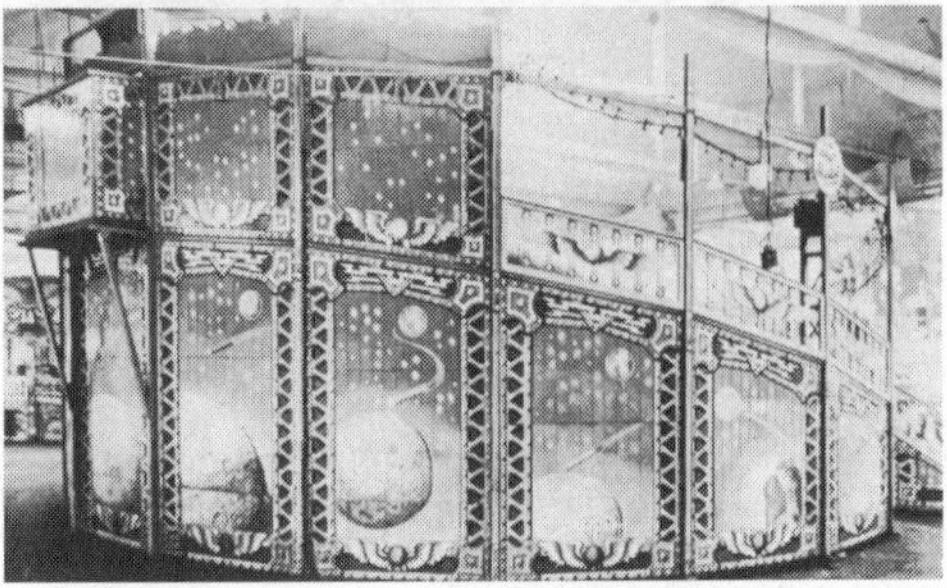

ポール・ボイトンが1895年に開設したニューヨーク郊外のシーライオン・パークに、1903年にルナ・パークが増設された（上図）。ここから「コニー・アイランド」の絶頂が始まる。それとともに各地の遊園地に高速回転遊戯装置「ムーン・ロケット」が登場する。いま、遊園地に月がない。

天体飾画家まりの・るうにいは稲垣足穂の『宇宙論入門』に出会って、月と星と街区の不思議と唐突を描くパステル画を開発した。

まりの・るうにい　ムーンダンス

まりの・るうにいのファンタジックなパステル画には多くの月が出てくる。この絵は代表作のひとつ『ムーン・ダンス』(1974)。そのほか、割れたガラスになった月、尻尾のはえた月、輪っかの月、歩きまわる月、三日月だらけの夜空など、独創的な月尽くしが繰り広げられてきた。

月を追うクシー君

七〇年代、稲垣足穂の『一千一秒物語』がリバイバルして巷の月光派を狂喜させた。若きクリエイターたちは競ってタルホの月を遊び絵に仕立てようとした。

鴨沢祐仁・青林堂

イラストレーター兼マンガ家の鴨沢祐仁の『クシー君の発明』(1976)。クシー君が月と併走しているうちに、月の様子に次々と突然変異がおこってウサギになったり影絵になったりしている。ほかに坂田靖子の『月と博士』をはじめ、マンガ家たちはタルホ・ムーンをしきりにコマ割にした。

アポロが月に降り立ってから、かえって月と遊ぶアーティストがふえた。
レコードジャケットにも月はひっきりなしに呼び出されている。

月と遊ぶアーティスト

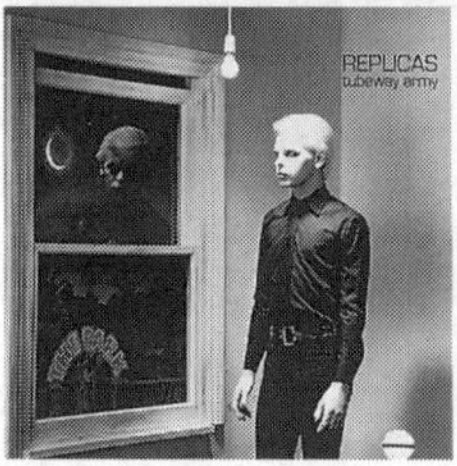

ジョセフ・コーネルの作りつづけた「箱の夢」にはしばしば月が封印された。上図は『ルナー・セット』(1959)と題されたもので、月面図に蝶がピンアップされている。下右図はマイク・オールドフィールドのLP『クライシス』、下左図はチューヴウェイ・アーミーのLP『レプリカンズ』。

月になる男と女

月狂いの究極はみずから月光紳士となり月明淑女となることだろう。

それはイシスやディアーナへの回帰であるとともに、月の永遠との同化をあらわしている。

幻想作家レオノール・フィニはその作品でもその日々の姿においても、自身が月の魔女であることを否定していない。この感覚はのちにハリウッドのキャット・ウーマンの映像意匠に引き継がれた。下図は梅木英治の版画『ムーン・マニア』(1981)。麗々しく紳士は弦月と同化するために正装している。

いまやコンピュータは月を無数に制作できるようになった。
データの月である。
そのぶん、ルナティシズムの香気をもつ月が少なくなっている。

フラクタルムーンの彼方

CGが描いた「データの月」はその制作数の多さにくらべて、傑作がめっきり少なくなってしまった。ここにあげたのは初期の傑作のひとつ、IBM研究所のリチャード・ボスのプログラムによる『フラクタル・ムーン』(1983)。とくに幻想処理をしていないところが、かえって瑞々しい。

菊月

熱い月と冷たい月

さし来る潮を汲み分けて
見れば月こそ桶にあれ

——謡曲「松風」

31

青々が「寝覚して団扇《うちわ》すてたり夏の霜」と詠んだ夏の霜とは、真夏の月光のことだ。夏に霜が降りるわけではない。白楽天の「月平砂を照らす夏の夜の霜」から出て、季語となった。李白には「牀前月光を看る、疑うらくは是れ地上の霜かと」と詠み、晩唐の七言絶句の名人の誉れが高い李益には「受降城外、月、霜の如し」とある。

夏の月はたとえ夜半でも外は暑苦しく、いささか扱いにくい。蛇笏《だこつ》はそこを突いて、「生き疲れただ寝る犬や夏の月」と詠んでいた。では夏の月は記憶に残りにくいのかというと、そんなことはない。私はいまもなお少年時代に停電直後のアジサイが色鮮やかに眼の中に残像したことをはっきり憶えているけれど、まさにそのように、祇園祭の宵山の夜、隣の町内の鉾町に組み上がった鶏鉾《にわとりぼこ》のズラリと提灯がぶらさがったその右肩に満月に近い橙色の気味の悪い月がポンと貼りついていた夜のことを、四季を通じてもなお充分に十指に数えられるべき光景とおもうのだ。

ゴジラの創作者の香山滋には『月ぞ悪魔』があって、これはイスタンブールの熱い海の上空に二つの月が出現する怪異な物語になっている。二つの月が急にあらわれて事件がおこり、次に二つの月があらわれるまでの奇怪な寄生人間の話だが、その不気味な月は蒸し暑い異常気温のイスラムの夜にこそふさわしく描写されていた。

久生十蘭の『月光と硫酸』も真夏の事件なのかもしれない。コートダジュールの殺人事件のあった夜、現場付近の庭に月が落ちていたという話である。庭に青白い円い光が光っている。庭の持ち主の婆さんが「庭に月が落ちている」と騒ぎ、次々に人が駆けつけて大騒ぎになるのだが、結局は近所の先生が「これは月じゃない、濃硫酸がこぼれているんです」と言う。翌日の新聞には八人にわたって殺人をくりかえしていた犯人が死体を密かに濃硫酸で溶かし、その残りを少しずつ庭に捨てていたという自白が出る顚末だ。まさに〝夏の霜〟と見まごう事件だったのである。

もともとアラブ世界には月が深く結びついている。

すでにのべたように、マホメット以前のアラビアは女性中心の部族が強く、そこではアラーの前身アラート女神が祀られ、ヘカテーやディアーナのような三重月女神として君臨していた。それがマホメットによって一挙に男性社会に変質していったのだが（そして女性はハーレムに隔離されたのだが）、太母たる月の影響は隠すべくもなく、結局はマホメットの架空の聖娘ファーティマとして、聖母マリアの役割を果たすことになっていく。いま熱砂の下、イスラム教旗にはためく鋭利な三日月こそ、このファーティマのシンボルなのである。湾岸戦争はそうしたいっさいの記憶の文化を蹂躙する戦争だった。

その熱い月をうまくあらわした作品としては、スペイン映画の『ムーンチャイルド』(El Nino De La Luna) が圧巻だった。だいたい多くの映画にはあまり月が出てこなく、出てきてもほんのおしるし程度か、印象的な場面だけに月をあしらうのが相場なのだが、このアウグスティン・ビラロンガが監督と脚本を手がけた映画はまさに格別、ほとんど全編に月や月光が劇的に関与する。

私の知るかぎり、これほど月が出てくる映画はジョルジュ・メリエスの月世界旅行譚このかた、あまりない。フェデリコ・フェリーニの『ヴォイス・オブ・ザ・ムーン』が巨きな月を象徴的に扱い、タヴィアーニ兄弟の『カオス・シチリア物語』が第三話に「月の病」を設けて満月に狂う男の一家を月明に描いていたが、これらは例外で、たとえばリナ・ウェルトミュラーの『ムーンリット・ナイト』は題名にこそ一夜の満月のちぎりがエイズ感染の夜にあたっていたという象徴的なはからいをしているものの、出てくるのはルトガー・ハウアーとナスターシャ・キンスキーの禁欲的な関係ばかり、それにベルサーチの衣裳がちりばめられるというだけで、月の映画としては失格なのである。フランシス・コッポラまでが手を染めた歴代のドラキュラ映画にも、月の扱い方という点ではいい演出がない。コッポラのドラキュラはアカデミー賞をとった石岡瑛子の衣裳だけがひたすらルナティックであった。

ビラロンガの『ムーンチャイルド』は、青白い巨大な満月に花火のような光条が炸裂する冒頭シーンに続いて、お婆さんから主人公の少年ダビが「お前の目には月の力がある」と言われるところからはじまる。やがて少年は超能力者とおぼしい者を集めた〝センター〟に入れられ、特殊訓練を受ける。が、少年はそんな管理された訓練を逃れ、毎夜の月に助けを求める。ここまで前半のトーンは同じスペイン映画の鬼才ヴィクトル・エリセの『ミツバチのささやき』に似て、少年のアドレッサンスのもつ甘酸っぱい描写が続き、月の光に育つ少年の目に観客の胸が少しずつしめつけられていく。

そこに満月の夜の事件がおこる。〝センター〟が選ばれた二人の男女を結ばせ、その受胎した子供をなんらかの手段で私有しようというのである。少年はこの秘密をしだいに嗅ぎつけ、なんとか二人の男女を脱走させようと企てる。脱走は少年を愛する女性養育者によっていったん成功するが、やがて追手は男を殺害、少年はおなかがふくれた美しい女を連れてアフリカに逃れる。映画はここから一転、じりじりと熱い月を映し出す。

サハラ地方へ逃れた少年と妊婦は、そこで少年の確信にもとづいた行動をおこしていく。お婆さんにもらった風変わりな地図が頼りだった。何度目かの満月の夜、女は子供を生み、少年は生まれ変わってムーンチャイルドになるというのである。ただしその日までに、少年はある部族のところまで行き着く必要があった。しかし〝センター〟の強制捜査も執拗に続く。蒸し暑い熱砂の風が吹きすさぶなか、物語はしだいにクライマックスに向かい、ついに少年ダビがムーンチャイルドになる日が来る。最後の説得者として派遣された養育者はようやくプロペラ機から地上を走る少年を捉えるが、少年の確信に負け、みずから満月に向かって飛び立つと、あえて爆死を遂げる。

その炎上する飛行機の破片が月の光のごとくきらきらと落ちるとき（このシーンが冒頭のシー

ンにつながるようだ）、少年はとうとうある一族の集落のイニシエーションの渦中に辿り着き、そこでムーンチャイルドとしての刻印を受ける……。

だいたいこんな筋である。後半、北アフリカの砂漠はずっと強烈な月光に照らされ、観客はつねに「熱砂と月光」という不思議なエントロピーの対比をひたすら浴びる。それがなんともここちよく、忘れがたい映像の連続となっていた。

ところでムーンチャイルドという主題は、ビラロンガは稀有にも大成功を収めているのだが、実はなかなか難しい。たとえば黒魔術系の神秘主義者アレスター・クロウリーの『ムーンチャイルド』や『死者の書』で有名なジョナサン・キャロルの『月の骨』も、およそ同様の話を扱おうとしていて、物語のほうはそれなりにおもしろいのだが、いっこうに筆が月の描写に至らないという欠陥がある。とくにクロウリーは彼に近いジャック・パーソンズが夫人とともにハイヤー・インテリジェンスとコンタクトして月の子を産もうとして事故死したという実際の出来事を素材にしただけに、なんとか成功してほしかったのだが、残念なことに月の描写を怠った。月の力が子供に何かの魔法を授けるという主題を描くには、やはり月の光に関する霊妙なボキャブラリーをもちあわせていなければならないのである。ことはなにしろ月霊力の問題であるからだ。

余談だが、こうしたクロウリーの発想は、その後にドラッグ・カルチャーとロック界で復活した。ビートルズが『サージェントペパーズ・ロンリーハーツ・クラブバンド』のジャケットにクロウリーの顔をあしらったのをきっかけに、レッド・ツェッペリンのジミー・ページがクロウリーの屋敷を購入して住みつき、デビッド・ボウイがさまざまに話題にし、オジー・オズボーンがクロウリーの歌をつくるといったふうに、やや無節操に、また不気味にもてはやされたのである。

32

月霊力を映像に託すには、まだまだ時間がかかる。ハイパーメディアやヴァーチャル・リアリティをつかうのがいいようにおもえるが、まだ出てこない。マッキントッシュによる月の収集こそまず先行するべきである。荒俣宏が集めている月のイラストレーションを借りてはどうだろう。話はそれからだ。

そこでいきおい言葉に託すというリテラルな方法になる。ただし、ここにも月らしいやりかたというものがある。本格的にやるなら、ブレイクやイエイツのように自分で対抗神話を用意してしまうやりかただ。これは古典を調べ、ヴィジョンを磨き、そして言葉を構造化することになる。しかし、もうひとつやりかたがある。自分の感情を全部まるごと月に預けてしまうという捨て鉢だ。種田山頭火などはそういう人だったが、この月球捨て鉢派のなかでも最も純粋な、まるで地球に生まれたのがいけなかったような詩人の代表が、ジュール・ラフォルグである。

かつてラフォルグは孤立していた。一人ぼっちだった。同時代人たちはカルル・ユイスマンスやステファヌ・マラルメらのごく親しい友人を除けば、ほとんどがラフォルグを認めようとしなかった。が、いまは、ラフォルグは孤立していない。時代がすすむにつれ、次々に巨匠たちがラフォルグの詩に狂いはじめていったからだ。

星たちに棲む有象無象の進捗から追放された月よ、
ぼくの骨々を気化してほしい。
ぼくは自身のすべての帆をあげて、お前にこそたどりつきたい。

私が調べたかぎりでは、まずはT・S・エリオットとジェイムス・ジョイスがラフォルグ擁護の先頭を切っている。二人はほとんどのラフォルグ詩を暗誦できた。ついでエズラ・パウンドも鉄のクレーンの先の月に「唐突で永遠の神秘」の何たるかを知って以来は、始終ラフォルグを引きあいに出していた。アンドレ・ジッド、ジャック・プレヴェール、マルセル・シュオヴ、ジャン・ジロドゥらはラフォルグをそのまま一度は作品化したはずだ。このフランスの流れはシュルレアリスムにあっては、私の見るところではアルフレッド・ジャリとギヨーム・アポリネールに両極分解し、さらにはアンリ・ミショーやレイモン・クノーの方角へ月晶化していった。

音楽家ではピエール・ブーレーズが大のラフォルグ派だった。美術家ではジャン・デュビュッフェとマルセル・デュシャンのラフォルグ傾倒がとびぬけていた。デュシャンが「パリの空気」や「照明用ガス」にこめたかったものはラフォルグの呼吸だったのである。おそらくはガートルード・スタインが示唆したことだったろう。

わが国ではラフォルグ心酔者の泰斗である堀口大學と吉田健一をはじめ、伊吹武彦・中江俊夫・宮内侑子らがもっぱらラフォルグの月を呑んでいた。ただ、その後の強い発展がない。『骨月』などという奇妙な小説を書き継いでいる武満徹がラフォルグ派であろうことも、まだそれと確かめたことはないが、きっと隠れて読んでいる一人であろうが、私としてはもう少し大きな声も聞きたいところなのである。

こうしてすでにラフォルグの孤立はなくなった。それでもなおラフォルグは充分に知られているとは言えない。同時代の詩人ランボーの威名の前に隠されていたからであろうか（ランボーが六歳年上である）。そうなのかもしれない。とりわけ日本のランボー派は小林秀雄にはじまって、ランボーの熱い情意にのみ眼を奪われて、その時代にラフォルグの冷却された情意のあることを見忘れた。けれども、もっと大きな理由はラフォルグが太陽を嫌って月にのみ魂をさげたことにあるにちがいない。

一般人なら誰だってまずもって太陽を享受するものだ。まぶしい朝の光に生命のかぐわしき発端をおぼえ、健康にはちきれた肉体を太陽からもらおうとするものだ。その王者たる太陽に叛いたラフォルグが少数の人々のみに愛されるしかなかったとしてもやむをえなかった。

ラフォルグ得意の月歌の集中する詩集『母なる月のまねび』の冒頭には、「はじめに太陽に一言」という一篇が掲げられている。それは確固不抜の反太陽論なのである。こんなぐあいだ。

太陽よ！　勲章とか褒章とかをはりつけた粗暴の兵士よ！
下品な栽培者よ、知るがいい！
猫目石の月はたったひとつの薔薇窓にすぎないかもしれないが、
お前を憎悪していることを知るがいい！

ケプラーの月へ、ノヴァーリスの月へ、メーテルリンクの月へというふうに心を奪われてきた私などは、ラフォルグのこの反太陽論に出逢って手もなく捻られた。〝太陽がいっぱい〟とか〝太陽はひとりぼっち〟といった太陽族の加担者であった友人たちは、こぞって私の月狂いをたんなる不眠症夜行派の自己弁護と笑ったものだった。前に書いた通りだ。

しかし、いまや私のほうが勇敢なのである。なにも私は白昼を嫌って真夜中に心酔しようという鳥目人をめざすわけではない。ただ、「太陽は野暮だ、月は粋だ」と断言しているだけなのだ。「鉄屑色の空にむかって、そこでは月が自分の葬式をしているのだ」（ピエロたちの話）といった倫理が太陽に欠けているのは、致命傷ではないかと言っているまでなのだ。

ラフォルグがなぜ太陽を憎悪し月を愛したか、彼はその経緯や理由を書いてはいない。「月の独奏、それは私には書けない」（月の独奏）とだけ書いた。もともと三冊の詩集と一冊の寓話集とわずかな日記断片、および手紙しか残さなかった二十七歳で夭折した詩人である。母親と暮したのが十五歳のとき、二年後には死に別れ、英語教師リア・リーに結婚を申し込んだのも束の間、翌年には著しい窮乏の中、肺病で死んだ。そのたった二十七年間の人生で、カフェ・イドロパットでギュスターブ・カーンに出会わなかったら、もっと薄幸の人で終ってしまったかもしれない。そのくらい〝薄い街〟の詩人なのである。

だから、およそのことはほとんど憶測するしかないのだが、それでも反太陽観念の出所については見当がつく。ラフォルグにとって、太陽は「生活」のことだったにちがいなく、彼は生活を脱して魂が抽象化されることを希んだのである。魂が生活の周辺でまごまごすることを嫌ったのである。薄くたってよかったのだ。

おお月よ、ぼくの血管を流れよ。ぼくの身をそして支えよ！（真夜中に）
ああ、月！　月がぼくにつきまとう。何かよい薬はないものか。（遊戯）

ランマ・サバクタニ（Lamma Sabachtani）——。これはキリストが死の直前に言ったという「神よ、なぜ我を見捨てたまいしか」という絶叫である。ラフォルグの「ランマ・サバクタニ」は太陽の温室と化した地球において、人々があまりにも無策に生をむさぼる光景に対して吐露された言葉だった。ラフォルグは自分のみならず、地球という全体がひとり天界から取り残されてせっせと自活している憂鬱に堪えられず、みずからピエロと化し、わずかに月光源にのみ無の発祥を求めて言葉を紡いでいた詩人だったのだ。

私はこの、無の発祥に立ち会おうとするラフォルグの立場に「遊星的失望者」というすばらしい称号を贈る。誰がこの宇宙を闇からひきずりだしたのか。ラフォルグのこの苛烈な問いこそが、私の主題「香ばしい失望」にふさわしいものなのだ。これは絶望ではない。もはや絶望はチャチなのだ。

あの天体には　人はけっして棲めないだろうと考えることが、
ときどき、僕の肺腑へ一撃を食わした。（月光）

このようなラフォルグの聖月観念は、東洋ならば密教における月輪観として瞑想の手法にまで昂められたものである。私はラフォルグがどれほど仏教に手をそめたかは知らないが、おそらくラフォルグのこと、直観として東洋を詩魂の裡に抱いていたであろうことは推測できる。月を愛する者の特徴は、あえて自身の運命を越えようとしない点にあるものだ。それでいて超越者を思慕できる感性を孕んでいるものだ。

ここに超越者とは、六師外道の一人マハーヴィラであり、ブッダであり、プラトンでありゾロアスターであるとともに、月なのである。ラフォルグは東洋の月輪観のようには主客合一を果せなかっただろうけれど、月を道楽としたその魂の孤高性において、月人になったのだ。「ぼくは広場の泉に水の輪をつくる月の道楽者にすぎない」と、ラフォルグは語った。

ウルグアイに生まれてパリに住み、ギヨーム一世ドイツ皇帝の皇后オーギュスタのフランス語読書係に就いて稀なる高貴の香りを吸ったのに、ケート・グリューナウェイの絵本から英語のリズムに憧れ、その分節の一端にのみあまりに傾倒してそこからもはぐれ、結局は「ぼくは神様の鼻先で上等の煙草を吸う」と言って、ただただ月を道楽にするなんて、ずいぶんだ。そのくせ一方では、「世紀のはじめに伝説中の人物になりたい・だが、去年の月はどこへ行ったのか・そしてなぜ神様をつくりなおせないか」というふうに、まっとうに嘆いてもみせている。が、これらは地球に対するこんがりとした失望を抱いた者だけが発することのできるメッセージである。『ピエロたちがしゃべる言葉』には次のようにある。

またピエロのひとりが死んだ。
慢性孤児病のために死んだ。
そいつはおかしな体つきと、
月のダンディズムにふさわしい魂をもっていた。
ぼくの高貴な魂の昇る月を、
いったいいつになったらあなたの両眼の沼は、
送りとどけてくれるのか。

一言でいえば、ラフォルグの生き方は「ぼくは他のものを探している」というものだ。ラフォルグは次から次へとそれていったのだ。主題を欠如させること、定義から脱出すること、調和の外へ出かけてしまうこと——それがラフォルグだったのである。

ラフォルグは短い生涯を終えるにあたって『最後の詩』を草し、マラルメをして「破格の詩の大いなる魅力」と言わしめた対偶律に達した。それは意味と韻律の対位する世界の表出であったばかりでなく、私には〝月と地球〟という詩人のおもいつくかぎりの最大の存在の位置をめぐる対偶律であったともおもわれる。『最後の詩』にはこんな一行がある、「月のあかりの婚礼に、ぼくの不幸を紛れさせてくれ！」。

33

さて、「ランマ・サバクタニ」と叫んだのはラフォルグだけではなかった。日本では宮沢賢治がまったく同じ叫びをあげた。

ただし賢治はキリスト教ではない。法華経である。それとともに月なのである。そのような賢治像を誰も描いてこなかったことが不思議なほどだ。まず、短歌を見られたい。賢治の月寄りの走光性をみるには歌稿が一番わかりやすい。

あはれ見よ月光うつる山の雪は　若き貴人の死蠟に似ずや
鉛などとかしてふくむ月光の　重きにひたる墓山の木々
月は夜の梢に落ちて見えざれど　その悪相はなほわれにあり
われひとりねむられずねむられず　真夜中の窓にかかるは赭焦げの月

星もなく赤き弦月ただひとり　空を落ちゆくは只ごとならず
ちばしれるゆみはりの月わが窓に　まよなかきたりて口をゆがむる
いざよひの月はつめたきくだものの　匂ひをはなちあらはれにけり
うろこぐも月光を吸ひ露置きて　ばたと下れるシグナルの青
七月の森のしじまを月色の　わくらばみちにみだれふりしく
弦月のそつとはきため薄霧を　むしやくしやしつつ過ぎ行きにけり
三日月は黒きまぶたを露はして　しらしら明けの空にかかれり
あかつきのこはくひかればしらしらと　アンデルセンの月はしづみぬ
みかづきは幻師のごとくよそほひて　きらびやかなる虚空をわたる
かたはなる月ほの青くのぼるとき　からすはさめてあやしみ啼けり
みなそこの黒き藻はみな月光に　あやしき腕をさしのぶるなり
うすら泣く月光瓦斯のなかにして　ひのきは枝の雪をはらへり

このほかにも賢治は好んで月を詠んでいるが、その月に寄せるおもいの全般は「月光瓦斯」の一語によく象徴されている。「アンデルセンの月」もよほど気に入ったとみえて、後に改稿の際には琥珀を瑪瑙に変えて、「あかつきの瑪瑙光ればしらしらとアンデルセンの月は沈みぬ」としている。

一方、詩作のほうであるが、とにもかくにも『春と修羅』第一集の序詞からしてが、実に月光的だ。「わたくしといふ現象は・仮定された有機交流電燈の・ひとつの青い照明です」というときの、この「青い照明」は月光瓦斯につらなる賢治の青色物質であって、たとえばまた、「あいつはちやうどいまごろから・つめたい青銅の病室で・透明薔薇の火に燃やされる」(恋と病熱)などの青銅感にはじまり、青木、青い針、青い光の棒、青ざめたウサギ……などと次々に頻出する、一連の月光の青なのである。

また、賢治は月光性を科学物質のキラキラでもとらえようとする。「雲はたよりないカルボン酸」は有名であろうけれど、むしろ月と化学の錬金術的婚姻のほうがよほど賢治らしく、私にはぴったりとくる。これはダンサー勅使河原三郎をいたく感動させた詩でもある。たとえば、こんなふうだ。

月は水銀
後夜の喪主(東岩手山)

月は水銀を塗られたでこぼこの噴火口からできてゐる(風の偏倚)

水銀ばかりではない。「お月さまからアニリン色素がながれて・そらはへんにあかくなっている」(自由画検定委員)などという絶妙の表現もある。もともと地質鉱物学に通じていた賢治のことだ、反射する鉱物光球である月を物質の由来名をもって語るのはお手のものだったにちがいない。さらに賢治の詩から私の好きな詩句を抜きだしておく。まず『有明』である。

青ぞらにとけのこる月は
やさしく天に咽喉を鳴らし
もいちど散乱のひかりを呑む
波羅僧羯諦　菩提　薩婆訶（有明）

つづいて『真空溶媒』には、「葡萄糖を含む月光液は・もうよろこびの脈さへうつ」とあって、『東岩手山』には「柔らかな雲の波だ・あんな大きなうねりなら・月光会社の五千噸の汽船も・動揺を感じはしないだろう」とか、「二十五日の月のあかりに照らされて・薬師火口の外輪山をあるくとき・わたくしは地球の豪族である」というふうに、また『樺太鉄道』では、ずばり「ああ・お月さまが出てゐます」と射しこんで、さらに「月はいきなり二つになり・盲ひた黒い暈をつくつて光面を過ぎる雲の一軍」と展開してみせた。

まさに自由奔放、こんなに月を縦横に扱う詩人はいなかった。いま少し月の女神に化学を添える手腕を紹介しておこう。詩の一部を抜き出しておく。

月はいましだいに銀のアトムをうしなひ
かかしはせなかをくろくかがめる（風林）

月をかすめる鳥の影　電信ばしらのオルゴール（空明と傷痍）

月はだんだん明るくなり
羊歯ははがねになるといふ（林学生）

お丶月の座の雲の銀
巨きな喪服のやうにも見える（はつれて軋る手袋と）

血のいろにゆがめる月は　今宵また桜をのぼり
患者たち廊のはづれに　凶事の兆を云へり（岩手病院）

月しろは鉛糖のごと　柱列の廊をわたれば
コカインの白きかほりを　いそがしくよぎる医師あり（岩手病院）

月のたはむれ薫ゆるころ　氷は冴えてをちこちに
さざめきしげくなりにけり（氷上）

火星の月にこくすてふ　こよひ氷ははやなりて
かぐろき天をうつしたれ（火星の月）

おそらく、賢治がこんなに頻繁に月を描いていたことを知らない読者が多かったのではあるまいか。そしてたいていは、たとえば『月夜のでんしんばしら』などの童話で、賢治の月をまとめてしまっていたのではあるまいか。ちなみに『月夜のでんしんばしら』には挿絵がついていて、その挿絵が詩情の溢るることにおいても、上弦の月と下弦の月との向きが逆になっていることにおいても、よく知られている。

それはそれでいい。たしかに賢治の童話もつねに月的なのだ。だいたい賢治の童話の半分近くに月が登場しているはずで、何であれ、ふと「九日の月が空にかかっていました」とか、「月のあかりがぱっと青くなりました」とかの月景の展開があって、賢治の童話は淡々とすんでゆく。まるで白昼には不思議な何事もおこらぬかのようで、ところが夜には決まって何かがおこるのだ。必ず月の出とともに事態はがらりと変調してしまうのだ。この変転を描いた作品では、私の趣味でいえば、童話『かしはばやしの夜』がいい。

お話は大きな優しい桃色の月がのぼって、柏の木たちが月に両手をさしのべるあたりからはじまる。そして月が水色の着物と取り替えるところで一転、ついで月光が青く透き通って一面を湖の底のようにする光景で二転、さらに月が青白い霧に隠されるところで三転して――というったぐあいである。それが賢治流イーハトーヴのキネオラマなのである。賢治の映像に挑戦するなら、いずれにしてもまずは月のショットを乱取りすることだ。

ところで賢治はいつしか月のことを「月天子」と呼ぼうとしていた。最後の手帳にも未定稿の『月天子』がある。それによると、賢治は少年のころから雑誌や新聞に載った月の写真にたいそう魅せられてきたらしく、盛岡測候所でも小さな天体望遠鏡で月を覗いていたようだった。そして手帳の最後に書いていることは、自分が月のことを「月天子」と呼ぶのは、けっして擬人なのではないということである。

そう、月はラフォルグにとっても賢治にとっても、擬人などではなかったのである。それは、擬神ともいうべきものなのである。

神無月

花鳥風月の裾をからげて

涌き来る狭霧　むらさきの　地球はかをる
土の息　月こそ神よ　まどかにて

――北原白秋

34

もともと私の少年期は電気と鉱物と俳句ではじまった。電気倶楽部は小学校三年生のとき、鉱物は最初の鉱物化石採集が中学一年のときである。

俳句は父と母が句会を催していたせいで、たしか小学校二、三年で何句かつくらされた記憶があるが、十二、三歳のころが多作のピークで、京都の景物をとりこんで鈴鹿野風呂の『京《きょう》鹿子《かのこ》』などに投稿していた。ところが、月についてはろくな句が浮かんでこなかった。月を書いても何かになるんだとおもえたのは、中学校の国語の教師に薦められた岡崎清一郎を読んだときだった。それは『月光』という詩で、次のように書いてあった。

れいこんはごくきりようのわるい面貌ですが
蛍火のよな青いものとなり
ぬるぬるとなまぐさく
たかくひくく走り

愕然とした。ごくごくわかりやすい言葉だが、月がとんでもない詩力をもっている。しばらく母に教えられて俳諧のなかの月を見回しているうちに、月が雪月花や花鳥風月に絡んでいることを知った。

青年期、さすがに雪月花はすっかり行方をくらましていたものの、二十七、八をすぎるころになると、自動販売機ひしめく都会量子派から見放されていた「有為の奥山けふ越えて」というやるせない響きの復活とともに、雪月花に寄せるおもいがふたたび身体の近辺に躍りはじめてきた。なぜ私の両親は雪月花を愛していたのか。この謎こそ一〇〇〇年の謎ではないか、ふとそのことが日本の自然観念を考えなおす契機となったのだった。

雪見・月見・花見の風潮が、魂のあり方をめぐるすさまじい様式であったことはすでに折口信夫から西田正好や中西進におよぶ民俗学や国文学の研究にくわしい。それらはひとしく自然形態を借りた魂の鎮静あるいは昂揚の様式を意味していた。たんに見るのではない、観相するのである。

そのため雪月花といえども、ただ自然を観賞するというわけではなかった。月は水を張った盆に映し、花は手折って花器に入れ、雪もまた掬って盆景とすることが好まれたのだ。盆に移すばかりではなく、襖、屏風、壁代、御簾、几帳などを通して間接的に（つまりトランジットに）、雪月花を感じるという方法も採った。一種のトランスポーテーションである。そのほうがかえって雪月花が秘める自然の雰囲気に気分を直結させることができた。

あえて間接的に感じることが雪月花を媒介にして〝何か〟に直結することになるという、このパラドキシカルで凝ったしくみは、やがて日本の調度に雪月花の意匠を散らしておくという工芸的方法にも結びつく。たとえば襖は、むろん空間や風を仕切る衝立の役割をもったのであるけれど、そこから庭や遠景が望める向きに面した襖には、実は外の景色とそっくりな絵が描かれて、いわばトロンプ・ルイユの役目をもったのだ。これが襖絵が発達した理由である。

庭に萩が咲き乱れているからその襖に萩を描き、庭に桜の樹があるから襖に桜を描くという趣向は、ひとつは桜の襖を開けてみるとそこに本物の桜が繚乱と出現するという驚きを演出するとともに、もうひとつは桜の季節ではないのに、その桜が咲き乱れていた満開の日々の記憶を襖が演出しつづけるという効果をもたらした。この演出はたんに季節の趣向をいかすというだけではなく、しだいに精神の画境を遊ばせるという画題を（たとえば白衣観音と滝と月といったふうに）、襖に描いて折々にこれを眺めるという二次的な発展を生む。

このような雪月花を愛でる方法は、結局、外側の四季をしだいに内側に引き寄せるということになっていく。万葉期、この方法は早くも寄物陳思というふうに自覚されていた。月や花や雪はある意味では魂のエージェントであり、月見といっても、本来はそういう「引き寄せ」の観念技術だったのである。満月を境にして自身の行方をそこにあずけ、その月的なるものの力を借りて一時の充塡作用を試みること、これこそが月見でなければならなかったのだ。これはどこかアレキサンダー・フォン・フンボルトのフィジオノミー（観相学）にも通じるものだろう。

月見を、密教行法では「月輪観」とよぶ。夜天にかかる月を仰いでも修行できるが、あえて本物の月を持ち出さずに紺地に月輪（円）を銀あるいは白で染め抜いた一枚の布を眼前に掛軸とし、これをただ黙して凝視するほうが、むしろ魂はその消息を結ぶ。

そんな月見の、そんな心地を謳える詩が、昨今はめっきり少なくなった。「れいこんはごくきりようのわるい面貌ですが、蛍火のよな青いものとなり……」と先に引いた岡崎清一郎など、そんな月魂を謳える数少ない詩人だったろう。私は三〇年間というもの足利を一歩も出なかったこの大いなる詩鬼の古びた茶色の家を訪れ、お茶をすすり、月を眺めて、しばし詩人の古い草稿に眼を通しては、次のような月の句を書きとめてきたことがある。こんな句があった。句集名は『花鳥品隲』という。

熟れ麦の中より月の上りけり
まんまるな月いでしむとし濠気する

安西冬衛といい岡崎清一郎といい、かれらすぐれた月球詩人らは、前にも紹介したように、ほとんどが一九〇〇年前後に生まれた詩歌人を中心とする。このでんでいくなら二〇〇〇年を中心にふたたび日本の短詩型文学はルナティックな振動磁場に突入できるということになるのだが、はたしてどうか。あまり期待はできそうにない。なぜなら、当節は月は科学の対象ではあっても、詩人の想像力の対象ではなくなってしまったからだ。

いや、いくつかの例外がある。たとえば福島泰樹が主宰する短歌誌「月光」だ。短歌絶叫コンサートで有名な福島には『月光』という作品集もあり、その苛烈なルナティック・ロマンティシズムには断固とした光跡が跳びはねている。雑誌「月光」一九八八年四月の創刊号にはこんな歌が載っていた。おそらく若い歌人たちなのだろう。かれらなら二十世紀末を少しおもしろくしてくれそうだ。

墨東を北に走りて四ツ木橋中川大橋馬橋三日月　（福島泰樹）
月光を浴びて佇む痩身の磯田光一に似たるその人　（同）
夜に入り明月蒼然——梅匂ふかすめる春を徘徊したのだ　（太田代志朗）
くらぐらとわれを見据ゑし玻璃窓にうすく咲ひぬ冬の三日月　（北原耀子）
許さるるなにごともなき胸中を照らしたまふな青炎の月　（篠原霧子）
人形の首切り落とす誕生日鶏頭色の三日月になる　（平辰彦）
隧道に慟くライトは荒ぶりて満月をさす天辺かけたか　（有賀真澄）
屈するを美しき論理といふならね夜天がいだく一閃の月　（林多美子）
この秋も蟹は無数の子を孕み月の光に透けてゆくかな　（佐藤よしみ）

もうひとつ月光を標題にいただいた雑誌がある。南原四郎のハイパージャンルマガジン「月光文化」だ。木村恒久がいつも月をあしらった表紙のデザインをしている。私はこの雑誌の読者にはモノクロームのシャーベットをつくってもらいたいと、ふとおもうことがある。奥成達が依拠する「ｇｕｉ」にも期待がある。このジャズに詳しい詩人には『サボテン男』というルナティックな詩集があり、ここに山下洋輔やジョン・ソルトや大野一雄などがムーン・サークルをつくった。背後には北園克衛の「ｖｏｕ」があったのだが、この月映幾何学を配したかに見えた詩誌は北園の死によって消失し、あとは白石かずこによって命名された「キットカット・クラブ」という放射圏だけが残響している。

35

雪月花の話で折口信夫のことを引きあいに出したので、折口が月に寄せた解釈について少しふれておく。

結論からいうと、折口は「月はマレビトだ」と言ったのである。これは『小栗判官の計画』のなかではっきり言及されていることで、女性の月斎とともに発達した月神信仰が、やがて月の光や月の影などに対する村人たちの畏怖に広がり、「月を待つ」というところから月をマレビト（客人）として認めるにいたったというものだ。

折口にとっては、月見はマレビトとしての客月神に捧げる行為である。『日本美』では、「ツクヨミノミコトなどといふ神典の上の神の感じとは別に、月の神を感じており、その月の神に花をさしあげるのが、月見といふものです」と書いている。江戸の吉原、京都の島原、大阪の新町などの遊郭が八月十五夜に盛大な月見をするのも、女が月を斎むところと月を待つところとがいつのまにか習合して、しだいに銀月を風流とするまで及んだとみた。

こうなると各地に残る月待ち行事はおおかたマレビトの行事ということになるが、この点についてては後述するように、私は月待ち行事と庚申行事の間にはタオイズムの曳航が関与していたとみているので、すべてをマレビトにするのには多少抵抗がある。しかし、『琉球国王の出自』に「私は月代《つきしろ》が後世の月待ちの対象となるに至ったものと解している。月の出に先立って三尊仏の来迎を拝することができたのだ」と書かれているのを読むと、うーん、そうかな、そうかもしれないなという気にもさせられる。「月代《つきしろ》」とは月光と月影のこと、月の光の範囲のことをいう。

八幡神と月との関係はとくに折口の力説するところだ。古くは十五夜には八幡神を観相したはずで、八幡神の僧形にも月輪がいただかれていたはずだと読んでいる。あの月輪は月代だというのだ。こうして推理はだんだん遠古におよび、実はもともと月代に来迎を感じるという思想が日本の古代の最初にあって、それがいずれ外来の八幡信仰と合体し、しだいに強化されたのだという。苗代の庭を月代と呼ぶようになったのも、もとはといえば八幡神の霊石信仰との習合によるという推理なのである。ときどき鎮守の森の八幡さまの片隅に見られる八幡石は、なるほどあれは、月光の影向のある石のことだったのだ。

それだけではない。倭寇の八幡船の船印にした旗にもきっと月形の出し物がさしてあったはずだと推理した。そしてそのことは、沖縄にのこる琉球王伝説や聞得大君《きこえのおおきみ》（チフイジン）の伝説を追ってみればわかること、たとえば『おもろ』をお読みなさいと言って、次の歌を例示するのであった。

月しろの　まもり　せだかさの　まもん
みかげ　照りわたりて　くにや　まろむ

沖縄歌謡『おもろ』には「月しろは、さだけて」とか「佐敷、苗代に、あまみやから、すで水」といった言葉が多い。また聞得大君の御殿には、日神と家屋神とともに〝かねの実おすじのお前〟とよばれる穀物に関連する月神も祀られている。穀物神と月神との関係はもともとオオゲツヒメ伝説にも詳しいことで、豊饒と月との因縁を連想させる（オオゲツヒメはウケモチノカミともよばれてツクヨミに殺されたことになっている）。さらに、琉球王尚氏の一族には苗代という名さえ伝わっていて、こういう暗合に出会うと、やはり月と琉球とは深い縁を結んでいるともおもえてくるのだ。

こうした〝琉球の月〟をもっと強く感じさせるものに、あまり知られていないが、折口が晩年に綴った『月しろの旗』という長大な叙事詩がある。この作品は『古代感受集』に収録された詩のなかでも最も長いもので、滔々約五〇ページにわたる。ここではとても紹介できないが、琉球王となった尚氏一族の親子が海から琉球諸島に入るときの激しい情景を詠みこんだ魂の記憶の詩である。

声を出してみるとよくわかるのだが、まことに壮大、かつ海上の国ニライカナイに照る月光を想う海人幻想がひたひたと押し寄せて、少し気持ちが高ぶってしまうような、そんな屈強の詩だ。日本人が沖縄文化を議論するときに欠かせない詩魂を感じさせる叙事詩であって、また、琉球から本土に吹いた文化の風の謎を解くにも、欠かせない。標題になった〝月しろの旗〟とは天空を進むアマノトリフネ（天鳥船）が立てる旗のこと、折口はこの旗がかつては源氏が奉じた八幡神の旗でもあったという解釈を頑固に採っている。

琉球の月のことはそれくらいにして、折口信夫のもうひとつの面、すなわち歌人・釈迢空が描く月についても一言加えたい。

まず『死者の書』だが、冒頭近く、「月は瞬きもせずに照らし、山々は深く眼を閉ぢてゐる」とあって、例の「こう・こう・こう」という絶妙な擬音とともに二上山の月が出てくる。天若御子の夢を見た郎女《いらつめ》が山越阿弥陀を想って水の幻想に遊ぶとあらわれる水底にさしこむ月、のちに当麻曼陀羅《たいままんだら》として知られる絹布を織りあげた郎女とその布に白い光を清々と浴びせる月なども、いかにも繊細な文章とともに出てくる。

これなら歌にも期待が寄せられるとおもわせるのだが、実は折口にはあまり月の歌が多くない。それでも次のような歌がある。制作順に並べておく。句読点などの表記は折口こと釈迢空独特のものだ。

槐の実　まだ落ちずあることを知る。大歳の夜　月はふけにけるかも
月よみの光おし照る　山川の水　磧のうへに、満ちあふれ行く
水無月の望の夜。月は冴え冴えて、うつる隈なし――。地にをどるもの
如月のはつか過ぎたる空の色――。夕月殊に　色めきて見ゆ
野雪隠うるはし人を外にまちて緋桃の月を日の空に見る
朝すずの森にさゆらぐ紫陽花のかきほにゆらぐ有明の月
男鹿の岬　月夜ふけたる山のうへに、鬼の子あそぶ　音ぞきこゆる

折口は若いころから古代の海が好きだった。海に突き出るように枝をのばすタブの樹に海から寄る神を感受したのは二十代前半のことである。だから晩年の折口の作品にも、たとえば中大兄皇子の「わたつみの豊旗に入り日見し今夜の月夜清明こそ」などの、また、万葉人の「能登の海に釣する海部の漁火の光にい往け月待ちがてり」などの、海に浮かぶ月のヴィジョンが共鳴しつづけていたのであったろう。

36

古代日本は闇夜を怖れた。
たとえ糸月や弓張月のようなわずかな光でも、夜道を照らす案内の光として尊んだところが

あった。間人宿弥《はしひとのすくね》の「椋橋の山を高みか夜隠りに出でくる月の光乏しき」などは、そういう心境をうまく歌っている。万葉人は月光を愛したのである。その視点がやがて大伴家持のあたりでしだいに月夜の称讃に移っていった。折口が言うように、月の光を浴びる月代の半径がだんだんと広がっていったのだ。

雨晴れて清く照りたるこの月夜また更にして雲な棚引き

万葉の月気の讃歌はこのころからである。それとともに「きよし」「さやけし」「かなし」といった月光から派生した言葉が流行するようになってくる。月下の景物もだんだんに興趣の対象となり、ついには「白露を玉になしたる九月の在明の月夜見れど飽かぬ」（巻十）といったように、水に映る月にまで景気を盛る思想があらわれた。

ここで「見れど飽かぬ」と使われた用法は万葉文化を代表する視線ともいうべきもので、「眺め」という最も基本的な日本の美意識の原型が提出されている。ただひたすらに景色や風物を眺めていても退屈しないという日本人の視線の思想は、とうていヨーロッパの古代や中世には考えられない。それが「眺め」である。アルブレヒト・デューラーやロバート・バートンが初めて「眺めることの憂鬱」（メランコリア）を発見したのですら、やっと十六世紀から十七世紀にかけてのこと、それでも神秘的な憂鬱を伴う必要があった。

万葉人は窓越しの月にも相聞の感興をおぼえていた。「何かを通して見る」という感覚的方法の萌芽、すなわち雪月花の端緒はここに開かれていたのだ。たとえば、こんな歌がある、「窓越しに月おし照りてあしひきの嵐吹く夜は君をしぞ思ふ」(巻十一)。

一方、古今集には月の歌はおもったほど多くない。

古今集の全歌数は一一一一首におよぶ。一千一夜のようで、不思議な数だ。そのうち、月を詠じた歌は古今ではまだ三一首にとどまっている。それがいつ花鳥風月といわれるほどにふえるかというと、後撰和歌集で四九首、拾遺和歌集で六〇首、後拾遺和歌集では一〇九首と少しずつふえて、千載和歌集が一五四首、そして新古今和歌集で一挙に三〇〇首に膨れあがる。出来映えも新古今あたりでやっと本物になる。

私が気になる歌は玉葉集を含めて、たとえば次のようなものだ。説明はしない。

いまはとてたのむ雁もうち侘ぬおぼろ月夜のあけぼのの空　(寂蓮)
山たかみ嶺の嵐に散る花の月にあまきるあけかたの空　(二条院讃岐)
ゆくすゑは空もひとつの武蔵野の草の原より出づる月影　(摂政太政大臣)
結ぶ手に影乱れゆく山の井のあかても月のかたぶきにけり　(慈円)
やはらくる光にあまる影なれや五十鈴川原の秋の夜の月　(同)
有明の月の行方を眺めてぞ野寺の鐘は聞くべかりけり　(同)
志賀の浦や遠去かり行く波間よりこほりて出づる有明の月　(藤原家隆)
庭のおもはまたかはかぬに夕立の空さりげなくすめる月かな　(従三位頼政)

さむしろや待夜の秋の風ふけて月をかたしく宇治の橋姫　（藤原定家）
梅の花あかぬ色香も昔にて同じかたみの春の夜の月　（同）
冬枯のすさましけなる山里に月のすむこそ哀れなりけり　（同）
捨つとならば浮世をいとふしるしあらんわれ見ばくもれ秋の夜の月　（同）
月をみて心うかれしいにしへの秋にもさらにめぐりあひぬる　（西行）
都にて月をあはれとおもひしはかすにもあらぬすさびなりけり　（同）
おもかげの忘らるましき別れ哉なごりを人の月にとどめて　（同）
夜もすがら月こそ袖にやどりけれ昔の秋を思ひいづれば　（同）
あばれたる草の庵にもる月を袖にうつしてながめつるかな　（同）
庭のうへの水音近きうたたねに枕すずしき月をみるかな　（藤原信実）
庭しろくさえたる月もやや更けて西の垣ねぞ影になりゆく　（従二位兼行）
やよやまてかたふく月にことつてむ我も西にはいそく心かり　（法橋顕昭）
ひとりのみあしやの庵にながめつつ秋のよすがらみしまえの月　（俊成女）

37

日本神話には月神ツクヨミノミコトの活躍はまったく描かれていない。実際にも、今日の日本社会には月見や月待の行事のほかは月のフォークロアはあまり残っていないとおもわれている。

だが、はたしてそうだろうか。水を運ぶ伝説のあるところ、ミズハノメ（罔象女）やニブツヒメ（丹生都姫）が跳梁跋扈するところ、たいていは月が見え隠れしていると考えるべきではないか、私はそう考えている。そもそもスサノオの動向にしてからが実はツクヨミの転換身のような気もするのだが、まあ、それについてはここでは伏せておくことにする。スサノオの本来が月神だとすると、日本神話の構造そのものをすべて説明しなおさなければならないからだ。もっとも傀儡子《くぐつ》伝承を調べている鈴鹿千代乃によれば、傀儡子たちのあいだではアマテラスも「海《アマ》照る」であって、アマテラス信仰自体が海人の月神信仰になるという。

一方、日本には月が不死神であるという伝承が濃い。また月はしばしば水の生命力とも結びつけられている。ニコライ・ネフスキーの名著『月と不死』が端緒を開いたことだった。

この名著の冒頭には、若きネフスキーがシベリア鉄道の果て、バイカルの駅のプラットホームに佇んでいたおり、一人の日本人が広野の彼方に浮かぶ寂寞の月を眺めていたという感動的な広い光景が語られている。その日本人はネフスキーに語りはじめた。「このような月を眺めていると、おびただしく湧き出ずる感情で、魂はひとりでに満たされてくるのです。私たち日本人は非常に月を愛するのです……」。ネフスキーはこの言葉をきっかけに月と不死と水の関係に入っていった。

若水《わかみず》とは夜中の三時か四時に汲んでくる水のことをいう。

平安の宮中ではこの水汲み役を主水司《もんどのつかさ》といい、とくに立春にその年の生気の方角（吉方）にあたる井戸から水を汲む。民間では年男が若水を汲み、これを歳神《としがみ》にささげたり正月の雑煮につかった。いわゆる「若水迎え」とよばれる。密教でも似たような若水汲みがどの寺にも残っていて、私も高野山に泊まるときはこの若水汲みを覗きに出かけるようにする。東大寺二月堂のお水取りも、この若水を汲む。韓国の龍卵水もだいたい同じことをする。ようするに生命の水を汲むことなのだ。

若水は「変若水」ともいう。オチミズと訓む。万葉集には「月よみの　持てる変若水　い取り来て　君にまつりて　変若えしむもの」とある。このオチミズを江戸の荒木田久老や鹿持雅澄らの国学者が若返りの水のことと解釈し、武田祐吉や折口信夫がその説を支持して以来、われわれの国には若水伝説があるという通り相場になってきた。その水はツクヨミの水だというのが万葉集の歌の意味である。しかもこの歌は中国の嫦娥《じょうが》伝説が背景になっている。

嫦娥伝説は『淮南子《えなんじ》』にみえる話で、羿《げい》という男が西王母からもらった不死の仙薬を妻の嫦娥が盗み、さあっと月の世界へ走ってしまったという、中国では子供たちにも知られている話である。その後に、嫦娥は月の中でヒキガエルになってしまったという後日談、冬眠するヒキガエルがいつのまにかウサギに変化し不死の仙薬を臼で搗くという月兎伝説などがおまけについてくる。

この嫦娥伝説の不死の月というイメージが月の水をもらうという推測になり、それがしだいに月下で水を汲むという結構になっていったのだったろう。これはありそうなことである。私が知っている中国少数民族ホジエン族の神話にも、こんな話があった。

大きな川のほとりに住む老夫婦の一人息子のところへ、ある日、器量のよい嫁が来た。よく働く嫁だったが、姑はそれが気にいらず、さんざん無理難題を出すのだが、嫁はなんとかこなしてしまう。そこでもっととんでもない要求を出しつづけると、さすがに嫁もこなせず悲嘆にくれる。息子が旅に出かけていたある夕暮れ、川に水汲みに行った嫁は水に映った自分のやつれた姿を見てうちひしがれる。そのとき東の山から月が昇って水面をさあっと照らした。嫁がしばし水の中の月に願いをかけていると、そこへ織物が流れてくる。おもわず織物を拾った嫁が、汲んだ水を持ち上げて家路につこうとしたら、自分の足が織物を踏んでいる。

そのとたん、嫁の体は宙に舞う。柳の木につかまったのも束の間、そのまま柳も根こそぎ抜けて、嫁は柳と一緒に月に昇天していった。月に着いた嫁は、そこでかいがいしく働く月の嫁になっていた……。

この、どこかシンデレラ・ヴァージョンとかぐや姫の物語の習合をおもわせる「月の嫁」の話は、北方ツングースやウラル・アルタイ系の伝説にもみられるもので、ジプシーやマウリ族も似たような話をもっている。だいたい後日談も同じ顚末のようで、嫁がいなくなって悲しむ息子は、嫁がいなくなったのが八月の満月の晩だったことを知り、毎年その夜になると嫁を偲んで供え物をしたというストーリーだ。

ようするに月と水と不死とはつながっているのだ。この源流がどこから来たのかという推理は難しいが、私はインドの月神ソーマのかかえる甘露水アムリタや蜜水マドラあたりが流れ流れてきたのではないかと想像している。

ソーマはもともと植物から搾った神酒のこと、いわゆるトランス状態をつくる幻覚剤の役割をもつ仙薬である。そのソーマがインドにおけるもうひとつの月神チャンドラ（日本の月天）や月兎神シャシーと同一視されてからは、左手に月輪か半月杖を持つようになり、ついには月と神酒（水）と不死とをつなげたのではなかったか。それが証拠にというわけではないが、インドには三日月を宝冠につけたシヴァ、カーリー、マーヘーシュヴァーリーをはじめ、月蛇神カドルー、ペルシアの月神アナヒータを原像とするアヴァロキテシュバーラ（観音）など、いくつもの月に関係する神がいる。

子供のころ、私もソーマならぬ若水めいた水を飲み、また持ち帰ったことがある。京都の鞍馬寺が五月の満月の夜におこなっている「五月満月祭」と綴ってウエサクマツリと訓む祭の夜のことだ。本堂の前の祭壇に霊水を満たした銅器をすえ、これに月の光を受けて小さな盃に分け、一人一人に飲ませてくれる。ちょうど友人と喧嘩をし、ぶん殴った友人の目が大きく腫れてしまったので、その水をビニール袋に入れて持ち帰った。月光の水の霊験はあらたからしく、友人の目はほどなく治ってしまった。

少年時代を思い出したついでに、どこの小学校の運動会でも目玉競技となっている「綱引き」が、実は月に関係していた行事だとおもっているということを書いておきたい。

典型的な祭礼をあげると、南九州の各地に残る八月十五夜の綱引きはカヤで編んだ雄綱と雌綱を蛇体に見立て、これにイモ・アワ・マメ・キビ・イネなどをないこんで東西二つの集落で引きあう意味深長。しかも、綱引きの前には十五歳の少年を雌雄の綱のとぐろに巻きこみ、なんと満月を拝ませている。こうした風習は、同じ南九州の枕崎付近では十五夜の前日に少年たちが山に入り、カヤを採ってこれを編んで頭からかぶり月童神となって行列しながら山から降りるという行事にも、鹿児島の甑島の村ごとに用意した巨大な綱をトグロに巻くカズラマキ行事にも（カズラは月の桂の変形である）、さらには韓国の月の出とともにおこなわれる綱引きチユルダリキ（索戦）にも、また全羅南道の海岸地方でおこなわれる満月の夜のカンカンスーレなどにも、その余韻を感じさせる。かつて小野重明と青柳真知子が、また神話学の松前健が関心を寄せた行事である。

いったい、なぜ綱引きが月とのこんな縁を結んだかといえば、やはり潮の満ち引きに関係がある。次に不死を願い、豊饒を祈ることに関連する。もうひとつ、水神信仰や龍神信仰ともつながっていた。先に各地のミズハノメの跳梁跋扈するところ、たいていは月が見え隠れするはずだと書いたのは、そのことだ。次の運動会では月夜に綱引きをしてみてほしい。

38

雪月花にちなんだ月をめぐる日本の話をしてきたが、まだまだ話題は尽きない。そこで気になる話だけをかいつまんでおく。

第一におもしろそうなのは、縄文文化における月の役割だが、いまのところこれはよくわからない。元「どるめん」の編集長田中基が少し研究しているので、成果を待ちたい。

で、少し下った時代の話題になるが、そこでは「勾玉《まがたま》が月だった」という説が見逃せない。水野裕が言い出した。ただしこの形は満月ではなく三日月あるいは弦月の形代《かたしろ》である。それもやや柔らかく丸みをおびている。だからもしかしたら胎児ではないかという説が出るのだが、それでも私は悪くないとおもっている。胎児も月の影響下なのである。北畠親房には「玉は月の精ならむ」という名状があるし、九州博多の宗像《むなかた》三神に関係する「青爾玉《あおにのたま》」なども捨てたものではないので、ひょっとすると月の形代の可能性だってあるのかもしれない。

青爾玉は青柳種麻呂の『防人日記』に引かれている『西海道風土記』の一節にのべられた勾玉である。こんなふうにある。

宗像大神天より降りまして崎門に居ましししとき、青爾玉を以て奥津宮の表に置き、八坂《やさかの》瓊《まがたま》の紫玉を以って中津宮の表に置き、八咫鏡《やたのかがみ》を以て辺津宮の表に置き、この三表を以て身体の形となす。

解釈はいろいろあろう。アオニノタマが青で、八坂瓊は記紀にいう「八尺勾玉」と固定されるから、これは丹の色、すなわち赤で、この青玉と赤玉が後世の青鬼・赤鬼のごとく神体の両隣を収めていたともとれるし、また、ヤサカノマガタマが太陽を、アオニノタマが月を表象しているとも考えられる。まだまだ勾玉月球説は謎を控えさせている。

第二には「月石」というものがある。長野県東筑摩郡筑摩地村の相吉川両岸に相対峙する大石が有名で、男石が月に一度は女石に逢いに行くという言い伝えがいまも残っている。筑摩地村はツクマチ村と読むが、これも実は「月待ち」であったのだろう。ヨーロッパではムーンストーン（月長石）を奇妙に不可思議な過去をもつ石として扱う伝統があり、ウィルキー・コリンズの古典的推理小説『月長石』のようにインド人の暗躍する妖しさとして語る習いになっている。日本では月長石は産出しないかわり各地に月の石の伝説が残る。

第三は「月占」である。「望月のまどかなることは暫くも住せず、やがてかけぬ。心とどめぬ人は一夜の中に、さまで変るさまも見えるにやあらむ」と、『徒然草』二四一段にある。満月の影は日本人にも多くを物語ろうとしてきたようだ。そのわりには「月影」に関する故事が少ないのが妙である。

そうおもっていたのだが、宮城県名取郡秋保村に「月占」といって、正月の十五日に月影に自分の影を映すことによってその年の吉凶を占う行事がしっかり残っていた。月光の中に立って自分の影が落ちたかどうかを占うなんぞ、なかなか寂寥たる風情がある。また愛媛県の一部では節分のことを「月調《つきしらべ》」とよんで、月の代わりに豆によってその年を占うとも聞いた。そういえば、正月の鏡餅、あれはあきらかに月の形代である。神鏡の形代とも考えられるが、神鏡そのものが月的であるのだから、ほぼ同じことと考えてよい。鳥取県因幡地方では鏡餅の他に「月の餅」という小さめの餅をそなえていた。

第四に、各地に月の禁忌が残っていて、なかには奇習が伝わっている。すでに「月と綱引き」の話を書いたが、そのほかにも、とくに月輪《つきのわ》の地名のある土地はかつて「月の輪田」として禁忌の厳重な田地となっていたサンクチュアリなので、女の出入りや肥料を用いることが禁じられている。また、岡山県真庭郡ではその田地が闇夜に月の輪形に見えると伝えられ、実際に三日月形の田畑をつくる「月の輪田」とともに、奇しき伝習の香をわれわれに残してくれている。最も有名なのは語臣猪麻呂の故事に附会されている安来《やすぎ》の月の輪神事で、ここではロマンティックな三日月型の行燈が出る。

さて問題は、第五に、日本の民俗行事で最も流布され定着した「月待ち」である。月待ちは十三夜、十七夜、二十三夜など、特定の月齢の夜陰に集まり村人たちが飲食をともにして月の出を待つ行事で、講の組織をなしていることが多い。とくに二十三夜待がさかんで、それを「三夜待」とか「三夜供養」とよぶ地方もある。この夜は徹夜でおこもりをするわけだが、この日にまちがって身籠るとフリークの子が生まれると信じられてきた。

月待ちは、しかし本来は中国道教の「守庚申《しゅこうしん》」の習俗から発した民間行事である。さきほど折口説に異論を唱えたのは、その点だ。日本でも「庚申待《こうしんまち》」といって庚申にあたる夜に飲食しつつ一夜をあかす行事が中世武家社会に一般化している。この「庚申待」と「月待ち」が合体したのが、木下順二などが好んで描く二十二夜待や二十三夜待を伴った月待講だった。

もともと道教では（もっと広くいえばタオイズムでは）、六十日に一度ずつめぐってくる庚申の夜に、人体に棲む三尸《さんし》九虫と名のついた親分三匹、子分三匹ずつの計九匹の虫が、人の寝ているあいだにひそかに昇天して天上の至変神にその人の罪過を告げると考えられていた。すでに葛洪《かっこう》が『抱朴子《ほうぼくし》』にこのことを書いている。そのため、この夜は三尸に逃げ出す機会を与えぬように夜を徹して起きつづけることを風習とした。月待ちに人々が寝ようとしないのはこのためなのである。

しかし、もうひとつはっきりしない。タオイズムでは太極つまり北極星や北斗七星（妙見）を貴重視するが、それほど月は出てこない。道教の月神も太陰星君と夜明之神と月将がいるくらいで、あまり活躍しない。ではタオイズムが月を軽視しているのかといえば、タオの底流には陰陽思想としての太陰が強く動いていて、そこではつねに月が意識されている。では、どこで庚申待ちと月待ちが重なったのか。

そこでちょっと注目できるのは陶弘景が『真誥《しんこう》』の巻十に、甲寅と庚申の日は三尸が互いに争って狼藉をはたらき、そのため精神が汚されて錯乱すると書いていることだ。ようする庚申はルナシーになる日にあたっている。この言い伝えが朝鮮にもたらされた。車柱環によれば、庚申守夜の考え方は朝鮮王朝時代の宮中に蔓延し、在位期間が一七七六年まであった英祖のときまで宮中行楽としてつづけられていたという。おそらく怪しい人物を排除する目的もあったのだろう。日本にやってきたのは、この月狂いと庚申守夜の風習が交ざったものだったにちがいない。

あるいは庚申守夜に月を重ねたのは、日本に来た半島の人の発想だったかもしれない。それなら、彼こそはまさしくマレビトだったのである。

霜月

遠い月の顚末

君らにはまだわかるまいが、
あれでいて月だってけっこうやりくりしているんだ。
もう少し、月のおかげってもんを知らなきゃいけないね。

——レイ・ブラッドベリ

39

京都中京のそこかしこではまだ道が舗装されていなかった。私の家の前の道が舗装されたのは、ダイハツ・ミゼットという小さな車が街を走りはじめた昭和三十年代に入ってからだ。私は十一月になると、底の厚い運動靴を履いて霜の降りた早朝の土の道を、ジグザグに学校に走っていくのが好きだった。

十一月は月もいっそう凍てついた光になる。『竹取物語』には「霜月しはすの降り氷り、みな月の照りはたたくにも障らず来たり」とある。『源氏物語』では蓬生の段に「霜月ばかりになれば、雪、霰がちにて、ほかには消ゆる間もあるを云々」と描かれた。しかし、霜月は当て字である。もともと神無月が当て字で、これは折口信夫が最初に言い出したのだとおもったが、カンナヅキは本来「上な月」のカミナヅキで、これに対して「下な月」としてのシモナヅキがあったらしい。それが寒い霜月に変わったのだった。

私はまだ極寒の地の月をゆっくり見ていない。釧路で見た月とアンカレッジで見た月がいちばん緯度の北側の月である。そこでついつい北方の月を描いたものに憧れる。アイスランド・

サガの月やアンデルセンの月が好きなのはそういう理由による。アーダベルト・シュティフターの作品にもしばしば北方の月が上っていた。そんなことだから、最近ではエリザベス・マーシャル・トーマスの『トナカイ月』(Reindeer Moon)にぞっこんまいってしまった。彼女は二十代にカラハリ砂漠に入って以来、ブッシュマンやウガンダなど数々の未開部族のフィールドワークを手がけてきた人類学者である。その彼女が一九八七年にすばらしい物語を書いた。二万年前のシベリアを舞台にした太古の人間を主人公にした長編小説だ。

原始の人間がつねに月を見ながら生活をしていた一部始終が再現されている。それも寒い月を見る生活だ。トーマス女史が想定した旧石器人類の生活では、一年は十三カ月になる。彼女はそれぞれの月に、氷解け月、仔ウマの月、行旅の月、ハエの月、クマコケモモの月、マンモス月、黄葉月、トナカイ月、あらし月、冬小屋月、咆哮の月、落ち角の月(深町眞理子訳)という、いかにもぴったりとした名前をつけ、語り部ヤーナンが生涯にわたって見る月の姿とともに太古の生活を活写するという、まことに驚くべき想像作業をやってのけた。

月を重視して原始部族の生き方を扱った物語には、ほかにもジグリト・ホイクの『月の狩人』がある。ケルン生まれのホイクもトーマスとほぼ同じ世代の女性だが、この物語は北の月ではなく、アマゾンの熱い月を象徴的に使っている。やはり何度もアマゾンを訪れてつくった物語であるらしい。

太古の人々や未開部族の人々が月に異常な力を認めていたのは憶測に足る。私はそうした民族や部族が文字をつくるにあたっても、きっと月の見立てがヒントになったのではないかとおもっている。

「おや、地球は？」
「地球は、そら、そこさ！」
「へえ、あのうすっぺらな、銀色の三日月がかい？」

40

これはジュール・ヴェルヌの『月世界へ行く』に出てくる最初に地球を眺望した青年たちの会話だ。このような〝遠望地球〟を表現したのはヴェルヌをもって嚆矢とする。それまでは「向こう側から見る」という発想は誰にもできなかった。地球から見れば月が月であるにもかかわらず、月の方から見れば地球が月になるというこの関係こそ、ヴェルヌの最大の発見であり、またその後のＳＦの原則であった。以来しばらくは、月を地球化すること、この侵略的主題にＳＦ作家の想像力が向けられた。

とはいうものの、私の知るかぎりでは月のＳＦは多そうでいて、あまり多くない。ゴドウィンとベルジュラックからはじまった月世界旅行譚は、メリエスのキネマトグラフとともに開始したＳＦ台頭期こそ月を天体の最大のロマンの対象としたのだが、やがてＳＦが広大な宇宙半径をめざすことになって、月はあっさりと忘れ去られることになったのだ。

そこでつくづく感心するのは、月のSFの最高傑作がやはり『月世界へ行く』であるということだ。月界に対するときめきの香りといい、月世界の想像を絶する描写力といい、物語の全体に貫かれている洒落た味といい、これほどの月世界物語は他にはない。わずかに工学者コンスタンティン・ツィオルコフスキーの宇宙幻想科学譚が比肩できるばかりと言ってよい。ツィオルコフスキーはロケットの父フォン・ブラウンに先行した想像力による初のロケット工学探究者である。

ヴェルヌの『月世界へ行く』は一八六三年に、当初は『地球から月へ』という表題で新聞連載された。ヴェルヌはポオがそうだったように、遊学者フンボルトや天文学者ハーシェルの宇宙論に熱中し、前人未到の月科学を題材とした物語に着手した。

私はこのSF史上の不朽の名作を高校時代に初読し、以来、七、八年に一度ほど懐かしさを求めるあまり再読してきた。いまでもミシェルとニコルとバービンゲンの陽気で粋でちょっぴり科学的な会話が好きなのだ。ミシェルたちが月ロケットに乗りこんで近づいてきた月を見る場面に、「月はじっと見ていられないほどの明るさで輝いていた」などという一行が差し挟まれていたのを憶い出せる。ロケットの窓外にかれらの捨てた物品がロケットとともについてくるのを見て、「ぼくたちはバカなことをしたね。ロケットの中味をみんな外に放っぽり出しておけばよかったんだ。ロケットとともに月に着いてくれるにちがいないからさ」とか、あるいは、「しまった！　地球から電線を一本ひっかけてくればよかった！」などというトンチな場面もある。このミシェルのアイデアにはバービンゲンが訂正をする。「それもいいが、君はその電線が地球の自転とともに巻きとられてしまうことを忘れているよ」。三人の青年は地球が地球コイルになるさまを想像して笑いころげるのであった。

　月面描写の扱いもうまかった。三人乗りのロケットが月面に着陸できなかったことによって、かえって想像力に富むことになった。なかには「ライプニッツ山脈上の万年雪」などといった今日では考えられない描写もまじってはいるが、そこはそれ、ご愛嬌なのだ。

　ヴェルヌのロケットを月面着陸までさせたのが、一九〇一年に発表されたＨ・Ｇ・ウェルズの『月世界最初の人間』である。この作品は、主人公ケイヴァー氏の発明になる重力遮蔽物質《ケイヴァリット》の着想の奇抜によって、映画はおろか現代天体力学者の教科書の枕にもよく引用されているが、かんじんの月界描写はヴェルヌにくらべてものたりない。太陽光のあたるところでは目を閉じている月牛やアリのような形態の月人などの出現が、どぎまぎするはずのルナティシズムを半減させているということもある。それでも光の川やブライアン・オールディスばりの活性植物、あるいは月面すれすれの空中飛行のさまなど、異星趣味を誘う場面には事欠かず、ＳＦ史上ではヴェルヌの作品と並び称される地位を獲得できた。しかし、私の趣味はウェルズの月界にはない。他のウェルズの作品はともかく、こと月光に関知する主題においてはウェルズはヴェルヌに遠く及ばなかった。

　ヴェルヌやウェルズがＳＦ界の英仏戦争をおこしていたころ、日本でも似たような月世界譚が誕生している。押川春浪がその筆頭であるが、そのほか、東海散士をもじった北海散士なる人物の『夢幻現象・政海之破裂』という一八八八年に出版された作品なども、まさしくヴェルヌ譚の東洋的焼き直しで、月世界を龍の背にまたがって飛行する場面などで読者の耳目を驚かせた。羽北仙史の『月世界探検』もそうとうに荒唐無稽であるが、ひとつ、二十人の若い乙女ばかりを選んでガラス・ウェアによる電気羽衣をもって月に向かって飛び出させるくだりが秀逸である。作者の説明によると、女たちは玻璃布の上に電気伝導させた銅箔を覆い、左の足頭に電気発動輪を巻いて飛び立つということになっている。この電気羽衣の女人たちが暗黒のシ・ルナー空間をひらひらと霊妙に飛ぶさまはなかなかオツだった。が、この作品も月世界描写になってはウェルズ以下、いたずらに月人たちとの活劇にあけくれる。

いったい、この時期に集中してさかんに月人の物語が取沙汰されたのは、世にムーンホークス事件とよばれるセンセーションが一八三五年におこったからだった。

これは、アメリカのスキャンダル・ペーパー「ニューヨーク・サン」が、当時ケープタウンにいたJ・F・ハーシェルの「月に月人がいることを確認した」という発表を大々的に記事にしたためで、のちにこの記事はハーシェルとは無関係に新聞記者が勝手につくりあげた話であることが暴露されたものの、しばらくその余波が世界中を駆けめぐったのだ。

ムーンホークを〝月鷹〟と綴ればいささかロマンティックではあるが、その新聞記事は、肉羽をつけた奇怪な月人のポンチ絵まで掲載して、その後の月人描写をしてつねにグロテスクなムードに包ませることになった。大正十五年に刊行された野村胡堂の『太郎の旅・月世界の探検』などでも、やはり月人は昆虫進化がきわまった黒カマキリの姿にさせられている。もっとも胡堂の月世界航海の描写は、「大きな銀色の航空船はフワリと浮いて、三つの煙突をつき出しながら、お月様を目がけて夕空高く昇って行きます」といった郷愁を誘う文体になっていて、日本の少年少女の月への憧憬をとどめることにいくばくかの心を至していた。それなら初山滋や茂田井武に挿画を描いてほしかったのである。こういう感覚はケイ・ニールセンやアーサー・ラッカムでは無理なのだ。

41

現代の〝月のSF〟には月そのものが舞台として失格したせいか、見るべき作品が少ない。代わって登場するのがホルヘ・ルイス・ボルヘスやイタロ・カルヴィーノやピエール・ド・マンディアルグである。

ボルヘスは二十六歳ではやばやと『正面の月』という詩集を出している。あまり月の表現では見るべきものはないけれど、月光に文字を嗅ぎとるという感覚は芽生えていた。この感覚はさっそく『伝奇集』に収録された『トレーン、ウクバール、オルビス・テルティウス』で、想像共同体トレーンの言語手法についての講釈というかっこうで結実する。トレーンでは、とボルヘスは例のまことしやかな勿体をつけたあと、「月」にあたる言葉がないかわりに、「月する」とか「月にする」という動詞で宇宙の物質の集合性を指し示すのだという調子の説明をしている。続いて書いた『刀の形』でも、意味深長なヴィンセント・ムーンという語り手が出てきて、半月刀で裏切り者の額に血の半月を刻む場面がある。ヘブライ神秘主義の香りが高い短編『死とコンパス』は私の好きな作品のひとつだが、どうも螺旋構造をもつらしいトリスト・ル・ロワの館を夥しい月光の照射を浴びたディアーナの神像群で飾っている。

十七世紀『イリアッド』本に挟まれていた原稿が発見されたという形式ではじまる『不死の人』も、その原稿を書いた本人とおぼしいヨセフ・カルタフィルスという男がテーベの庭園にいたとき、ある騎士が不死の人々の国のことを告げて事切れた顚末を思い出している場面ではじまるのだが、そこにはまことに不気味な「砂漠と同じ色の月」が出る。

ボルヘスを最も象徴的に代表するのは『月』という作品である。一人の男が一冊の書物に宇宙を集約しおわり、ふと神に感謝しようとおもって視線をあげたとき、そこに夜天にかかる月が見え、「これを忘れていた！」と動顚するところからはじまる長詩だ。ディアーナもアリオストも登場する。そして最後にこのような決断が記される。

月　あるいは「月」という言葉は　一個の文字なのだ
多にして一なる　私たちという　この不可思議なものと
複雑な書記のためにつくられた　文字なのだ

だいたい廃墟と神話と神秘文字と奇妙な建物を主題にするボルヘスが月光的でないわけがない。私は二十代後半にボルヘスに手紙を送り（その経緯は『遊学』に綴っておいた）、また、すでに目が見えなくなっていたボルヘスが来日したときにくっついていた一人なのだが、ボルヘスは月を一種の無限装置とみなしていたようだ。われわれの意図が届かぬ場所に、われわれの人知が届かぬ円環機械があり、それに月光が深いところで関与しているというイメージだ。

この感覚はボルヘスが『夢の本』にアロイジュス・ベルトランの『夜のガスパール』の次のようなくだりを選んでいることからもあきらかだろう。


月は黒檀の櫛で髪を梳き、蛍のような光の雨で丘や牧場や森を銀色に染めていた。大金持ちの地霊のスカルボは、私の家の屋根で、風見鶏の軋む音にあわせてデュカ金貨やフローレンス金貨を篩い分けていた。それらは調子よく飛び上がり、贋金は通りの地面にばらまかれていく。

人気のない町なかを夜毎さまよい歩く、あの狂人の笑いこけるさまときたら、一方の目は月に注がれ、もう一方はつぶれている！

「月なんて糞くらえだ！」と彼は口の中でぶつぶつ言った。「悪魔の金を拾い集め、晒し台を買いこんで日なたぼっこでもしようっと」。

しかし、あいかわらず月は出ていたが、ようやく沈んだ。スカルボは地下室で造幣機をつかい、デュカ金貨とフローレンス金貨を鋳造しつづけていた。一方、夜道に迷った一匹のカタツムリが角を前に出し、私の部屋の光り輝くステンドグラスの上で道を捜していた。


月光機械をめぐるこの短文の中に散らされた櫛、スカルボ、贋金、狂人、悪魔、夜道、カタツムリなどは、実はいずれも正確な月の暗喩である。驚くべきルナティック・メタファーの再構築だ。それとともにベルトランは、ダンセーニが宣言していたこと、つまり「月はわるさをするものだ」というダンディズムの本質を凝縮してみせた。ちなみにボルヘスよりもひとまわり若い同じアルゼンチンの作家フリオ・コルタサルにも、似たような月知ダンディズムの趣向が窺えるのだが、ただし少々カフカっぽい。

月光機械という発想は、ギヨーム・アポリネールにもある。象徴主義とシュルレアリスムの架橋にいて、迸る才能をわずか三十八歳でスペイン風邪の猛威の中で終焉させたこの詩人は、アルフレッド・ジャリにもマリー・ローランサンにも愛された独特の構成感覚によって『虐殺された詩人』というオムニバス様式の小説集を遺しているのだが、そのなかの「月の王」がなかなかなのである。

月の王とはバイエルン王ルートヴィヒ二世のことをいう。リンダーホーフ城やノイシュヴァンシュタイン城をはじめ幾多の名城をこしらえ、三十歳年上のワーグナーを燃えたたせてオペラに傾倒し、シシことオーストリア皇后エリザベトに唯一愛されながらも男色趣味と機械趣味に走って、一八八六年六月一三日の夜、ついに嵐の湖上に漕ぎ出たまま帰らなかった狂王ルートヴィヒ二世のことだ。

物語は、月の王がリンダーホーフの庭園につくった精巧な洞窟で繰り広げられる奇想天外な光景と異様な装置を中心に進むのだが、なかでもひときわ目立つのが世界各地のさざめきを同時に聴取できるオルガンに似た装置、わかりやすくいえば〝複雑な月のモノリス〟である。アポリネールはこの装置を通して、月がもともと未知の情報集約体であり、それを察知したルートヴィヒ二世の想像を絶する狂気にチューニングしてみせた。のちにルキノ・ヴィスコンティがこの作品を下敷きに『神々の黄昏』として映像詩劇化し、日本ではルナティシズムを理解する数少ない写真家川田喜久治が作品集に構成してみせたので、多少は雰囲気がつかめるのではないかとおもう。

月光が機械的であるというヴィジョンは、プラトン立体やケプラーの惑星儀を永遠に動きつづけるものとしてこの世に出現させたいというおもいにつながる。つまり時計仕掛けのオレンジの脳が紡ぎ出すアーティフィシャル・マシンそのものを、いっとき月に託して地上化したいという幾何学幻想につながっている。

こういう幾何学幻想に分け入った一人が、私が彼にこそ（それにカイヨワと）会いたくて初めての海外旅行をパリに決めたピエール・ド・マンディアルグその人だった。

マンディアルグの月光嗜好癖も筋金入りだ。むしろ真剣な月光趣味と言っていいだろう。私は直接話してみるまでは知らなかったのだが、彼は少年時代にカリエスを病み、水に対する極度な恐怖をもっていた。のみならず他人と一緒に体や手を動かすことを嫌い、おまけに不眠症になって夜中に起きつづける青少年期を送ったらしい。

マンディアルグのそうした癒しがたい傾向は、早々にデビュー作『黒い美術館』や『狼の太陽』に投影している。狼の太陽とは、俗語で「月」を意味する言葉なのである。マンディアルグは最初の評論集にも『月時計』という標題を選んでいる。

しかし、月光主義からみた傑作はなんといっても『大理石』であろう。この作品は、一人の白痴が窓の外から中をじっと覗いている部屋で、ペトラルカの一冊をかさこそとカミキリムシが横切っていく場面、そのとき〝私〟がフェレオル・ビュックという主人公をふと思い浮かべたところからはじまる。

ビュックはまず「ヴォキャブラリー館」に迷いこむ。なんとキルヒャーの象形文字に導かれた各部屋には人間の欲望のすべてがジオラマのように分配されている。ついでビュックはある夜に水上に漕ぎ出て小島に至り、そこで鬱蒼とした糸杉に囲まれたプラトン立体的建築群に遭遇する。ビュックは驚き、数日後の満月の夜にふたたびそこを訪れ、エルマフロディトゥスの巨大像の中に入れることを知る。像の内側は空洞になっていて、階段を上がっていくと二五本の円柱が風で奏でる巨人の悲しみのような音を出す。最上階では狂気の絵画がまともに月光を受けて立ち上がるばかり、ビュックは自分も狂ったかとおもいつつ、ふいに頂上の窓から下を見下ろして驚愕した。すべての立体建築群が透明になっている！　おそらく建築群は月光が天頂に昇ったときにのみ見えるような塗料で描かれていた瞞し絵だったのだ。

ビュックはさらに錬金術の夢を体験したり、ある海辺の都市の廃墟の部屋で彩画された岩塊に出会ったり、そこに描かれた死の舞踏《ダンス・マカブル》に誘われたりしながら、ボルゴロトンドという直線が排除されている町に着く。そこでは町の人々は死の習慣をもっていて、ビュックもそれに巻きこまれていく。物語はこのあたりでやや冗長になるが、ともかくもこのあとそこでビュックが死の喧噪をわずかに逃れ、ついに山頂の巨大な宇宙卵に逢着するというところで終わるのである。

なんとも溜息が出るようなムーンライト・アブストラクションだ。澁澤龍彥が生前に偏愛していたのも頷ける。だが、人によってはいささか肩が凝ってしまうかもしれない。

私もマンディアルグの書斎に行ったとき、古い書棚がゆるく波打つように設計されていたこと、隣室の広いアトリエに夫人のボナ・マンディアルグによるロートレアモンのミシン台と蝙蝠傘が現実にしつらえてあったこと、あるいは書棚にフラッドやキルヒャーの超大型本が並んでいることなどには、さすがにどぎまぎするほどの夢心地を感じたのだが、マンディアルグ本人と話す段になり、彼が少し斜めの姿勢のまま（おそらくはカリエスの後遺症のせいだろう）、じっと凝視をしながら言葉を選んで話しつづけたのには、やや肩が凝ったものだった。

では、この溜息の出るような凝縮感をもう少しテンポを上げ、そこに少しばかりペパーミント・リキュールと科学技術の果実を加えると、どうなるか。それが、私の意見ではイタロ・カルヴィーノとスヴェトスラフ・ミンコフだ。

42

カルヴィーノの作品にはつねにどこかに滑稽がある。稽が滑っている。『柔らかい月』も同様で、なにしろ月が溶け出してゼラチンのように地上に落ちてくるという設定になっている。ウンベルト・エーコもそこが気に入っていた（エーコもまた月知神の系譜による世界の知識の隠れた歴史を掘りおこしている一人で、私とまったく同じ動機をもつ月知論者だ）。

ただしそれも最初のうちのこと、月の物質が次々に落下してくると地球はその物質に覆われてしまい、そこから脱出するために、みずからを緑色にしたり殻をつけたりする連中の〝進化〟の光景に一変する。もっと先を読んでいくと、この事態がいったい何をあらわしているかが判明する。実はこれは太古に地球におこったことで、われわれの生命史は月の物質に覆われた地表から開闢してきたのだということを知らされる。

カルヴィーノはこの物語の語り手に『レ・コスミコミケ』（宇宙喜劇）と同じクフウフク氏をもってきた。この手法は、かのカール五世の出現を予言した十六世紀の人気物語、アリオストの『狂乱のオルランド』の現代版、いや未来版である。クフウフクはイシス神であってディアーナ神であるような、つまりは宇宙の語り部なのである。

このカルヴィーノに、もっと香ばしいペパーミント・リキュールを加えたのがブルガリアの幻想作家ミンコフの短編作品群だ。「青い菊」「レントゲンの目をもった婦人」「奇しき金の箱」「小さい月」――こんな表題の作品を書きつづけているミンコフの中では、とりわけ『ルナチーン！　ルナチーン！　ルナチーン！』がすばらしい。次の一節を読んでもらえば、だいたいの感じがつかめるだろう。

……ルナチーン、これは月の光を含有した小さなゼラチン粒だといわれ、とっくの昔に忘れてしまったロマンチシズムを人類に取り戻してくれる力をもっていた。ルナチーンは、あらゆる薬店や療養所の売店などで、オーデコロンや安全剃刀の刃、マメやタコの予防薬、増髪促進化粧液などと一緒に売られるようになった。ゼラチン粒のルナチーンは肝油の粒によく似ていたが、ただ、その薄い透明な表皮の下が、シロップの濃度のためオパール色に輝いている点がちがっていた。その味は甘く、匂いは野生のスミレに似て芳香を放っていた。それは、人の心の鍵をはずしてセンチメンタルな気分にさせ、流行に乗る人間のドライで実質的な心に快く作用させるものだということがわかった……。

もはや「月」とは必ずしも「月そのもの」であるのではない。カルヴィーノがそうでありミンコフがそうであったように、「月的なるもの」が魂におよぼす玲瓏な月色の飛沫こそ主題となってきたのである。月はその幽かな発振体であればよい。ミンコフはその魂魄の脈絡をたくみにも小粒の可愛らしい薬品に仕立てあげた。彼はこうも書いている、「これはロマンチシズム復活の神秘的シンボルであり、婦人への優しさと騎士道精神をよびかけるサインなのである」。

もうひとつ気になる作品を紹介しておこう。それは、やっとアンチロマンの先駆作品として一部で注目されつつあるロシアのアンドレイ・ベールイの『回帰』である。ロシア革命の嵐が吹きはじめた一九〇五年に発表された作品だ。私にはアンチロマンというよりも、むしろ都市感覚下の『神曲』の復活をおもわせられた。いやいや、月の描写も天下一品なのである。

第一部では、少年が満潮時の海辺で巨きなカニと遊んでいる。そこへ鎌のような月の上昇とともに天体に関する長大な計算をしつづけている老人があらわれ、「牛飼座は一億年を生きたが、天狼座には狂暴な木星が接近している」と言う。少年があれこれ想像していると、海から巨大なヘビが垂直に出現し、少年はしばし白日夢を見る。老人はつぶやく、「わしはヘラクレス座を大火に、土星を冷却に運命づける」。

白い鳥が大気を切り飛んでいくのを少年が眺めているとき、風がひゅうひゅうと耳打ちをする。老人は少年を岩の中の風の王のところへ誘い、なにごとかを告げる。そこへワシの頭をもった男が岸辺を進んでくると、さあっと嵐がくる。嵐が去ると赤い円盤のような月がするするとよどみなく昇り、青黒い空の羽毛の網に引っかかる。少年が目覚めると、そこは主人公ハンドリコフ一家の朝のテーブルの場面になる。ここからが第二部だ。

ハンドリコフは大学の万年博士候補者で、学内には敵対者がいる。人生はあまりうまくいかない。ときおり月が「ほうら、あたしはゼロみたいにまるい。あたしもゼロよ」と慰めるけれど、いっこうに効き目がない。ある日、ハンドリコフが公衆浴場の海洋生物を鋳型でかたどった浴槽に入っていると、白髪の老人に気がつく。老人はヘラクレスを描いた青い箱を持っている。往来に出たハンドリコフは植民地輸入店のガラスに向かって「太陽はヘラクレス座に向かって飛んでいく」と言ってみた。カラスがバアッと飛び立った。

やがて老人は科学者オルロフとわかる。オルロフはヘラクレスの箱を外套のボタンに吊るして学内を歩いていた。物語はここで科学者たちの議論が挿入され、つづいてハンドリコフの日常生活が妻の死に向かって描写される。ハンドリコフは意気消沈しつつも、学位論文の提出にとりかかる。そこにはたとえばこんなふうにある、「アトムの進歩の螺旋は、われわれの進歩の螺旋の周囲にぐるぐる巻かれているにすぎないのかもしれない」などと。とたんに、窓の外の白い鐘楼の向こうを月が金色の指を開きながら走っていった。

ハンドリコフはまた街に出た。辻馬車がやってきて、その窓から老人が顔を出して「ハンドリコフ、鷲を待ちなさい」と叫んだ。家へ帰ってみると外は霧になっていた。そこにベルが鳴り、身震いして立ち上がったハンドリコフは戸口に鷲の頭をもった男が立っているのを見る。ハンドリコフは泣き笑った。鷲はソファに腰を下ろし、トランクは私が持ちますから出立しましょうと言う。

第三部、ハンドリコフは老人とともに新しい場所にいる。二人は口付き煙草をふかしている。遠くから誰かが月の歌をうたっている。老人は「世界幻覚を前にして、私の健康も君の狂気も何の役にも立たない」と言う。隕石がほとばしる火花になって飛んだ。二人は小舟に乗り、一種の問答を続けることにした。湖は空の月を呑んでいた。ハンドリコフは水面を見つめつつ、老人の言葉に耳を傾けていた。だが、それは湖ではなかったのだ。小舟は空を走っていた。

老人は去っていった。月は自分で空の一カ所を切り裂き、一条の光を老人に送った。ハンドリコフは幻覚を見るようになった。老人に手紙を書こうとしたが、決断しがたかった。何が現実で何が幻想なのか、いよいよ世界は交じりはじめたようであるからだ。

こうして物語は最終場面に突入する。ハンドリコフがどこかに、湖か空のどちらかに溺れてしまうのだ。しかし、そこに老人がまたあらわれて、次のように言う、「今日はペルセウス座の流星群が飛んでいる。あの流星たちの道は遠いのだ」。そして最後の言葉を残して、老人もハンドリコフも消える、「うん、うん、どうか、地球によろしくな」。

43

月をあしらった作品や月的趣向の作品を紹介するとなると、まだまだとんでもなく長い話になりそうだ。いかに多くの作家が月に象徴を託してきたか、そのことだけを記しておきたい。以下はそのなかのごくごく代表的な二十世紀の作品と、一九八〇年代後半から登場したサイバースペース（電脳時空）での月的なるものを扱った作品だ。簡単に点検しておく。

まず一九二〇年代だが、アンドレ・マルローがこの幻想作品をもってデビューした『紙の月』と多少カルヴィーノの先駆を感じさせるイタリアのトンマーゾ・ランドルフィの『月の石』がある。

三〇年代はジョイスでもウルフでもない意識の流れを綴ったドロシー・リチャードソンの『遍歴』がいい。これは最終章が「三月の月光」になっていて、フェミニズムとルナティシズムという新しい組み合わせを開発した。四〇年代の終わりを数年かけて綴られたチェザーレ・パヴェーゼの『月と篝り火』は、これを書いてパヴェーゼが自殺したいわくつきのもの、神妙なマルセル・エーメの『月と小鳥たち』とともに落とせない。この時期、ソ連文学の中の月はしだいにスターリニズムからの逃避のシンボルになっていた。

米ソが月ロケット競争をしていた五〇年代から六〇年代にかけて、文学者たちが〝月をめざす人々〟を織りこんで描く風潮があった。月は現実に到着する対象になったのである。

このモチーフのルーツはもともとは最初のロケット工学者ツィオルコフスキーにあった。が、これを最初に現代人のテーマにおきなおしたのはロシア・ニューウェーブのアレクサンドル・カザンツェフの『月への道』だったろう。日本ならさしずめ原爆体験をどのように文学にいかすかというテーマに匹敵する。これを受けてアクショーノフの『月への道半ば』と、アメリカ側で呼応したノーマン・メイラーのベストセラー『月にともる火』があったのだが、これらはいまひとつ精彩を欠いた。月がたんなる〝大いなる西部〟になってしまったからだ。私には、むしろノンフィクションのトム・ウルフ『ライトスタッフ』やバズ・オルドリン『地球から来た男』が爽快だった。

もうすこし実験的な作品のほうでは、未来派を継いだとおぼしいレオナルド・シニズガッリの『月の時代』、八〇年代に入って発表された奇妙な場面設定が目立つスペインのホセ・マリア・ゲルベンスの『月の河』、ドス・パソスをおもわせる大胆な手法が好きなメキシコのカルロス・フェンテスの『月下の蘭』などが注目できる。マンディアルグにも『大理石』以外に『満月』や『満潮』があり、いずれも月光幾何学のリリシズムを堪能させた。

中国にも月の旗手がいる。新月社をおこしてみずから「新月」誌を編集し、さらに「新月の態度」で革命期の中国にバイロン、キーツ、タゴールを導入した徐志摩である。インドではマルクス主義に傾倒しながらヒンディの魂を描きつづけた詩人ジャーナン・ムクティボードの、マヤコフスキーばりの『月の顔は歪んでいる』だろうか。韓国では鳥取生まれの朴慶南《パク・キョンナム》が書いた『ポッカリ月が出ましたら』がすがすがしい。総じてアジアの現代では、月は社会派の象徴になっているという特徴がある。

SFはどうだろうか。ハインラインやキャンベルが月を舞台に戦乱ものを書きすぎたのがよくなかった。それなら月など持ち出さずに、フリッツ・ライバーの『放浪惑星』ではないが、月蝕中の月を星が食い尽くしてしまうといったほうがよかった。

そのためいまや私の関心も、たとえば満月の度に殺人鬼を演じる不具の男の複雑な心境を息きづまるサスペンスに仕上げたトマス・ハリスの『レッド・ドラゴン』(脇役のレクター博士が次の作品『羊たちの沈黙』を操る月男になっている)、異次元の月町ミディアンにうごめく異形の夜の種族を不気味に扱ったクライヴ・バーカーの『死都伝説』などの、いわば月をサイコキネティック・ムーンとして扱う作品に向かっている。加えて、たとえば『死都伝説』のばあいは異教の神バフォメットが全体に君臨するモチーフになっているのだが、そこには新しい神話の組み替えがおこっていて、それがまた久しく低迷していた月知神の再生をおもわせて頼もしいのである。

少年の記憶の中に〝月的なるものの存在〟を暗示しつづける恐怖を描いたスティーブン・キングの傑作『IT《イット》』や、キングと並ぶモダンホラーの旗手ディーン・クーンツの『ストレンジャー』は、月を月として扱わずに、心理の行方を月的なオチにしむけているという点で、これまでの傾向を破ったようにおもわれる。『ストレンジャー』は十数人の関係ない男女が次々に月に関する恐ろしい体験をするという設定の長編で、読むうちにいくつもの見えない月が背筋にべったりと貼りつく乾いたルナティシズムがある。『ＩＴ』もそうであるのだが、これらは本物の月が見えないのに架空の月に犯されるという恐怖なのだ。かつてのゴシックロマンやニューウェーブＳＦの系譜からはまったく推測がつかなかった新たなナイトメアの出現だったともいえるし、見方を変えれば、セム族が当初からもっていた古い月を貪る恐怖にファンタジーが回帰したというふうにも読める。

　同じ時期、他方では、ウィリアム・ギブソンやブルース・スターリングらのサイバーパンクの担い手が、月そのものではなく、ニューラル・ネットワークの夜や自己免疫ネットワークの夜を描いていた。『ニューロマンサー』『スキゾマトリックス』『カウント・ゼロ』などだ。かれらにとっては、月がつねにサイコキネティック・ムーンであるのは大前提であって、しかもその〝神経政治学上の月〟はエンドルフィンやエンザイムとともにサイバースペースを駆けめぐるマイクロマインドの月だった。ミラーシェードにいたっては、その眼鏡そのものが月なのである。

　九〇年代、すでに美意識はニューロ・エステティクスとジャンク・フィクションの領域に入っていた。はやくから予感はあった。ウィリアム・バロウズやジョン・リリーやティモシー・リアリーがＬＳＤ時代にすべてのアナザーワールドを予告していたからだ。しかし、それが月のシミュレーションあるいはシミュラークルとして人工現実化するためには、一方で遺伝子工学とパーソナル・コンピュータの普及を待つ必要があった。そして人々の前にサイバーテクノロジーがあらかたそろったとき、月は、たちまちデータグローブでジャックインできる月となったのである。

もはや私は文芸の月だけを追うわけにはいかなくなっている。エレクトロニック・デバイスそのものが月の様相をおびてきたからだ。しかしその超高速の月に身をあずける前に、やはり、いったい「月に遊ぶ」とはどういうことなのか、その本来の行方にもう一度たちかえっておく必要もある。月には——そうだ、やたらに近づきすぎてもいけないのである！

極月

今夜もブリキの月が昇った

月のことならイルカが知っている。
かれらは月の出を待ちかまえて
みんな一緒に　海の淵から顔を出す。

――ジョン・リリー

44

誰にも月や月夜とのつきあいかたがある。都会で月を見るには夜空を見上げる習慣がいる。そうやっていったん月を見てしまうと、今度はいちいち月を見なくとも、今宵は月夜なんだという実感のままにいられる。

月や月夜のつきあいかたで、それで人間の勝負が決まるなどと言うと、それじゃドラキュラまがいに世の人を眺めることになるが、遠からずそんな気もする。たとえば文人たちのこんな月夜の感想があった。

一葉には『月の夜』という掌篇作品があり、そこには「月は其そこの底のいと深くに住むらん物のやうに思はれぬ」として、続いて「嬉しきは月の夜の客人」とつなげている。いわば「月夜に客人いとをかし」、明治の清少納言のような口ぶりだ。やたらに月が大好きで、多くの作品に頻繁に月をあしらった鏡花は『月夜遊女』の冒頭を、「音やい、よい月夜じゃねえかよ」というセリフではじめた。音という主人公が月夜に変じる鬼女に出会う短編である。まだ玉三郎も演じていない。もっとも鏡花を読むなら、中島敦を読む前もそうなのだけれど、澤田瑞穂の中国鬼趣談義をたっぷり読んでおくことだ。

荷風の『断腸亭日乗』には「わたし場をさがして歩く月見かな」「上潮のあふるる岸や夏の月」「川端の町取払はれて後の月」といった懐かしい東京の月が出てくる。『すみだ川』に月が好きな松風庵蘿月という俳諧師を出し、『濹東綺譚』で大江匡に湯屋の煙突の向こうの月や白鬚神社の明月を眺めさせた荷風のこと、いろんな月を東京中で見まくったのだったろう。それでも、銀座尾張町の昇りかけの月だけは別格に好きだったようだ。当時の服部時計店の向かい側の空に月がのっそり出てくると、荷風はきまって為永春水の『春暁八幡佳年』の月問答を思い出したらしい。

小林秀雄は『お月見』というエッセイで、ある月見の夜の集いに居あわせたスイス人が、いったい今夜の月にはなにか異変でもあるのかと驚いた話を書いている。スイス人からすると、日本人がある月ある日の月だけを誇大視する理由がわからない。中秋の名月の日にかぎり、人々が一斉に「やっぱりこの月の月は格別ねえ」などと言い出すのだから、奇っ怪なのだ。しかし、小林秀雄はついに月的なるものが批評できなかった人だった。月とつきあうには、自分の思弁をいったん離さなくてはならないのだが、それが、この天下無双の批評家にはできなかった。

谷崎潤一郎は『月と狂言師』だろうか。敗戦後三年目、谷崎は京都白川に住み、鈴鹿野風呂門下の俳人奥村富久子（前に書いたように、小中学時代の私も野風呂の末席の弟子だった）、狂言師の武藤達三、南禅寺塔頭の粋人山内正司らとやっと戻った戦後の平静を愉しみはじめていた。

そしてその年、南禅寺金地院での月見と小舞の会に山内家のはからいで招かれる。茂山千作・千五郎一家も招かれていた。その一部始終を綴ったのが『月と狂言師』である。

月見は茶席にはじまり、上田龍之助の子息たちの狂言『呼声』、地唄にもある『七つ子』、『景清』と小舞が続き、狂言『石神』が演じられた。そのあいだにだんだん月の出の風情が募り、さらに谷崎のためにそのとき八十五歳の千作が『弱法師』を、千五郎が『福の神』を舞ったというのだから、これは豪華だ。ここで箱膳による懐石が出て、いよいよ東の空に月代《つきしろ》が広がるころ、まず千作翁が「今宵の月はくまない月やよの」と詠じると、誰かれとなくこれに続けて唱和するうち、ある者は「月は一つ、影は二つ、満ち潮の、夜の車に月を載せて」やら、ある者は「月海上に浮かんでは兎も波を走るか」やら、はては「月は朧に白魚の」と羽左衛門ばりにうたう者もいて、月の歌合戦になる。

そこへどっと月が顔を出すと、お酒がまわって今度は隠し芸の番である。武藤達三が壬生狂言『桶取』を、千之丞が一人相撲や落語を、千五郎が『北州』を踊りはじめ、しまいにはみんな踊って、それでも月が中天にかかった九時には勾欄に月で酒を汲む谷崎を残して、さあっと帰っていったという話である。実は私の父も似たような月見の宴を法然院や修学院で一、二度ほど催していたので、谷崎の描写がなんとも懐かしい。

狂言師ではないが、大鼓家元の大倉正之助は満月のたびにオートバイ族たちとともに湘南海岸に出かけ、月に向かって鼓を打つことを数年続けている。彼はデニス・バンクスらの北米インディアンたちとも月を通して親交を深めた。彼と話していると、古代の神々の話やらジャズの話やら能楽の話やらいつも話題は尽きないのであるが、その話題のあいだ、どういうわけか必ずどこかで月の話に届いてしまうのだ。いつやらはナバホ・インディアンと暮らしたことがある本間正樹の『コヨーテは赤い月に吠える』の話で夜が明けた。

月にかこつけてパフォーマンスをする連中もいる。最も月にふさわしいダンサーは、『月の畝』を踊り、阿部岩夫の詩集『月の山』に感応したビショップ山田こと山田一平、あるいは『月は水銀』を踊る勅使河原三郎と元ファッション・モデルの山口小夜子だが、そういう本格派ではなく、ただただ月と戯れるという手合いもいて、それはそれで悪くない。

たとえば北杜夫はニューヨークのタイムライフ社の前で和服姿の月乞食をしてみせた。タイムライフ社ビルにはそのころ話題の月面着陸船の模型が飾ってあったからだという。「高貴な生まれの月乞食」というプラカードを見て、月乞食が容易した短冊や小冊子に一〇セントを投げたのは、たった一人だった。

言霊派宗教民俗学者の鎌田東二は、私の主宰したジャパン・ルナソサエティで「お月さま僕のお臀にのぼりませ」という句でその夜の一席を得たばかりか、まだ昇りきらぬ渋谷松濤の月に向かって、やおら真っ白いお臀を見せつけた。誰かが「わあっ、汚い山越阿弥陀さま！」と言って笑いこけていた嬌声が、いまだに耳に響いている。

それにしても、月にかこつければ何でもできる、何でも考えつくというのも妙なもの、これが高じると、月には人工的な装置があるとか、ＵＦＯの基地があるという説にまで発展する。ここでは話が広がりすぎて本書を閉じられないので紹介しないけれど、どうしても興味があるようなら、アポロの写真を分析して話題をまいたジョージ・レオナードの『それでも月に何かがいる』、ドン・ウィルソンの『月の先住者』、同じくアポロの交信記録に疑問をもった久保智洋の『月人工天体説』、コンノケンイチの『月は神々の前線基地だった』という勇ましい異星文明論、あるいは古神道研究者の小笠原邦彦の『月は皇神の宇宙船』や『月の謎と大予言』などを読まれたい。ひょっとして、かれらこそがいちばん真剣に月につきあっているのかもしれないとおもうこともある。

45

月のつきあいかたは長く月を友にするか、短い集中で月と刺し違えるか、だいたいふたつにひとつである。

王朝人や江戸の風流人たちは長くつきあった。長いというのは、月におもいをよせる月日が長く関与するということで、そういうことをしていると、月を詠むときもいくらでも詠めるということになる。たとえば古いところでは、京の加茂社が編んだ『月詣和歌集』や連歌師高山宗砌の『月千句』、宿屋飯盛の『十才子名月詩集』などが、なんといっても長丁場である。

江戸の戯作者は人生が「月の縁《ゆかり》」に左右されるという見方を多く好んだようだ。なるほど、それもひとつのつきあいかたである。森羅万象の『月下清談』、滝沢馬琴の『月氷奇縁』、荒木田麗女の『月のゆくへ』などは、そんな作品だ。なかで上田秋成の『雨月物語』は別格中の別格で、日本の月変物語の最高傑作になっている。これは溝口健二のモノクロームのオムニバス型映像まで抜きん出ていた。

しかし長く月につきあいつつも、これを短く切って取るという俳諧感覚もあっていい。それを代表するのが蕪村の月である。蕪村の俳諧がすぐれて絵画的な月を残すことになったのは、この長くて短いという手法が成功したからだった。たとえば、こんな句がある。私なりの一口解説をつけておく。

薬盗む女やはあるおぼろ月
（江戸の万引きの句ではない。夫が西王母から得た仙薬を盗み月宮に出奔した嫦娥に掛けている）

春雨やいさよふ月の海半ば
（月がふらふらと海の中央に躍り出た。こういう「海半ば」が蕪村の得意である。動態の中へ言葉を入れる方法だ）

菜の花や月は東に日は西に
（『山家鳥虫歌』に「月は東にすばるは西に」という谷村新司のような一句がある。どちらが大きいか）

藻の花やかたわれからの月もすむ
（われからは藻に住む虫のこと、片割れと掛けて月のミクロを映じてみせた魂胆だ）

夜水とる里人の声や夏の月
（若水をおもわせるが、夜水は田圃に水を引くことで、そこが温んだ月を感じさせる）

四五人に月落ちかかるおどり哉
（これはすごい句だ。英一蝶のそういう図柄の絵に賛をつけるために、こういう鷲掴みの作品ができた）
花火せよ淀の御茶屋の夕月夜
（淀川の茶室にかかる月に花火をぶつけた。茶室の静寂を撥ね出す蕪村の諧謔だ）
水一筋月よりうつす桂河
（まったく絵に描いたような句だが、これは落下する滝に月光の落下をひっかけた。うまいものだ）
身の闇の頭巾も通る月見かな
（月の愉快を詠んでいる。月見でも頭巾をかぶって人目を避ける、こそこそした奴のための俳諧味）
月天心貧しき町を通りけり
（これこそニッポンの月を代表する最も有名な句だろう。月天心と貧しさが一筋もゆるんでいない）
名月やうさぎのわたる諏訪の海
（謡曲『竹生島』の波兎と凍った諏訪を最初にわたるという狐を一緒くたにしてみせた）
名月や露にぬれぬは露ばかり
（理屈である。だが、露が露に自己言及していない風情は、たんなる理屈屋では歌えない）
山の端や海を離るる月も今
（山と海の両方の光景に月が出る。時間の同時性を詠んだ蕪村のシンクロニシティが独壇場）
花守は野守に劣るけふの月
（これも蕪村が好きな比較の俳諧だ。たいていは常識を裏返す興趣を持ち出してくる）

山茶花の木の間見せけり後の月
(牡丹を詠むときの蕪村の眼が、一転、山茶花に投影する月の光の粒をつまんだ)

泊まる気でひとり来ませり十三夜
(誰を呼んだのか、男であれ女であれ妙に艶っぽい。十三夜は中国にはない風習である)

欠けかけて月もなくなる夜寒哉
(新月になった夜に背中に忍びよる十一月はじめころの寒気の感想。付け加えるものがない名句だ)

寒月や門なき寺の天高し
(天・月・寺という三景を一挙に結んだ。しかもこの句の眼は月から垂直に降りて、また真っすぐ天高く昇っていく)

寒月や鋸岩のあからさま
(今度は寒月をぐうっと岩に引きつけて、蕪村の好きな「あからさま」でそのまま開いてしまっている)

既に得し鯨や逃げて月ひとり
(この句はちょっと大胆すぎる。本当に鯨と月を見たのなら、これはエコロジーものだった)

良寛も月が好きだったが、どちらかといえば〝月の友〟のほうだった。「ささの葉にふるやあられのふるさとの宿にもこよひ月を見るらむ」「月よみの光を待ちてかへりませ山路は栗のいがの多きに」「風は清し月はさやけしいざともに踊り明かさむ老のなごりに」など、いささかおとなしい。残念なことに、あの良寛の書に見える打点の高さと間架結構《かんかけっこう》というものがない。

私は、歴代の書人の手のなかでも良寛の書がいちばん好きな書であるのだが、その書の月が歌の月には光らない。

　こうした月を友とするソフトアイの方法に対して、最初から短くつきあうというのはどういうことかというと、ジャックナイフを切りつけるように月を掠め取るというか、速度の裡に月を見るというか、そういうハードアイの方法である。こういう芸当はさすがに王朝人や風流人にはできない。生活にも感情にも速度が必要がなかったからである。

　そこで、月と短くつきあう方法は現代のハードアイが好きな詩人や歌人に出番がまわる。私のノートから現代歌人の短歌をいくつか拾って、そのジャックナイフぶりを提示しておこう。このノートはもうボロボロの「遊月記」という備忘録で、これまで本書であれこれ綴ってきたことも、かなりの素材がこのノートから採集されている。

泡立ちて月射す夜は白波も酒も醸せよマリヤナの沖　（春日井建）
他人を抱きし腕を河面にひたすとき緋いろの月のにじむ水照り　（同）
月球のおもき翳りを負ひて立つ無宿となりし垢づける背に　（同）
昼の月するどき匕首より冷たくて流血のつねに絶えざる地上　（同）
母売りてかへりみちなる少年が溜息橋で月を吐きをり　（寺山修司）
月の下に海光りゐきゼラニウム夜の灯に見しゆめなりき　（石川不二子）
月の冬野走り来し汝ざっくりと光に刺され血しぶきたる　（佐々木幸綱）

夏の蘚甘しわが目の日蝕といもうとの半身の月蝕　（塚本邦雄）
月光の泡だてる部屋紳士らが骨牌に興じあへり濡手で　（同）
月光のとどかぬ街をゆきかへる硝子賣りらの濡たる額　（同）
桐桔梗藤萩榕かぞふれば墓石に月のかげさす九紫　（同）
闇はやがて巖のごとく峙てり月の出よその巖の片明り　（岡井隆）
タイルに月射してをり手術台水平にありて半開のドア　（同）
おそき月羊歯むらに射す青酸の匂ひしづかにかもしゐるらむ　（葛原妙子）
硝子戸に鍵かけてゐるふとむなし月の夜の硝子に鍵かけること　（同）
屋廂に二十日の月はのぼりつつ畳の上に針は光れり　（岡部桂一郎）
人工のむらさきの月のぼりつつ羽根ぬかれたる鶏は走れり　（同）
しびれ蔦河に流して鰐を狩る女らの上に月食の月　（前田透）
さそりが月を嚙じると云へる少年と月食の夜を河に下り行く　（同）
青天に華は死にたり新月の菊一茎に少女を飼ひて　（松岡洋史）
耿耿と冴ゆるは剣弓張りの月の形影に愛されしかば　（須永朝彦）
刀身の月のごとしもわが修羅の首途に遇ひて去にし一人　（同）
片瀬は月が視る故削げてをらむまたおもふわれの翳なる片面　（森岡卓香）
むませりのしろきつくよをけりけりとただけりけりとほかはづなく　（高橋睦郎）
ゆや（湯屋）のと（外）はよふけとおもふつきあかしすなはらうみにひたくだりつつ　（同）

悲しみの姿勢のままにわがみたる食尽の月の銅色の影　（山中智恵子）
ありとなきものの思ひも暮れぬるを二夜の月とひとはいひける　（同）
午後一時空半円に夕映えて南に低し月の利鎌　（高安国世）
夜ふけて脳をついばむ月よみのさびしき鳥よ爪きらめかせ　（前登志夫）
しののめにむかつて走る縞馬に胎盤ほどの月など投げる　（同）

ここには蕪村も良寛もいない。これまで紹介してきた白秋や賢治や冬衛ともちがう。この歌人たちはいっそう心理学的で、医療的である。月は一瞬の視線交差の対象なのだ。それでいて、その月を何か別のものと混ぜ合わせることも忘れない。月は月だけではなく、月と畳の針であり、月と海のゼラニウムであり、月と鳥の脳の関係なのである。現代短歌の特質は、そんなことをプラスチック・ポエムの北園克衛が言っていたことがあったとおもうが、つまりは「アマルガメーション」なのだ。

気がつかれたかもしれないが、春日井建と塚本邦雄が二人ともに「泡立つ月」というコトバをつかっていたのは発見である。ほんとうは、ここに福島泰樹の歌集『月光』からも何首かを紹介したかったのだが、前にも少しふれたので割愛した。

46

月から出た人、月とシガレット、お月様とけんかした話、月光鬼話、ポケットの中の月、月光密造者、はたして月へ行けたか、月をあげる人、月夜のプロージット、THE　MOONMAN、月のサーカス、お月様が三角になった話、THE　MOONRIDERS　友達がお月様に変った話、月の客人、お月様をたべた話、A　MOONSHINE……。

さて、お待たせしました！

これは稲垣足穂の『一千一秒物語』のなかの月を標題としたコント名のすべてである。このほか、七〇本のコントのうちに月が登場してくる話が十三本、合計三〇本がお月様を扱っている。『一千一秒物語』はタルホの実質上のデビュー作である。ということは、稲垣足穂は三〇個の月とともに文学界に出現したことになる。一九二三年のことだった。「僕は人間人形時代の開幕を告げたかったのだ」と、のちにタルホは書いている。

「お月様が出ているね」
「あいつはブリキ製です」
「なに　ブリキ製だって？」
「ええ、どうせ旦那、ニッケルメッキですよ」

これがいわゆるタルホの月だ。かつて類例のなかった月である。月とのつきあいかたも風変わりだ。ダンセーニやベルトランやミンコフに通じる感覚もないではないが、タルホはずっと乾いているし、うんとはじけている。もっと言うなら模型幾何学的なのだ。では同じ趣向で、もうひとつ——。

ある夜おそく公園のベンチにもたれていると　うしろの木立に人声がした
「おくれたね」
「大いそぎでやろう」
カラカラと滑車の音がして　東から赤い月が昇り出した

こういう月を何と名づけたらいいのか。何とも名状しがたい気配の工芸世界をこそ綴ったのだから、それ以上に私がうまい言い方でタルホの月を表現するのは不可能だ。「月の人とはちょうど散歩から帰ってきてうしろにドアをしめた自分であったと気がついた」とタルホ自身は微妙な存在感を伝えた。

たんなる洒落でないのはいうまでもないが、洒落でないわけでもない。なにやら存在の本質めく象徴らしくもあるが、では存在の代表かといえば、存在であって非存在の代表のようでもある。また、自分自身との同定がひんぱんに登場するから、月とはタルホ自身のことかとおもいたいが、やはりそう剣呑であっては気まずくなる。ひょっとしたら月かもしれない、月はタルホに似ている、いや、タルホは月に似せようとしている、いやいや、そんなことはどちらでもよろしい、といわんばかりに、ホレ、そこに月がかかっている――その「そんなことはどちらでもよろしい！」という決然たる空白の宙空にあるもの、それがタルホの月なのだ。

いまさら強調するのも気がひけるけれど、『一千一秒物語』は古今に稀有な同時性の文学である。時間を追う文学の常識からいうなら、逆文学である。ここには時間が棲んでいないのだ。一千秒は一秒であって、一秒また一千秒の経緯を消化する。こんな話が『タルホ・クラシックス』の冒頭に綴られている。お父さんと子供が並んで歩いていた。子供がふいに「ねえ、時計の長針と短針が重なるのはどうしてなの？」と聞く。「そのとたんお父さんはぬかるみに足をすべらしてしまったとさ」というものだ。

長針と短針が重なりあうまでにはたっぷり一時間がいる。しかし、二針が重なるのは瞬間である。一時間という長さの時は、結局のところその一瞬のためにチクタクやってきたにすぎない。その一瞬をいまかいまかと待っていても、当のその瞬間にそれこそ瞬きでもしてしまったら、その一瞬は実在しないも同然だ。しかもその瞬間にかぎって、世界のいっさいの根本偶然や不思議が集参して勃発する。一瞬後には何もない。お父さんがぬかるみに足をすべらしたのはその一瞬をのがしたからだった。タルホはその一瞬一秒に、千秒をしこんだ。月はダシに使われたのだ。

かくして『一千一秒物語』には、空間もない。いや、空間はあるにはあるのだが、空間も追突し、縮退し、あたかもメビウスの輪かローレンツ短縮のようにどこかで風変わりな矛盾をおこしている。さらに主語さえあやふやである。『一千一秒物語』のなかで私が最も好んでいる話は『ポケットの中の月』であるが、ここでは、以上の時間と空間と主語がみごとに放逐されている。ひたすら論理を越えた感覚と主語の二重喪失が痛快なのである。

ある夕方　お月様がポケットの中へ自分を入れて歩いていた　坂道で靴のひもがとけた
結ぼうとしてうつむくと　ポケットからお月様がころがり出て　俄雨にぬれたアスファル
トの上をころころとどこまでもころがって行った　お月様は追っかけたが　お月様は加速
度でころんでゆくので　お月様とお月様との間隔が次第に遠くなった　こうしてお月様は
ズーと下方の青い靄の中へ自分を見失ってしまった

一方、『私の宇宙文学』の第二章に「はたして月へ行けたか」がある。この題名は『一千一秒物語』にもあって、「Aがたずねた――はたして月へ行けたか？　Bが答えた――なに、行けるもんかい！」という最短コントになっている。もちろん月への現実の旅行の可能性などを問題としているのではない。月に預けた憧憬の永遠をこめて「なに、行けるもんかい！」のセリフを言いたかったのだ。

エッセイのほうの「はたして月へ行けたか」は、タルホ自身が証すタルホによる月の解明である。それによれば、『一千一秒物語』はすでに失われてしまった『小さなソフィスト』の後半部をコントに仕立てたということだ。着想のヒントとして、坪内逍遙訳の『真夏の夜の夢』についていた雅致あるペン画があずかっていたらしい。これらをまとめて、「アスファルト街上の児童心理学と発条仕掛のメカニズムに結びつけたまでだ」と本人は解説していた。

さらに同名の『はたして月へ行けたか』という八〇枚ほどの物語もあったらしい。これは夏の一夕、郊外の天文台に月世界納涼会が催されたという設定で書き出されたが、途中で挫折してしまったという。その未完の物語の中の「月へ行く方法」が、のちに有名になった「薄板界」の発想につながった。

Q博士があらわれて彼の発明のエーテルスコープを紹介する。およそ現実世界にはわれわれの肉眼にとまらない薄板界というものが、いわば〝縦の存在〟として無数に連なっている。これはいっさいの夢想の拠所、いっさいの可能性の出所である。この媒質を利用して、Q博士とタルホは諸兄を月へ連れてゆく。航路名はホワイトムーン・ライン。いわば「無に近い透明物質」を駆って、無に近い稀薄世界である月世界へ行く話である。日本で最も怖るべき、最も存在学的で、最もおシャレな、美しい話のひとつであった。

いったい、稲垣足穂が月や星や彗星をもっぱら主人公とするのは、そこに人間臭さがいっさい消去されるからである。

タルホはいつも「人間」という言いかたを嫌っていた。私にも「人間なんてどうでもええやないか」といつも怒っていた。せめて〝人間人形〟でなければならぬことを確信していた。その〝人間人形〟をさらに光の粒までに昇化させて星が登場し、いささか通過者の美のはかなさをこめて彗星が俎上にのぼり、さらにこれらの消息に敬愛の雰囲気を充満させておいて、いよいよお月様が腰をあげる。そういう段取りだ。

その点、お月様はタルホの親分格であり、観音菩薩であった。注意深い読者ならば、『一千一秒物語』の月は必ずこらしめ役であったり、抱擁派であったり、つまりちょいとした別格本山になっていることに気がつかれたにちがいない。これに対して星は親しい友達であって、よく知り抜いた仲間として扱われる。噂話もお月様に集中する。「ねえ、それでね、お月様ったらねえ……」という按配だ。

お月様という敬称もタルホの気に入っていた。人間以上であるものにこそ敬意を払うべきだからである。こうしてみてくると、私にはタルホの月は「月の奴」だったようにおもわれてくる。「月の奴」とは、つまりは「見知らぬ月の紳士」ということだ。

ある夕暮、われわれは街頭や船上で見かける初老の紳士にふと憧れをもつことがある。そこに一種の未知の父性を看取することがある。それは超父性ともいうべきものかもしれないが、少年ならばよくよく知っている、たとえばレイ・ブラッドベリの『何かが道をやってくる』に描かれたような、あの消息をもった未知の郷愁をもつ存在だ。タルホの月にはそんな見知らぬ紳士に寄せるおもいに似たものがある。

しかし、もう一度突っこんで考えれば、超父性は超母性に通じ、タルホの月はラフォルグの「母なる月のまねび」であって、分母の月という結構にもなる。そこでまあ、私はこれらをひっくるめて次のようによぶことにした。イナガキ・タルホの月は無償の月である——。

稲垣足穂が月に言及しているエッセイは数多い。月だらけと言ってよい。歴代の月光派三傑は、ヨハネス・ケプラー、ジュール・ラフォルグ、そして稲垣足穂だろう。三人は三人とも月を多く語っただけではなく、月魄の精神の大いなる所有者でもあった。ツクヨミこのかたの月魄の精神こそ、今日のわれわれにおける最も巨きな忘れ物なのだ。私は稲垣足穂を半年に一度は読む。もう二十年は続いていようか。そのたびに、この二十世紀観音経の月照を浴びてふと蘇えるのは、私は薄っぺらな超生物であり、輪郭のない超鉱物であるということだった。

結局、私はタルホという月に月を預けたということなのだろう。月を内側にとどめるよりも彼方に預けることをもって本懐としてきたということなのだろう。それならば「月」とは、私が預けた〝何か〟の代名詞だったのだ。だから、べつだん月でなくともかまわないのだが、しかしどうみても月こそがあらゆる条件を満たしていた。それはこれまで書いてきた通りである。

ふりかえってみると、タルホと私は一読者と一作家という関係ではなかったようだ。そのあいだには月露が降りていて、二人を微妙に結露させていた。年配からいえば老人と少年の関係で、私は存分に少年でありつづけることができたが、一方、しばしば稲垣足穂こそが少年であって、私が老人の役を買って出たこともあった。いっとき、これらの存在学的消息を『タルホ＝セイゴオ・マニュアル』という一風変わった稲垣足穂論にまとめたことがある。等号〔＝〕がなによりの自慢だった。

47

ブラッセルからアンカレッジに向かってボーイング七三七型の機体が暗い地球の上を回りつつある。そろそろ太平洋上空の日付変更線にさしかかろうというころだ。

ふいに進行方向右側に上弦の半月がひっかかった。高度一万メートルの暗闇を背景に、月は皓々と照り輝いていた。奇妙にもその月は約一時間半にわたってその位置を動こうとしなかった。旅客機は左右に軽く震動しながら、一定の轟音を発して飛んでいる。それにともなって月が上下にムーン・ダンスする。私は一時間半にわたってこの月の孤立無援の戯れを、ひんやりとした厚いプラスチックの楕円窓に額をくっつけて見つめていた。それは、野尻抱影と稲垣足穂のための告別式だった。

一九七七年十月二十五日、パリで遊学者ロジェ・カイヨワと鉱物について話しあっていたころ、稲垣足穂が謫仙となって天に逝ってしまった。その五日後の十月三十日、今度はロンドン郊外でSF作家のJ・G・バラードと宇宙的虚無をめぐっていたころ、星博士の野尻抱影が星に還った。二人の死は相次いで国際電話で私の宿泊先のホテルに知らされた。私はそれを聞いた瞬間、ある眩暈をおぼえ、ついで天に暗号が走るのを見た。その電光文字に似た暗号はあまりにも瞬いていて読みにくかったが、なんとか次のように読めた――コレデヨイ、コウシテマタナニカガハジマル、コレデヨイ、コウシテマタナニカガハジマル。

野尻抱影九十二歳、稲垣足穂七十七歳、ホーエイは「僕の骨をオリオン座のあたりに巻き散らしてほしい」と生前から言っていた。タルホは「僕は地球にネクタイを取り替えに来た者だ」と言っていた。

この二人は私にとって格別の人だった。まずタルホと出会い、すぐさまその機械学精神に惹かれた。最初にタルホの部屋に入るなり、「君は浪人みたいやな」と言われた。それから「まあ、ええやないか、ベッピンさんにもてんとあかんよ」と笑った。二十六歳のときである。ホーエイをたずねたのはその十年後だったが、蠟のように白い老人は細い片足をどんと床に踏んで「君、いま何がおこったのか、わかりますか」と言った。「君ねえ、いま僕の足の下で地球がまわっているんだよ」。

この二人に受けたものは測りしれないものがあった。十五歳のころまでは野尻抱影の『日本の星』が旅先のポケットに入っていた。ロング・トムに憧れて天体望遠鏡を買ったのは十六歳のときだった。十八歳、『星の伝説』に開眼できた。二十一歳、稲垣足穂の『一千一秒物語』と『弥勒』に夢中になった。翌年だったろうか、『僕のユリーカ』に身も心も奪われた。二十五歳、『ライト兄弟に始まる』に頭を殴られ、その年、古本屋で見つけた『宇宙論入門』にはもっと驚いた。その二人が、外国嫌いの私がやっと海外に出たそのたった一週間のあいだに、一緒に死んでしまったのである。

私は予定を早めて東京に戻ることにした。そしてサベナベルギー航空のSN二六一機を駆って日本へ帰ろうとした夜半、例の月がムーン・ダンスをしてくれたのだ。コレデヨイ、コレデヨイの声がふたたび響いてきた。

　星はそこからは二ツ見えた。一ツは妙見、すなわち北極星だろう。

　ここは蜜柑地球の突端の北極圏、タルホ・コスモロジーによるならば「パル・シティ上空」というところだった。二ツ目は金星である。けれども、その二ツの光はあまりに遠すぎた。唯一、月だけが私の万事を託せる光をもっていた。二人の行方は赤方偏移をおこして二ツの遠い光の方へ急速に驀進しているようだった。

　私は、東京へ戻ったらまず両翁の追悼エディトリアル・ワークに没頭し、その次に、これまでなかなか果せなかった「ルナティック・エッセイ」をいよいよ開始しなければならないと考えついた――。本書はそのときから遊走しはじめていたのである。

旧版あとがき

このあとがきを書こうとした日の朝刊に「南極で発見された二個の隕石が三九億年前の月の熔岩だったことが判明した」という記事が載っていた。その一週間後に山形を訪れたら、渡辺えり子が作・演出をした『月に眠る人』の上演予告ビラを知人から手渡された。サム・シェパードの詩集『鷹の月』や丸山健二の詩型小説『見よ月が後を追う』が刊行されたのもついこのあいだのことだ。本書のゲラを校正しているときには、山下悦子が尾崎豊の『フリーズ・ムーン』を聞きながら上野千鶴子批判を書いたという雑誌記事を目にした。あいかわらずお月さんは忙しいらしい。

月を気にしていると、いろいろなところで月に会う。街で見かける月のアクセサリーから月に関する天体雑報まで、私はつねに月につきまとわれている。出来映えのよい月ばかりとはかぎらないが、太陽に走れとか太陽に吠えろというよりはまだましだ。本書はそうした月をめぐる幾多の話をかなり自由にまとめたものである。構成も、できるかぎり月に関する想像力の上を月兎のように跳びはねることができるようにした。エッセイの原型は一九七三年に「話の特集」に一年間連載した「月の遊学譜」にもとづいている。新たな標題を『ルナティックス』としたのは、月にだって論理があるんだというつもりである。

私は本書を月をめぐって夜もすがら、気儘な散策をする目的で書いた。したがって本書のなかでは、そこに少しでも月光が照らされているかぎり、科学であれ文学であれ、また身体論であれ存在論であれ、あるいは謡曲であれ歌謡曲であれ、ほとんどの月の及ぶ主題を等しく扱った。もっとも一本の太い筋金も通してある。月的なるものに着目することが長いあいだ歴史的に軽視されてきた奇妙な理由を暴き、その復権を志すという筋金だ。それが「ルナティックス」(月知学)という立場である。

しかし、この筋金は深い意図をもって仕込んでおいたものではあるが、そこに気をとられずに読んでもらってもかまわないようにもなっている。だから、自由に読んでもらうのがいちばん、それ以上、とくに加えることはない。

ただし、十二カ月に割ったエッセイの性格上、あえて歴史的な流れを追わなかったところがいくつもある。それを、このあとがきの後の「われわれはいかにして月をめざしたか」で凝縮してまとめておいた。おそらくこんなふうに月に関する議論の歴史を抄録した例はまったくないのではないかとおもう。参考にされたい。

また、主要な月神は本書の随所に登場させておいたものの、それでもなお世界には多くのルナティックな神々たちがいて、微妙に響きあっている。すでにこうした研究は、月神を中心としてはいないまでも(それが残念なのだが)、ある程度は神話学者や宗教学者によって検討されてきた。ごくわずかだが、月が好きなヨハン・バッハオーフェン、ミルチャ・エリアーデ、ジョセフ・キャンベル、ロバート・グレイヴズ、エーリッヒ・ノイマン、バーバラ・ウォーカー、カルロ・ギンズブルグ、アンネ・ケント・ラッシュといった研究者もいる。そこで付録として、私が書きとめてきた月の神々の一覧を部分的に、わかりやすく抜き書きしておくことにした。これまた参考にしていただきたい。ちなみに、この世界初の「月神譜」ともいうべき簡単な表は、本書の全体を書くよりずっと苦労した。

それでも本書に書かなかったことや書けなかったことは、まだまだたくさん残っている。そのひとつが各民族における「月の文化」のことである。私は、月をめぐる思考は民族の分母を問うことになるとおもっている。そうだとすれば、マルチエスニシティの相克に悩む今日の時代に、こうした共通の記憶をさぐる試みはもっと展開されなければならないはずである。いずれ、そんなことも書きたいとおもう。

もうひとつ、お詫びかたがた気になっていることがある。それは月について好奇心をもつ人々の作品で、本書に収められなかったものがたくさんあるだろうに、私の目が届いていないというただそれだけの理由で紹介できなかったということだ。ぜひとも、今後の充実と補塡のために私宛に資料や情報や作品をお知らせいただきたい。なお、本書では当初はいっさいの図版を省略するつもりでいたのだが、やはり多少の香気を眼で追っていただくために「遊月図集」をまとめた。図版掲載を許していただいた方にお礼を申し上げたい。

さて、これでなんとか「月の知」への第一歩が踏み出せた。最初の軽い連載をしてくれた「話の特集」、それをひそかに少女時代に読んでいて、ある日突如として「セイゴオさん、月の本をやりましょうよ」ともちかけてくれた作品社の加藤郁美さんには、感謝いっぱいである。

加藤さんには本づくりの面でいろいろお世話になっただけではなく、督促のたびに月めく絵葉書を頂戴した。また、もう遠い日のようにおもうのだが、月をめぐる対談を含めたさまざまな機会にいろいろのヒントをくれた荒俣宏君や、ニコルソンの本をはじめいくつもの示唆に富む会話をたのしませてくれた高山宏君の、二人の〝宏君〟にもお礼をしたい。加えて、私の日々にルナティックなモチーフをつねに与えつづけてくれたまりの・るうにい、本書のエディトリアル・デザインを担当してくれた戸田ツトム君にも、感謝をのべたい。では、みなさん、また逢う夜まで、ルナチーン！

皆既月蝕の宵に

玄月松岡正剛

新月

われわれはいかにして月をめざしたか

◉

これまで月に関する想像力の歴史にふれた書物は、一八六一年のヨハン・バッハオーフェンの『母権論』を嚆矢とする神話史研究をべつとすれば、エスター・ハーディングが一九三五年に書いた『女性の神秘』と、マジョリー・ニコルソンが一九四八年に発表した『月世界への旅』をのぞいて、まったくなかったといってよい。ニコルソンは一九三五年にも『月の中の世界』を書いているが、その内容はほとんど『月世界への旅』に換骨奪胎されている。ユング派のハーディングの本は、月の民族学をかなりとりこんでいるものの、主題はあくまで女性の深層心理である。

したがって、本書が月知学の本に関する世界で二番目か三番目の試みにあたるといえば、まあ、そういうことになるのだが、私のばあいは歴史を記述したかったわけではないので、結局、ニコルソンのただ一冊が燦然と孤立しているということになる。

ニコルソンの月知学は畏友高山宏によって「世界幻想文学大系」の一冊として日本語訳された。すばらしく精緻な翻訳だった。日本でいちばんふさわしい訳者に恵まれたわけである。そのことは荒俣宏が国書刊行会のリーフレットのなかでも、ニコルソン以上の著述を展開している高山宏がこの本を訳したということは、いささかニコルソンの本を古典的にしてしまったかもしれないといった論旨で書いている。

しかしニコルソンが描いたのは、月に関する想像力の歴史というより、月を含めた天体に対する飛行の歴史だった。彼女は、ガストン・バシュラールやミルチャ・エリアーデがそうだったように、人間の飛行願望一般に関心を寄せたのだ。アルフレッド・ホワイトヘッドとアーサー・ラヴジョイの弟子筋にあたるニコルソンが、観念の歴史を解く鍵のひとつとして飛翔をめぐる観念史に着目したのは、しかもそこに月への憧憬を含ませたのは、まことに歴史家の盲点を衝くものだった。

私が本書に書きたかったことは、むしろ月に限っての観念や想像力の飛沫なのである。私は太陽に向かった人間の想像力と月に向かった想像力とを、けっして一緒にしたくない。私は月に対する関心を、たんに大空に向かいたいという人間の願望の歴史のなかで攪拌してしまいたくないのである。たとえば、太陽に向かって翼を焼いたイカロスやシバの女王の歓心を買うために空を飛ぶ船を贈ろうとしたソロモン、あるいはツィオルコフスキーやライト兄弟やブレリオに継承されたこと、これら〝飛びもの〟の歴史は、私としてはまったくべつの視点で語らざるをえないダイダロスに由来する機械精神の問題なのである。本書はそうではなくてひたすら月だけにこだわりたかったのだ。

ただし次のような誘惑、すなわちバッハオーフェンのいわゆる太母の精神史に議論を拡張してしまいたいという誘惑にはつねに襲われた。古代的母性がどういう社会やどういう価値観をもっていたかということは、いっさいの想像力の源泉になっているからだ。けれども、なんとかそれはとどまることにした。そして、月光が照らす領域におこったであろう出来事をめぐる散策にのみにこだわったのである。その理由は本書のそこかしこにあきらかにしておいたので、ここではふれない。

◉

人類の月に対する関心は、おそらく直立二足歩行をはじめたときにはじまっていた。なぜなら、すでに多くの生物たちが月のリズムの恩恵に浴していたからだ。ジャガイモの茎は月の昇るのを知っているのだし、カキは月の出とともに口をあけていた。東南アジアのサルたちが月にみとれていることを報告しているサル学の研究書もある。

人間が月を描き、月を物語るようになったのは、死の観念をもったネアンデルタール人以降のことである。ついで、ゆっくりと神話の時代がおとずれた。われわれの祖先たちは、当然のことだが、最初は太陽に強い関心をもち、そのうちその太陽を隠す力をもつ月にも畏怖するようになった（日蝕神話と月蝕神話）。ところが、そこから先は父権的太陽神話に対するに母権的な月の神話の対抗がはじまったのだ。ちなみに一説には、すでにクロマニョン人が月神信仰をもたらしたともいうが、まったく確証はない。

われわれが知りうるかぎり、最も古い月の神話はシュメール人のマルドゥーク神話によるものである。当初に親月神ナナ（イナンナ）がいて、そして月神シンが生まれ、さらにアッカド族によるギルガメシュの物語の形成を通して、月の力と不死とが結びついていった。

古代人が月に不死を見取った理由は、月の満ち欠けが普遍のリズムに見えたからである。満月が欠けていき、連続して三晩の闇がくる、そこで月は「死」を迎えたかに見えるのだが、それから細い新月が「再生」し、また偉大な活力を発揮しはじめる。古代人はそこに月が生きているという実相を見たのだった。月はまた水と結びつけられた。

各地の月の神話にしばしば見られる「月から水が降ってくる」という考え方は、バビロニアにもインドにもメキシコにも見られる観念である。その水は植物を育てるものであったので、月は水を通して植物の力を育むと考えられた。ブラジルのある部族は月のことを「草の母」とよび、南フランスの一地域の農民は新月に種蒔きし、下弦の月で収穫する。

エジプトやインドでも、帝王が繰り出す太陽神の猛威をよけながらこっそり月神が活躍しはじめた。エジプトでは月神トートがイシスの力を借りていたし、インドではインディラの傘下に入ったソーマ神が隠秘な力を発揮して、それぞれしだいに物語の一角を占めるようになっていった。中国や東南アジアでは月はしばしば洪水神とともに語られる。これはアッカド型のギルガメシュの物語にも見られることで、だいたい月が不死と結びついたのは、世界中で洪水がおこった後のことだったとおもわれる。長い歴史において、洪水は月の死すなわち三晩の闇にあたっていた（洪水神話と月神との親和性）。

◉

こうして、しだいに月は人間の身体や生活の内側に介入していくことになったのだが、いったいなぜ月が重視されたかという点については、次のようなきわめて明確な理由を考えることができる。

第一には、月は永劫回帰する力をその満ち欠けによって感じさせた。月は死と再生のリズムの起源だったのである。脱皮力をもつヘビが月の信仰に結びついたのも、そこに再生が感じられたからだった。第二に、月は彼方から豊饒をもたらす源泉だとみなされた。月は雨の分配者であり、なんであれ「満ちる」こと、あるいは「満たす」ことの象徴となっていった。稲妻や稲光もまた月の力の代用力をもっていると考えられた。

第三に、豊饒をもたらす月は女性のシンボルとなり、それゆえ月は女神の中の女王とされた。ここには月と月経の関係もあずかっている。第四に、月が形をさまざまに変え、月面に模様をもつ唯一の天体であることは、月を万物のための「形の母」にした。とりわけ螺旋と月のモルフォロジックな関係が密接になり、三日月型の角をもつ牡牛、角を出入りさせる蝸牛をはじめ、多くの動植物の湾曲した形態が月母神の従者とみなされることになった。

しかし他方、第五には、月は天体における最初の死者であることによって、死の国の象徴とも考えられたのである。

このように、月の力にはすこし矛盾しながらも、結局はダイナミックに循環している豊富な象徴性が秘められている。エリアーデはこのことを「月＝雨＝豊饒＝女性＝ヘビ＝死＝周期的再生」という方程式にあてはめ、キャンベルは「月＝不死＝杯＝冠＝牡牛」という図式にしてみせた。

◉

さて私が見るところ、もともと月をめぐる神話には、日月兄弟型の神話、太陽支配型神話、単独型の月神話という、おそらくは三つくらいのグループがあったのだ。これらのなかで、月を信仰する一族は太陽信仰一族とはべつの母権的集団をつくっていたのだとおもわれる。やがてアッシリアや殷周の帝国時代がやってくると、各地の神話は都合のよいように構成され、たいていの統合神話が太陽を中心に編集されていった。

けれどもその一方で、見落とせない月の逆襲がはじまったのである。それは、太陽に支配権を奪われた「管理の思想」に対して、本来の知を求める力をもっているのは月神のほうだという「未知の思索」の逆襲だ。これはエジプトでトートが知神ヘルメスともみなされていった変遷に象徴的に見てとれる。月は帝国神話とは別に、隠れた言語能力や書記能力の開発のほうへと向かっていったのだ。このことを私は「月知神の誕生」とよんでいる。ルナティックスの最初の発動だった。

しかしこの発動は、いったん後退させられた「月太母神」の復活でもあって、つまりは父権的男性型神話に対する母権的女性型神話の再介入の歴史、すなわち物語の複相化の歴史にもなっていったのである。

◉

月は神話の対象としてのみ関心をもたれたわけではない。神話時代をすぎると、いったん月は博物学的な関心の対象になる。

アリストテレスの時代はまだ月はそれほど特別視されていない。が、アナクサゴラスあたりから月自体への興味が高まってきた。とはいえ最初のうちは、月はペロポネソス半島くらいの大きさだとか、月には洞窟があるという、そんな他愛のない話題でもちきりだった。

この月への関心がやがてルキアーノスの『本物の話』にみられるような、月に「もうひとつの国」を仮定する空想へ発展していった。ルキアーノスは最も初期の月人の発明者であり、同時にまた月世界旅行者（イカロメニッポス）の創造者でもあった。もっともルキアーノスの空想物語は一六三四年にフランシス・ヒックスの英訳が出るころまでは一般には知られていない。

◉

ローマ時代に入ると、プルタルコスが『イシスとオシリス』で「エジプトの司祭は月を宇宙の母とよぶ」と書いて、最初の月神への関心を寄せた。それは歴史上における最初のエジプト異郷趣味のはじまりでもあった。わざわざ「月は善意の象徴である」とも書いているのは、それまでの月に対する仄暗い印象を打ち消したかったからだろう。

プルタルコスにはもうひとつ『月の表面について』という著作もあり、そこではアナクサゴラス説を少々発展させて、月には人は住めないとか、魔物は月を拠点にしているのだろうかとか、霊魂の行方にはふさわしいだろうというような議論をはじめている。

これらの議論は「月と霊魂の関係」を知識人によびおこし、ここに多少は月知神的な空想がまじってくる。この時期は、ユダヤ教にラディカルな一派やミステリアスな一派が誕生した時期（クムラン宗団、エッセネ派）、原始キリスト教が台頭し、古代ローマにミトラス教やグノーシスやらが流れこんできた時期にあたっている。

その混乱の渦中、月と知恵とが強く結びついたのだ。ローマ皇帝の歴史でいえば、背教者ユリアヌスのような月的な関心をもつ皇帝が排除される経緯のなかで、しだいに月知神の系譜が神秘化せざるをえなくなっていったのである。アラビアでもマホメットが出るまでは、月の女神の信仰のほうが中心的に受け継がれていった。

◉

月知神の自立とは、知識には未知の領域があることをひそかに追究する動向をいう。この過程については本書で何度も言及したように、ディアーナ神が強く関与した。フレイザーが『金枝篇』を通して強調した、天界の女王にして三重月女神であるディアーナ（ダイアナ）だ。

しかし、ディアーナの正体はなかなか外側にあらわれなかった。ギリシア・ローマ神話では月神はセレネーにはじまり、ついでアルテミスやルナがその座を奪うというかたちをとった。そのあいだの時期に綴られたルキアーノスの詩では、セレネーと月男エンデュミオンの夜陰の恋のみが謳われている（エンデュミオン神話）。

セレネーを押しのけてアルテミスが力をもったのは、彼女がゼウスとレトの娘で、アポロンとは双子の関係であったためである。地中海政治には日月両神の安定こそが重視されたのだ。ところがローマ時代の宗教的混乱は、ここに三相一体の三叉路神へカテーとエジプト経由のへルメス的な思索を混淆させ、これらを習合してドルイド系ともチュートン系ともケルト系ともいわれるディアーナ神を歴史の前面に押し上げることになった。それは古代ローマがつねに外部のミトラス教やオルフェウス教を手繰り寄せようとした歴史と似ていなくもない。

ディアーナの根源的な力は幅広く受け入れられた。遅くとも五世紀までにはゴール人がディアーナを至高神とみなしていた記録があるように、かなり広範囲の信仰をたぐりよせていく。至高神とはならなくとも、多くの地域でディアーナが月や森林や狩りの女神として、また巡礼地エフェソスやネミでは動物の女王として信仰されたのである。

かくてディアーナはギリシア月神アルテミスとも同一視されていくのだが、この傾向を許さず、徹底的に敵視したのが初期のキリスト教徒だった。かれらはあまりに広範な愛をもつディアーナの力を恐れ、ディアーナの異教化をはかっていく。

しかしながら、このような「表の計画」がかえってディアーナ本来の月知神としての「裏のイメージ」を秘教的に高めることになったのである。そのためディアーナは後世には魔女のシンボルともされていく。いずれにしてもこの月の女神の系譜の謎はなかなか厄介な事情をもっていて、一筋の説明では叶わない。

◉

キリスト教によって裏面に追いこまれた月知神の系譜は、まずはエジプト産のヘルメス学、ついでグノーシス、さらにはユダヤ教の特異な深化としてのカバラというふうに発展する。途中、カルデア生まれの占星術と、アラビア経由でヨーロッパに逆輸入してきた錬金術とが加わり、月の知の系譜は騒然とした混乱を迎える。

それでも十三世紀にはアルフォンソ一〇世、ロジャー・ベーコン、ライモンドゥス・ルルス、ドゥンス・スコトゥスらがアラビア経由の知の結合術《アルス・コンビナトリア》を試みて、なんとか混乱を避けようとした。近頃の研究書の多くはこれらのアルス・コンビナトリアの試みをまるで人工知能のルーツのように高く評価するのだが、私の見方では、それはいまだ太陽知と太陰知の中途半端な混淆なのである。

つづくルネッサンス後期に入ってからは、プラトン全集の翻訳者でもあったマルシリオ・フィチーノ、カバラに通暁していたピコ・デラ・ミランドラ、医学と神秘学を結びつけたコルネリウス・アグリッパらが、ヘルメス学・占星術・錬金術・カバラなどの新たな編集にとりくんで、いわば一斉にルネッサンス・マジックの集大成に挑んだのであるが、それらの多くは月の重視に関心を払わなかった。このためディアーナは本来は「隠れた知識」の源泉でありながら、その複雑なわかりにくさゆえ、ついつい魔術や魔女の責任者としての地位を問われることになってしまったのだった。

やっと月とディアーナを新たな象徴として復活させる動きが出てくるのは十六世紀の半ばになってからである。一五五〇年代、イギリスではジョン・ディーが、イタリアではデッラ・ポルタが、ドイツにパラケルススが相並ぶ時代のことだ。とくに、エリザベス女王を天体処女神アストレアとして君臨させるディーらの企画とディアーナの潔白を証かしたい一派の企画とが、ここで水面下で寄り添いあった。このことはフランシス・イエイツ、カルロ・ギンズブルグ、ヨアン・クリアーノらの野心的な研究にも指摘されている。デッラ・ポルタに注目していながら、これらの月知学の系譜に歩を運べなかったのがミシェル・フーコーだった。

◉

十六世紀、人々の月に対するファンタジックな興味も、ようやく占星術や魔術を離れて動きはじめた。その端緒を開いたのは、本文にもふれたようにルドヴィーコ・アリオストの『狂乱のオルランド』（一五一六初稿）である。

恋の痛手に発狂するオルランドの失われた正気が月の谷間に発見されるというエピソードは、アストルフォの月世界旅行の物語としておおいに人気を博した。これはのちにフォントネルのベストセラー本『世界の複数性についての対話』（一六八六）に、哲学者が侯爵夫人に話す魅惑的な物語として収められて、よりいっそう普及した。

つづいて月を人々に近づけたのはユーフィズムで一世を風靡したジョン・リリーの『エンデュミオン』（一五九一）、スペンサー風の詩人マイケル・ドレイトンの『シンシアを追って』（一五九三）だった。これらは、月世界というより月女神シンシアの幻想に傾いて、月の幻想をいやがうえにも抒情的に盛り上げる役目をはたした。シンシアはシュメール人が創造した月神シンのヴァージョンである。

こうして一方では魔術的な月が、他方では幻想的な月が人々の頭上に輝きはじめたとき、もうひとつの科学的な月がガリレオ・ガリレイやヨハネス・ケプラーの書物によって、より複雑で、より超越的な光を放ったのである。

◉

ケプラーが月に生物がいると確信していたかどうかは、なんとも決めがたい。『夢《ソムニウム》』（一六三四）にはデュラコトゥスの物語が含まれていて、その母フォルクスヒルダが招霊した月世界レヴァニアの魔霊から、人間が月に行くには魔霊によって運ばれるしかないということを聞く話があるのだが、ケプラーはいざ月の描写の段になるとけっこう客観的な科学者ぶりを発揮するからだ。

それでもケプラーの月世界感覚はずいぶん大きな影響をもたらした。たとえば、これはニコルソンも言及していたことだが、ミルトンの『失楽園』の第三地獄の描写にはケプラーの『夢』

における月描写がしっかり投影されていたように。ただし、ミルトンが描いた天界旅行者セイタンは月には一度も〝着陸〟しなかったことも言っておかなければならない。ミルトンはむしろ、すべての海が月の力でうねっていることを、それゆえ母なる海の一端に立つ大地の民が月にかしずく可能性を歌いあげたのだ。

◉

ケプラーの半幻想半科学のルナティック・イメージに対し、われわれの歴史に決定的な月のフィジカル・イメージを突きつけたのはガリレオである。

オランダのリッペルスハイの職人によってつくられたレンズを組んで製作した望遠鏡で青白い月球を眺めたガリレオは、『星界の報告』（一六一〇）に「月の眺めというものは、実に美しく心躍る光景だ」と書いている。このときガリレオは月の明るい部分を土地とみなし、暗い部分を海とみなした。この見方はすぐさまジョン・ダンの『秘密宗議』（一六一一）、ベン・ジョンソンの『愚行と無知より解き放たれたる愛』（一六一一初演）、ロバート・バートンの『憂鬱の解剖』（一六二一）などでも採用され、月の暗い部分を「海」と名づけるその後の科学の伝統の原型となっていく。ジョンソンは一六二一年にも『月に見出された新世界情報』で月世界ブームをあおり、『太陽の都』の著者トマーゾ・カンパネルラは一六一一年のガリレオ宛の手紙で、月には生命がいるのではないかという、むしろケプラーに戻った憶測を露呈したものだ。

ガリレオの報告はただちにフランスにも届いた。デカルトの友人で数学者でもあり、当時のフランスの知の巣窟を演出したメルセンヌ・アカデミーの主魁でもあったマリン・メルセンヌは、『ガリレオの新思想』（一六三九）を著して知識人たちの心を月に躍らせたばかりでなく、フランスにおける反射望遠鏡の断固たる必要性を訴えた。けっこう新奇な話題が好きなデカルトもさっそく月球談義に首をつっこんだ。

デカルト自身の関心は月の出の月が大きく見えるのはなぜかという理屈を推理するというもの、この原理好きの哲人は「われわれはきっと心理的に月を大きく見ているのだ」と結論づけた。デカルト説は、その後もマールブランシュとモリヌークスの間の英仏論争として、さらにはそれに決着をつけるために登場した科学僧正バークリーにまで波及する（視覚新論）。

こうした月談義をいささか風刺的に、しかし結局は多くの市民に月の光を広げる役を買って出たのはサミュエル・バトラーである。バトラーの『月の象』はガリレオやケプラーを皮肉ってはいるが、どこかで月光共振者としての道化にもなっていた。

◉

シャルル・ソレルの『フランシオン滑稽譚』（一六二三）が月の周転円に突入するための装置を考案している時期になると、ようやく月世界への旅をあますことなく書き出す作家が登場する。デカルトが『方法序説』を書いたちょうどその年に刊行された二冊の月世界物語の二人の作者、フランシス・ゴドウィンとジョン・ウィルキンズだった。

一六三八年、われわれの月をめぐる冒険譚にとって最も画期的な二冊の書物がイギリスで刊行された。ゴドウィンの『月の男あるいはドミンゴ・ゴンザレスによる彼方への旅の物語』とウィルキンズの『新世界発見あるいは月に居住可能な世界はあるか』である。二作とも、その後の月世界旅行譚のほとんどすべての原型を覆いつくしていたばかりでなく、このあとにつづくシラノ・ド・ベルジュラックの『月世界旅行譚』、ダニエル・デフォーの『ロビンソン・クルーソー』、ジョナサン・スウィフトの『ガリヴァー旅行記』の原型ともなったものだった。ロンドンにコーヒーハウスが流行しはじめていた。

『月の男』は、スペイン貴族の血をひいた難破船の水夫ドミンゴが体験した物語という形式をとっていて、さまざまな月世界についての立ち入った描写があらわれる。ゴドウィンは月には階級があるとみて、それを地球からの反射光だけでも暮らせる月人、太陽光をまともに浴びても暮らせる月人などに分類して、月における巨人伝説や長寿伝説に拍車をかけた。月人たちの〝月語〟も解説の対象になっている。月人の言語は「調子や無骨な音」だけでできているというのである。月の色についても見てきたような解説をする。「黒でもなければ白、黄、赤でも緑でも青でもなく、それからできたどんな色でもなかったのです。しかし、ではどんな色かとお尋ねなら、地球上では一度として見られたことのない色と言うしかありません云々」というものだ。

ドミンゴの月世界冒険は、すぐさまいろいろの脚色を加えられて広がった。エルカナー・セットルの『月の世界』（一六九七）ではスペクタクル・ドラマに仕立てられ、トマス・ダーフィーの『太陽の驚異』（一七〇六）ではオペラ・コミックに脚色され、さらにアフラ・ベーンの

『月の皇帝』では、ついに『月の男』の月王イルドノサールを借りてその続篇の物語を引き受けてしまったのである。

一方、ウィルキンズの『新世界発見』は月と地球の距離（一七万九七一二マイル）、月における重力や空気や磁力の影響の問題など、噂の好きなロンドンっ子がどうしても知りたいとおもいそうな問題をことごとく擬似解決してみせたという点で、ゴドウィンよりもずっとジュール・ヴェルヌの月世界幻想論に近づいていた。おまけに、月面生活に関しても食事の心配をとりのぞくため、熱いパンの香りを嗅ぐだけで何日も元気だったデモクリトスや水を飲むだけで七週間も生きながらえたアルベルトゥス・マグヌスの例など、さかんに博識を持ち出して、読者を月における超越的生活性へと導くのである。

ウィルキンズの構想は賛否両論、イギリスを沸かした。いちばん皮肉ったのはやっぱりバトラーであるが、ジョセフ・グランヴィルなどは『教義の虚妄』（一六六一）で、月旅行はアメリカへ行くより現実的かもしれないと書き、トマス・グレイはラテン詩『人住み能う月』で月がイギリスの植民地になる可能性をすら謳った。

唯物論派の旗手ピエール・ガッサンディの弟子にして際立ったバーレスク趣味の持ち主シラノ・ド・ベルジュラックの『月世界旅行譚』（一六五七）も痛快である。だいたい月に行くための道具に〝露の力〟をつかっている。露は太陽に吸い上げられるのだから、その露をいっぱい溜めたガラスの瓶を体に巻きつけておけば、自然に空中へ舞い上がれるというものだ。このほか、月への旅程の四分の三ほどのところで、自分の体が宙返りしつつあるといったダンテの地獄篇の最終章に似た叙述があるかとおもえば、地球の光景を「まるで金メッキをほどこした大きなオランダチーズのようだ」というような、中世以来の北欧の伝承を借りてきたようなサービスもしている。

その後、デヴィッド・ラッセン・オブ・ハイズというフランス人が、このシラノの物語が滑稽譚としてのみ読まれることに不満をもって、実はこの書物には暗号があって、それを自分が解読してみせるのだという『月世界への旅』（一七〇一）を発表したらしいが、私は知らない。きっとこのフランス人はグノーシスやカバラの意匠を着た月知神の系譜に属する者だったのだろう。

◉

十八世紀に入ると、月人幻想はそれまでとはちがった別種の展開を見せていく。短絡していうなら、ケプラー＝ウィルキンズ型の考え方は終焉に向かっていったのだ。作品にもその黄昏がおとずれる。

たとえば、デフォーは『コンソリダトール』（一七〇五）というシノワズリー趣味と宇宙趣味とを混ぜた作品で、主人公が支那の巨大な図書館で〝月で生まれたミラ・チョ・チョ・ラスモ〟をめぐる記録を発見したという筋書きをつくり、主人公にあれこれ月に飛ぶ機械を調べさせ、あげくには「月人の言葉でデュペカセス、古代中国語ないし韃靼語でアペオランテューカニステス、そして英語ならコンソリダトールとよばれる機械」に注目してみせた。機械の話をとりこんでいるのは、すでに産業革命が忍び寄っていたためである。キャプテン・サミュエル・ブラントという正体の知れない作家の『カクロガリニアへの旅』（一七二七）は南海泡沫事件の風刺を兼ねて、月の山で金を採掘して事業をもくろむ話が重ねられる。産業資本の行方の方が月の光の行方よりずっと関心がもたれたのだった。

このほか、ウィリアム・ギルバートの磁石地球テレラを応用したスウィフトの『ガリヴァー旅行記』（一七二六）のラピュタ島による磁力旅行や、たまたま地球に降りてきたシリウス星人ミクロメガスを宇宙に再旅行させるヴォルテールの『ミクロメガス』（一七五二）の驚くべき技術主義も、私の本書の立場からすると、もはや〝月離れ〟をおこしているリアルな時代の産物である。そしてウィリアム・トムソンの『月の人』（一七八四）では、なんと当時の政治家チャールズ・フォックスが月人に選ばれてしまったのである。

十八世紀文芸にこのような〝月離れ〟をおこさせた直接のきっかけは、一六八七年にアイザック・ニュートンの『プリンキピア』が刊行されたこと、その思想が通俗化して普及していったからである。ニュートンは月を些細な衛星のひとつにしてしまったばかりでなく、人々の知識の集成の方法を遠隔作用論（ニュートン）と近接作用論（デカルト）のあいだに閉じこめてしまった。それこそは、その後の近代科学が長いあいだにわたって歩みつづけた軌道そのものでもあった。が、次のようにも言えた。ニュートンは月がリンゴになりうること、さらにはどんな物体も月になりうることを教えてくれたのでもある、と。

では古典力学の確立と普及が月球幻想そのものに終止符を打ったのかといえば、まったくそんなことはなかった。

ニュートンでさえ『プリンキピア』の第三部の最後の最後には「神の覗き穴」を設けて、月の軌道が合理の対象になりきれないかもしれないことを暗示しておいたのだったし、同時期のトマス・バーネットの『地球に関する神聖な理論』(一六八九)、またウィリアム・デラムの『自然神学』(一七一三)、自然という母神には否定項も含まれることを衝いたソウム・ジェニンズの『悪の自然』(一七五七)だって似たようなもの、自然と神学と真理と幻想を一途の運命の理論で語ろうとしたのである(宇宙論的保守主義)。

だいたい近代科学は機械論哲学と数学的な現象記述と実験的方法の三本柱によってつくられたと言われるものの、そのうちの実験的方法はすでに錬金術が端緒をつくっていた。ファン・ヘルモントにおいて合理化学と錬金術は分かちがたく、また分かちがたかったがゆえに今日につながる医化学が誕生できたとも言えるのだし、ロバート・ボイルのような非合理主義的側面の少ない科学者が「増熱水銀」の実在を熱烈に信じていたからこそ、われわれはやっと分子の化学の端緒につけたとも言えるのである。

近代前夜、たしかに人々は産業の高揚の前に月から遠ざかっていったかに見える。まして近代の渦中には、得体のしれない月からの消息などを科学の平等の前に持ち出すのは気がひけただろうと想像される。

けれども、それがそうはならなかったのだ。ニュートンとロックで育ったデヴィッド・ハートリーが『人間の観察』(一七四九)で振動学説を打ち出し、そのハートリーを正確に継承した酸素の発見者ジョセフ・プリーストリーが、近代ユニテリアニズムの創始者であってソッィニ主義の主唱者であったということは、かれらが等しく「月の光の加護」を十七世紀以上に純粋化しようとしていたことを物語るのである。

実際にもプリーストリーは、かのバーミンガムの夜に集う「ルナーソサエティ」を通して、エラズマス・ダーウィンやらジェームズ・ワットやら、さらにはベンジャミン・フランクリンらと交流し、人々が月下のもとで均等の光を浴びるための月知科学趣味にあふれるプリミティズムを構想した。のちにコウルリッジが「一切平等団《パンティソクラシー》」とよんだ理想社会論もルナーソサエティの議論の延長だった。

◉

こうしてわれわれの月知神の系譜は、近代に向かう直前で大きな変質をとげていく。月は

〝内側の光〟や〝人工の光〟の象徴となったのだ。

第一には、「産業の昼」に対する「精神の夜」として、エドワード・ヤングの夜想派やドイツ浪漫派の波をおこし、第二にスウェーデンボルグやアダム・ヴァイス・ハウプトの神秘主義に入りこみ、第三にはピクチャレスクの庭園となって実際の月をシーノグラフィック・パースペクティブの裡にとりこみ、第四にゴットフリート・フォン・ヘルダーの『諸民族の声』(一七六八)やアマデウス・モーツァルトのオペラやアレキサンダー・フォン・フンボルトの地誌的な大旅行とともに、民族文化のアーキタイプに眠る原初の月の力の発見へと進んでいったのである。そしてさらに第五には、一八〇五年に導入された劇場用照明用ガスとともに、人工空間における月晶世界の模擬的実現につながって、ふたたび強力な月光主義の到来を招いていったのだった。

まず、イギリスでエドモンド・バークが「崇高の美」をつきつめたこと、ついでドイツでヘルダーが自国の文化以外に他国の文化がありうること、その二つ以上の文化を比較する視点がありうることを説いたのが大きかった。ヘルダーは「文化」という概念の〝発明者〟でもあった。そこへフランス革命の衝撃波がヨーロッパ各地に送られてきた。ドイツ浪漫派はこの衝撃波に対する対抗文化の掘り下げとして起動したようなところがある。起動はそんな反動力をふくんでいたものの、かれらは大きなゲーテやヘルダーリンに惹かれつつ、しきりに「夜の側」の探究に乗り出し、そこに彗星や暁の明星とともに月を再発見した。

もっとも「夜の側」に駆けつけたドイツ浪漫派のすべての連中が月に走ったわけではない。

そのかわり、とびきりがいた。とりわけジャン・パウルとノヴァーリスとクレメンス・ブレンターノは月光本格派を任じた。パウルの『巨人』（一八〇〇）は主人公が月光に昇華する話だし、ノヴァーリスの『青い花』（一八〇二）は月の光に神性の胚種を見出し、ブレンターノの『ゴドヴィ』（一八〇二）は聖処女を月光の内側に出現してみせたのだ。これらの合間を縫った編集はかの「アテネウム」誌で新時代の到来を宣言したシュレーゲル兄弟が受け持った。

ドイツ浪漫派とは一線を画し、この時期、独自にルナティック・スピリットに遊べたのはゴヤとブレイクとサドである。三人は月を描いたり綴ったりするのもおおきに好きではあったけれど、それ以上に〝月的なるもの〟がめざす精神の極端を凝視した最初の見者であった。かれらは知の歴史のなかで他との系譜の重畳をもたないが、ルナティシズムが自立しうることを告げたという意味での先駆性にははかりしれないものがある。

◉

われわれはこのようにしてヨーロッパの近代に突入したのである。ここからさき、月をめぐる一筋の流れを追うことは不可能だ。すでに〝月的なるもの〟は個人の精神史につながったからである。これ以上の歴史を追うのはやめておく。また、当然ながら東洋やイスラムや南米においても月知の系譜は跳梁跋扈したわけであるが、ここではすべてを割愛した。

以上、ごくごく圧縮してヨーロッパに流れたルナティックス前半史を記したが、それらを貫く私の主題を一言でいうのなら、それは、月はわれわれの未知の記憶を照らしているということにほかならない。では諸兄諸姉、今夜もよい夢を見てください。

コイサチ）がカグヤヒメと結婚する。カグヤヒメはオオツキタリネ王すなわち満月王の娘。これとは別に中国経由のかぐや姫伝説を含んだ竹取翁の物語がある。

■美夜受比売　ミヤズヒメ……ヤマトタケルと尾張で出会う姫。月経に関与する。

■都久豆美命　ツクヅミノミコト……『出雲風土記』嶋根郡の記録に見える月女神。

■天月神命　アメノツキミタマノミコト……『旧事本紀』に記載されているという壱岐県主一族の祖にあたる。壱岐の月読神社に祀られる。

■売豆伎　ヒメツキ……出雲意宇郡の式内社に祀られる月女神。『三代実録』に記述が残る。

■熊野三所権現　クマノサンジョゴンゲン……『長寛勘文』によれば、熊野三所権現は本宮の大湯原のイチイの梢に３枚の月の形で降臨した。同様の話は宇佐八幡神が満月状に示現したような例として、各地に残る。

■胞衣神　エナガミ……胞衣は胎盤のこと。ヨナ、イヤ、ミズハリともいう。月母神と関連する胎盤信仰にもとづく。

■大口真神　オオグチノマガミ……オオカミあるいはイヌの神。民間では「お犬様」とよばれ、しばしば月とむすびつく。

■金神　コンジン……金神は遊行神。年金神、月金神、日金神などともよばれ、季節によって金神の居住する方位が変わった。月の運行と深い関係がありそうである。

■太陰星君　タイインセイクン……道教の月神。ほかに夜明之神や月将などがある。もっとも道教においては太陰そのものが巨大な力を発揮する。

■月読命　ツクヨミノミコト……イザナギが黄泉国から逃げ帰って橘小門の阿波岐原で禊をし、右目を洗ったときに化生した月神。『古事記』ではオオゲツヒメを殺したのち夜食国を、『日本書紀』ではウケモチノカミを殺したあと蒼海原を治めることになっているが、ツクヨミのふるまいの多くはスサノオの物語に転化されている。舟上のツクヨミ、馬上のツクヨミの記録がある。

■月人壮子　ツキヒトオトコ……ツクヨミと同一神格か。『万葉集』に「天の原往きてや射ると白檀弓ひきて隠せる月人壮子」「夕星も通う天道をいつまでか仰ぎて待たむ月人壮子」とある。月読壮子とも書く。

■罔象女神　ミズハノメ……イザナミがカグツチを生んだのちに尿より化生した女神だが、月と水にかかわる祭祀に登場する。

■保食神　ウケモチノカミ……食物を吐き出す神で、オオゲツヒメとも同定される。ツクヨミに殺害される。月神信仰と農耕信仰の習合を物語る。

■須佐之男神　スサノオノミコト……根の国あるいは蒼海原の暴風雨型の支配者だが、ツクヨミを吸収している。アピス型の三日月神の性格をもつ牛頭天王とも同定される。

■櫛名田比売命　クシナダヒメ……スサノオに助けられた水神。水と農耕にかかわる月の処女神と考えられる。

■香用比売神　カガヨヒメ……大年神（歳神）と結ばれた光輝神。おそらく月相の変化から類推された女神であろう。

■塩土老翁　シオツチノオキナ……海神の娘トヨタマヒメと山幸彦（ホオリノミコト）を結ぶ月潮神。塩満玉・塩乾玉の物語につながる。

■豊玉毘売命　トヨタマヒメ……山幸彦と結婚した海神の娘。トヨは満ちるの意味で、満月を象徴するか。妹神がタマヨリヒメ。姉妹は月の巫女である。

■迦具夜比売命　カグヤヒメ……記紀では垂仁天皇（イクメイリヒ

出現した月乳神。吉祥天、功徳天などと訳される。

■マントラ　Mantra……真言。語根の“man”は月が流出する女性の知恵のこと（Avalon）。したがって、マントラで月の力を引き寄せられると信じられていた。

■阿閦如来　Aksobhya……東の月輪に住む不動仏。

■如意輪観音　Cintàmanicakra……観自在菩薩の変化観音の一つだが、しばしば月輪を負うイコンとしても親しまれた。

■虚空蔵菩薩　Akàśagarbha……月知神的記憶力を司るイコン。空海は虚空蔵求聞持法によって新知を拓いた。日本では月の化現像としてとくに「十三夜待」の対象となった（Iida）。

■伎芸天　Kala……大自在天（シヴァ）の髪から化生した女神。カーラは月の16分の1の弦月を意味する。秋篠寺の伎芸天は形像上はカーラではない。

■月兎　Sasanka……自身を犠牲にしたウサギが、インドラ神（帝釈天）によってのちに月に住むことになったというジャータカ由来の聖獣。

■西王母　Hsi Wang Mu……太陽的な東王父に対する中国の月の太母神の象徴。世界の極西を支配し、不死の仙果を守護する。ヘラ、モーガンとの類似が多い。

■禹　Yu……共工、伏羲、伊尹とともに中国を代表する洪水神あるいは月水神。互いに共通する性格をもつ。夏王朝の始祖で偏枯神。ユーラシア全般に偏枯神（跛行神）と夜行飛行神と動物変身神およびディアーナの類縁性が見られる（Ginzburg）。

■女媧　Niu-Kua……伏羲（Fu-hsi）とともに一体蛇体化する中国の始祖神、洪水神。伏羲の原型は瓠で、すなわち方舟。当初、女媧はこの方舟の中にいた（Shirakawa）。女媧を蝸牛神とみると月蝸神ないしは月舟神の変形になる。

■嫦娥　Chang-O……中国の月女神。夫と争い月の国に走った。アダムの許を去ったリリスの物語と通底するものがあるようだ。月経を司る神でもある。

■桂男　カツラオトコ……仙人の呉剛のこと。月の中で五百丈の桂の木を永遠に伐りつづけるという呵責を負う。

の象徴なのである。時間を食いつくす性格は月の変化に対応する。

■サラスヴァティー　Sarasvati……ペルシア系アナヒータと同系の月女神を原型に、水神または言語神として発達した。日本の弁財天にあたる。

■ウシャス　Usas……夜の女神ラートリの姉妹で、月の女神。太陽神スーリヤの恋人あるいは妻でもある。ラテン語のオーロラ（Aurora）と同じ語源をもつ。

■ダーキニー　Dakini……インド中世に民間信仰された魔女型の鬼女。飛行能力があるため空行母（Mkhah hgroma）ともいわれるが、あきらかにヘカテーあるいはディアーナの特色をもつ月女神である。カーリー神の使婢。荼枳尼天。ダーキニーの性的ヨーガの相手がダーカ（空行者）である。

■チャンドラ　Candra……月天。十方世界の守護神のひとつで、半月の杖を持ち、3羽のガチョウの上に座っている。左手に月を持つばあいもある。

■チャンドラプラバー　Candraprbha……月光菩薩。薬師如来の脇侍の月光仏。

■トリプラスンダリー　Tripurasundarî……月神祭プージャーの主神。新月から満月におよぶ2週間にわたるプージャーのあいだ、16人のバラモンがトリプラスンダリーを体内に受容する。かつては16人の乙女が司祭した。

■バイラヴァ　Bhairava……シヴァのヴァージョン。身体に死体を焼いた灰を塗り、額に三日月を付して戦闘する。タントリズムでは同系のヘールカ神も崇拝する。

■マーヘーシュヴァリー　Mahesvari……三日月を戴き聖牛ナンディンに乗る女神。シヴァの妻。

■ブヴァネーシュヴァリー　Bhuvanesvari……すべての女神の女王をあらわす月母神。宇宙を支配する超越的知識をもつ。オリッサ州の守護神でもある。

■マリーチ　Marici……摩利支天。月光の女神。マリーチは光線を意味する。インド神話ではブラフマー（梵天）の息子になっている。

■ラクシュミー　Laksmi……ヴィシュヌが乳海攪拌をしたときに

はイスラム旗の三日月に残映する。

■ファーティマ　Fatima……マホメットはアラートをアラーに置換したが、女神アラートを消すわけにもいかず、カリフたちはマホメットの仮想の娘としてファーティマをつくった（Campbell）。シンボルは三日月。

■アラジンのランプ……山の老人アラジンの一族は月の女神を崇拝する。かれらは月を船あるいはランプ（光矇器）とみなした。アラジンの「開けゴマ」とは、神秘の洞窟に月光を入れることを象徴している。

■アルケミー　錬金術……アラビア語のアルケミア（Al-khemeia）はエジプトの古代名ケメヌ（Khemennu）に由来する。アラビアでは錬金術をエジプトの化学と考えたためである。

■キスメト　Kismet……月女神マーから名を授けられたキス・マー（運命）のトルコ化した名前。

■マナート　Manat……アラビアの月女神。

■キュロス大王　Kyros……月母マンダネから生まれたアケネメス朝の王（Rank）。

9．インド・アジア・日本系

■ヴァルナ　Varuna……天空神。太陽神ミトラに対する月神。ギリシア神ウラノスと語源的関係をもつ。

■ソーマ　Soma……神酒をあらわすソーマは、『ヴェーダ』末期から月神となり、プラーナ神話ではアトリ仙人の息子として扱われた。東北の方位を守る。

■ルドラ　Rudra……世界の主宰者であるが、『ヴェーダ』では牡牛として月神性をおびた。ルドラの暴風雨神として強調されたのがシヴァである。

■シヴァ　Siva……月神ではないが、頭に三日月をもち月を象徴する白い牛に乗る吉祥神。仏教では大自在天。

■カーリー・マー　Kali Ma……インドの太母神で、「暗黒の母」の意味。ヒンドゥ教の三相一体神を代表する。夫シヴァの死体を貪る破壊神としても知られる。すなわち幼児の誕生と死を支配する母親がガンダーラ地方で擁立した王である。

■ママ・キラ　Mamakira……ペルーの月女神。ママ・オグロともいう。

■ヒナ　Hina……ポリネシアの月女神。タヒチでは月の中の織女神として、ニュージーランドでは英雄マウイと死を結びつける。イナ、シナ、ロナなどの名をもつ。

■吸血鬼　Vampire……スラブ語由来の月の力をもつ人。吸血鬼を意味するギリシア語は「月がつくった肉体」(Summers)。ブルターニュでは月光に裸体をさらすと吸血鬼の子供を生むとされている。

■イクソチクェツァル　Xochiquetzal……メキシコの愛の神で月女神。

■ピグミー　Pigmy……北方のキミの国から来た者の意味。キミはコプト語でケメヌ（月の国）の派生語。ピグミーの最初の人間は月でつくられ、その母マトゥはいまなお月の山の下の洞窟にいるとされる（Hallet）。

8．ペルシア・アラビア系

■マー　Ma……インド・ヨーロッパ語族で「母親」の語源となっている言葉だが、古代ペルシアでは、とくに月女神マー（Mah）をあらわした。

■マーディ　Mahdi……月女神マーに導かれた者のこと。マーディの故郷が聖処女地パラダイス（Paiiridaeza）である。

■アナヒータ　Anahita……ペルシアの水母神であって月女神。アナヒータには月の牡牛が捧げられた。ギリシア人はアナヒータをアルテミス・タウロポロスとよんだ。アナトリアの太母神マーと同一視されたこともある。

■ミトラ　Mithra……ミトラス教の救世主。牡牛を殺すミトラはアルテミス・タウロポロス（牡牛殺戮者）の男性化である（Cumont)。ミトラ・ヴァルナと同体か。エローラ洞窟のカーリー像はミトラ特有の姿をしている。

■アラー　Allah……バビロニアの女神アラトゥ、アラビアの女神アラートがマホメット以降に男神アラーに置換された。女神の伝統

■メリディアナ　Meridiana……天頂神で月女神の添え名。教皇シルヴェステル二世の愛人となった妖精でもある。
■心臓　Heart……イエスの神性は「心臓の中に宿る月」として保証されている。
■オーメン　Omen……「前兆」をあらわす言葉だが、字義的には月からの合図をあらわす（Walker)。どんなオーメンも神霊（numimous）で、この語は月精のラテン語訳から派生した。
■ムカリブ　Muqarribin……シバの祭司たちで「月の縁者」のこと。シバの女王がすむマリブの神殿はマハラム・ビルキス（月母の家）とよばれた（Pritchard)。

7．諸民族系

■アマゾネス　Amazons……北アフリカあるいは黒海周辺に住んでいた女神信仰一族のことで、勇猛な女ばかりの軍団であるわけではない。古代ローマの伝記作家スエトニウスはアマゾネスを女人国と書いている。アマゾンという言葉はそもそも「月の女」の意味（Graves)。古アルテミスを信仰していたか。
■ネヘレニア　Nehellenia……「冥界の月」の意味。女神ヘルの異形。オランダの国名ネーデルランドはこの名から採られた。
■猫　Cat……イングランドではネコは月女神のトーテムだった野ウサギと混同され、女王ボアディケアの旗に月が飾られた。スコットランドではネコは「みだらな女」を象徴する月の動物。
■ジプシー　Gypsies……ごく初期には「月の女神の手先」あるいは「ディアーナの森番」とよばれる女族長に率いられた集団。のちに放浪性が強調された。ジプシー内部ではディアーナをサラ・カーリー、ラキ、母神マッタなどとよんだ（Groome)。サラ・カーリーは紀元前2000年頃にカルデア母系社会ウルを出たサラのヴァージョンであろう（Boulding)。サクランボをトーテムとする。一部には救世主アラコを信仰する。アラコはジプシーの死者を月に連れて行く守護神である（Trigg)。なお、南方熊楠は日本の傀儡子がジプシー一団の日本列島への波及とみた。
■メナンドロス　Menander……月の男。バクトリア系ギリシア人

■ケレス　Kelles……ケレたちのことで、アイルランドの月女神につかえる巫女。ケレはインドのカーリーを語源とする（Joyce）。
■マナガルム　Managarm……月犬。アングルボダの初子でオオカミの姿をしている場合もある。デンマークでは死の女神。

6．ユダヤ・キリスト教系

■アブラハム　Abraham……アブ・シンを語源とする「父なる月」の族長のこと。
■ノア　Noah……洪水王。月の舟としての方舟に乗って地上に生きとし生けるものの種を伝えた。
■ヤハウェ　Yahweh……ヘブライ語のテトラグラマトンの音訳だが、どうやらカナンの月神ヤレアハ（Yareah）と関係があるらしい（Hays）。男神としてのヤハウェはカナンの母神アナトと結婚している。
■モーセ　Moses……月神シンの土地シニム（シナイ半島）を支配した族長。
■カイン　Cain……月世界に放逐された最初の人間。イブの長子とされているが、ラビの伝承ではヘビの子供とされている。いわゆるカインとアベルの話は、ペルシアのアフラマズダとアーリーマンの物語の焼き直しである。カインは鍛冶屋の意味。アイルランドでは天の鍛冶神はルノ（月の男）とよばれている。
■聖アン　Saint Anne……聖母マリアの母親だが、もともとは中東のアンナあるいはマリの母親ディアーナに由来した（Graves）。サッフォーはアンナを女王とし、オウィディウスはアンナを月女神ミネルヴァと同一視した。ケルト人にはアンはアナであり、これは女神モリガンのひとつの顔にあたっている。ケルト系の月神と関係するか。
■聖ウルスラ　Saint Ursura……サクソン系の女神がキリスト教化して、さらに魔の山ホルセルベルク - ウェヌスベルクに住む月女神ヴィーナスと習合した（Graves）。ウルスラには 11,000 人の星の子供がつく。ケルンではとくにウルスラを月の熊の女神としても礼拝する。大熊座と縁をもつ女神である。

■アーサー王　Arthur……ウェールズ語で「天界の熊王」を意味した。その妻グィネヴィアは月女神アルテミスのヴァージョンである。白い神グウィン（Gwyn）と同一視されることもある。

■赤ずきん　Little Red Riding Hood……ディアーナの三相のメタモルフォーズを素材にした物語。

5．ケルト・北欧系

■聖ブリジット　Saint Brigit……ケルト大帝国ブリガンツィアの三相一体の月女神。のちにキリスト教化して聖女とされた。

■モリガン　Morrigan……三相一体の女神で、そのひとつの顔がアナ、つまりキリスト教によって聖アン教会の守護神にされたアンである。ケルト信仰社会ではアナは月の神殿エマイン・マハに祭られた（Rees）。

■ニミュー　Nimue……ケルトの月女神。ギリシアのネメシスと同系か（Walker）。

■聖ダヴィッド　Saint David……異教の神が11世紀にウェールズでキリスト教化されて守護聖人となった人格神。聖ダヴィッドの町は、その前にはメニヴィア（月の道）とよばれた。デンマークのマナヴェグやアイルランドのエマニアも「月の楽園」の意味をもつ（Brewster）。

■マハ　Macha……ケルト人到来以前からアイルランドで崇拝されていた亡霊たちの大いなる女王。マハの聖地が月園エマニアである（Larousse）。

■アルト　Art……ヘルヴェチア人が月女神アルテミスをアルティオと呼び、それをケルト人がアルトと呼んで、熊王アーサーの妻とした（Joyce）。

■ヘル　Hel……北欧の冥界の女王。ここから英語の地獄（Hell）が派生した。「冥府の月」ともみなされ、そのばあいはネヘレニアとよばれた（Reinach）。

■ジャックとジル　Jack and Jill……北欧神話の天界の双子。母親は月母マナ。北欧ではこの双子の男女子の顔が月の表面の模様となっている（Jobes）。

4．地中海・ラテン・ヨーロッパ系

■ミノス　Minos……クレタ島の月の王、また王朝名。「月の生物」という意味をもつ。ミノス朝の歴代の王は月女神と結婚し、月牡牛ミノタウロスとして周期的に再生した。おそらくはエジプトの月牛アピスのヴァージョンだろう。

■パシパエー　Pasiphaë……クレタ島の月女神。「万物に輝く女王」の意味（Graves）。

■パイドラ　Phaedra……パシパエーの娘、すなわち月の娘。

■コテュス　Cotys……トラキアの月女神。息子コットスは百の手をもつ職工神。中世にはデーモンの一種とされた。

■ディアーナ　Diana……三相一体すなわち三重神の天界の女王である。月の処女神、被創造物の太母神、そして狩猟神の三相が三重化されていると言われるが、実際にはもっと多くの神人格が含まれる。最もよく知られた巡礼地はエフェソスとネミ。ルネッサンスを境に魔女の女王になったのは、古代ローマ時代にキリスト教者が計画的にしくんだものと考えられる。中世にはヨーロッパの原生林を支配した月森女神でもあった。ギリシア神ヘカテー、アルテミス、聖ブリジットとも習合し、ディオーネ、ディアーナ・ネモレンシス、ディアーナ・ネモレンシス・ネメトーナ、デア・アルデンナ、デア・アブノバ、ディービカ、デヴァーナ、ジーウォナなど、各地でいろいろの名をもつ。

■ルナ　Luna……月女神の古代ローマにおけるラテン名。グノーシス主義ではソル（太陽としての男神）と対になる。チョーサーは「月の女神ルナは大海原の最高神である」とも書いている。「ルナティック」（気がおかしい）の語源。男性形はルーヌス（Lunus）。

■ミネルヴァ　Minerva……ローマの知恵と月の女神。月の乙女のこと。エトルリアの女神メナルウァを起源とする。のちにアテナとなった。3つの頭をもつイヌ（おそらくはケルベロス）を従えることがある。

■ラト　Lat……エトルリアの月母神。ラトポリス（乳の都）の守護神。

化身のひとつでもある。

■ラダマンテュス　Rhadamanthys……ゼウスを父とし、満月神エウロパから生まれた神王。アルクメネと結婚した。「占い師」を意味する。

■アルクメネ　Alcmene……ヘラクレスの聖母で「月の力」を意味する。元はヘブライの「月女」（Almah）であったろう。

■アリアドーネ　Ariadne……アマトスで育まれたディオニソスの妻で、クレタ島の月女神の若いころの姿でもある（Graves）。

■ヘルメス　Hermes……月の知識を司る。エジプトのトート神やローマのメルクリウスと同一視された。ヘルメスのシンボルには半月がつく。

■エンデュミオン　Endymion……セレネーに誘拐された永遠に眠る月男。かつてはエリスの英雄王。

■ゴルゴン　Gorgon……ギリシア神話では三相一体で、メドゥーサ、スティノ、エウリュアレをあらわす。オルフェウス教では月のことを「ゴルゴンの頭」とよぶ（Graves）。

■メドゥーサ　Medusa……視線で人を石に変えるゴルゴン。隠れた意味に「月の血」があり、これが月経のタブーをあらわした（Frazer）。

■ペガサス　Pegasus……天の馬。メドゥーサの月の血から生まれた。また別の説では、女神デメーテルから生まれたアリオン（高みにいる月の生物）だともいう（Walker）。

■イオ　Io……「月」の意味をもつ白い牝牛の女神。ヘラの別名でもある。ギリシア神話ではゼウスの愛人の一人だが、実は三相一体の月女神（Graves）。

■オイディプス　Oedipus……月の母イオカステ（輝く月）から生まれた父殺しの英雄。

■オリオン　Orion……「山に住む月男」の意味をもつ狩猟王。アルテミスに殺されて星座になった。

■パンディア　Pandia……月の三人娘の一人。

■デメーテル　Demeter……太地母神すなわちマグナ・グレーテル。必ずしも月神とは言えないが、女神の母型としてつねに多くの月神の属性に影響を与えつづけた。老婆の姿をとるときはペルセポネーとなる。

■セレネー　Selene……ギリシアの月女神。ゼウスの腿から生まれたディオニソスは、セレネーが実母にあたる。

■レト　Leto……アルテミスの母、すなわち月の母。

■アルテミス　Artemis……最もギリシアらしい女神のひとつで、歴史上さまざまな姿をとった。最も有名なのは多乳多産形。原型はおそらくアマゾネスの月女神で狩猟神。ギリシア神話の作者たちは、アルテミスをアポロンと双子の関係におき、また、角神アクタイオンが純潔なアルテミスの水浴中の裸身を見たため八つ裂きにされたとしたが、これは獣を連れるアルテミスが変形して語られたものだった。のちにエフェソスの地でディアーナと混同された。アルテミスは大熊座をはじめ、多くの動物星座をつくった女神でもある（そこに狩猟神の姿が投影する）。

■アポロン　Apollo……月女神アルテミスと双子の関係にある太陽神。「月の太陽」という矛盾した名前でよばれることもある。

■ヘカベー　Hecabe……トロイの女王。ヘカテーの霊の体現者で、ヘカテーとヘカベーは同一名の二つの異形をあらわした。

■トロイのヘレネ　Helen of Troy……ヘカベーの娘で月の女神の処女相の具現者。メネラウス（月の王）と結婚し、メネラウスは不死を約束された。

■ヘラ　Hera……新月あるいは満月をあらわす聖母神。パウサニアスによれば、春は処女、夏は母、秋は老婆となる。

■ベンディス　Bendis……トラキアの「欠けていく月」をあらわす破壊神。

■エウロパ　Europa……満月という意味をもつヨーロッパ大陸全土の太母神。白い月牛に乗る。ギリシア神話ではゼウスがエウロパを攫って犯したことになっているが、これはおそらく月の巫女集団がギリシア化されたことを暗示する。エウロパはヨーロッパの語源にもあたっていて、いま、ＥＵのシンボルになりつつある。ヘラのアピスの脇腹には三日月がつく。

■イシス　Isis……すべての生成変化の象徴で、オシリスを呑みこんで彼を月神ミンとして生き返らせた女神。のちにマリアと同一視される。イシスの神殿は月の舟にイシスを安置する。女陰は三日月の印をもつ。

■オシリス　Osiris……ほとんどのエジプト神と習合できる神。200以上の神人格をもつ（Budge）。メシアの原型。イシスによって月神ミンとして復活する。シンボルのひとつにメナト（月の護符）がある。また聖数7、14、28を好み、これを月の数字とした（Campbell）。

■トート　Thoth……エジプトの書記神であって月神。トートは昇天すると月の門番となる。

■メナ　Mena……紀元前3000年頃、上下エジプトを統一した王のこと。ふつうはファラオーとよばれているが、実は月あるいは月の乳を与える母の意味をもっていた。上エジプトがもともと月女神を崇拝し、ケメヌ（月の国）とよばれていたことも知られている（Hallet）。

■水瓶　Jar……エジプトでは水瓶は月の護符メナトにあたる。オシリスとイシスもしばしば水瓶であらわされる。

■ケペラ　Khepera……スカラベ（黄金虫）の神。月母神から片目を与えられて繁殖能力をもつ（d'Alviella）。

■ナイル河　the Nile……初期は月の山ルウェンゾリを源流とし、のちにエレファンティーネの大滝が源流とされた。

3．ギリシア系

■ヘカテー　Hecate……ギリシア最古の天界・地上・冥界を支配する三相一体神。また三叉路の守護をした月女神として、満月の夜はヘカテーの像に捧げ物が供えられた。その名はエジプトの産婆神ヘキトあるいはヘカトに由来する（Budge）。のちに「最も美しい月女神」の美称がついた。ポルフィリオスは「月はヘカテーであり、ヘカテーは変化する月の形相の象徴である」と書いている。月犬ケルベロスを従える。

月 神 譜

1．シュメール・西アジア系

■シン　Sin……バビロニアの最も古い月神。シナイを支配した月神でもあった。

■カルデア人　Chaldean……聖書ではアブラハムがカルデア人とされている。「月を崇拝する者」の意味をもつ（Briffault）。

■占星術　Astrology……月崇拝のカルデア人による占星術。かれらは十二宮を月の宮とよんだ。占星術は月女神につかえる巫女が仕切った。

■アシュラー　Asherah……古代セム語の太女神が原型で、カナン人によって「神々を生む女神」あるいは「海をわたる女神（＝月）」とよばれた（Albright）。アシュラーの一時の夫がエルである。

■アラトゥ　Allatu……バビロニアの女神で、のちにアラビアでアラトーとしてアラーの前身を飾った。

■ケルビム　Cherub……バビロニアのトーテム獣。マリブの月女神の神殿を守護していたシバの女王の近親者だったという説がある（Walker）。

■犬　Dog……セム族の伝承では、イヌは月に向かって吠えて死を告げる。アイルランドの伝説では月の国エマニアへの案内役である（Baring-Gould）。『アイスランド・サガ』にはマナガルムとよばれる月犬が登場する。インドのヴェーダでは死の門を守る月の女神の両脇に２匹のイヌがいる（Lethaby）。ギリシアの三重神ヘカテーのトーテム獣もイヌである（Douglas）。

■ナナ　Nana……古代ウルクの月神。イナンナともいう。

2．エジプト系

■アピス　Apis……エジプトの月の牡牛神。のちにオシリスとも結びつけられた。ヨーロッパのあらゆる謎を解く鍵にあたるイコンである。ひょっとすると日本の牛頭天王にまでつながるかもしれない。

文庫版あとがき

文庫と月は、なんとなく相性がいいように思う。本文であれこれ語ったように、月をめぐる科学や宗教や幻想はつねに千変万化する。一定ではない。まさに満ち欠けがある。満ち欠けがあるだけではなく、突如として宗達の月のように巨きくなったり、イシスの頭上や蓮華の花弁に乗るほど小さくなったりもする。そこが文庫っぽいのだ。

最近は月に関する本がふえてきた。占いやヒーリングとも結びつきをふやしている。それはそれで結構だが、どうも月的ではない。月にかこつけた歌や映画もふえた。ときどきハッとするものもあるけれど、概してつまらない。本気のファンタジーがなくなっているのだ。危ういほどのフラジリティが光っていないのだ。残念である。本書で「月知学」という用語をつかったように、月を選ぶということは、月にのみ加担をするということなのだ。それがいまや月にかかわるという意味がだんだんぼけてきた。私は月に関しては過激でありたいのである。とろんとしたくない。だから、あえて太陽的なるものに対決を迫って辞さない覚悟ももっている。生活的ではないこと、そこにルナティックなることの真相が兆すのである。

文庫化にあたっては、またまたいろいろな方の手をお借りした。本書の原型をつくってくれた元作品社の加藤郁美さん、カバーデザインと図版構成をしてくれた松田行正さん、この文庫企画をたてた山本春秋さん、文庫の担当編集者の藤平歩さん、進行をマネージしてくれた太田香保さん、図版提供者のみなさん、そして奔放な解説を書いてくれた鎌田東二さんに、お月さまに代わってお礼を申し上げる。

世の中、ルナティックな一派がいささか見えにくくなっているように思う。ルナティックであろうとするとは、世の中からの誤解を恐れずに、月光りんりん、断乎として非生産的な夜陰の思索に耽けるということなのである。堀口大學の「月下の一群」に与することなのだ。この一冊の文庫がふたたび月明派の台頭を促すことを期待したい。

解説

鎌田東二

五木寛之によると、現代の「妖しい文体」の代表格が、松岡正剛と中沢新一と鎌田東二だという。これは大変光栄な評言だが、自分のことはさておき、松岡正剛と中沢新一は間違いなく当代きっての魔術的文体の持ち主であると思う。なんというか、文体が誘惑的で、風が吹いている。文章が風《ルン》のように、また水のように流れ、さわやか透明でありつつも、根本的に「妖しい」のである。彼らは、根っから「妖しい」派、なのだ。

その一番の理由は、彼らが「太陽族」ではなく、「月球派」にあることに由来するのではないか。この「派」の人たちの感覚によると、「太陽族」は「野暮」である。当たり前すぎて、面白みも奇想も「想像力」もなく、ただ自然の流れのままにある。それに対して、「月球派」には、独自のひねりや揺らぎや韜晦やペダンチズムやトリック・レトリックやジャンプがあり、月の兎の跳ね跳びのように思いのままトンデルのである。そこに「粋」があり、遊びがあり、「ダンディズム」がある。

松岡正剛の文章を読んでいていつも思うのは、そうしたトンデル感覚の遊動的快楽であり、遊楽的疾走感である。中沢新一に『野ウサギの走り』という面白い本があったが、いわば「月ウサギの走り」の感覚が彼らにはあるのだ。要するに、気まぐれで、自由闊達で、しかも跳躍的な独自の視線と筋道があるということ。それこそが、誘惑的魔術的文体の真髄であり妙味であろう。

実際、松岡は本書『ルナティックス――月を遊学する』の中で、〝moonshiner〟（密造酒を造る人）、〝moonlighter〟（夜襲に参加する人、娼婦）、〝mooncusser〟（海賊）などの単語を取り上げ、「〝月〟が入ると何やら秘密めくあたりが大変にゆかしく、そしてまた、いかにも妖しげだ。しかし、そこがいい」と述懐している。「妖しい」ことの「いい」加減を、自身、実によく自覚しているのだ。

さらにまた、「月はともかく変なところがいいのである。いかがわしいほどに高貴で、すましているのに何をしでかすかわからないところが月らしさというものなのだ。遠くから見れば光り輝いているくせに、近づくとただ荒涼の土地ばかり、そこがダンディの所以なのだ」と続けている。変で、いかがわしくて、何をしでかすかわからない。しかし、高貴で、すましている。光り輝いているのに、荒涼としている。そんな矛盾しているところや一筋縄ではいかない自由＝自遊さに月の「粋」を見出している。別の言い方をすれば、月は不良的伊達者なのである。

太陽と月の違いについて、松岡は「太陽が何に見えるかというテーマはない。月だから何かに見えるのである。そして月が何かの形に見えれば、それだけでそこには必ず物語の誕生というものがあった」と述べている。太陽は見えるがままだが、月は変幻自在。つまり、月は想像力の依り代、なのである。

こうして松岡は、ジュール・ラフォルグの詩集『母なる月のまねび』の冒頭の「はじめに太陽に一言」という詩を引用して、「太陽は野暮だ、月は粋だ」と対比し断言するが、その当の詩は次のようなものである。「太陽よ！　勲章とか褒章とかをはりつけた粗暴の兵士よ！／下品な栽培者よ、知るがいい！／猫目石の月はたったひとつの薔薇窓にすぎないかもしれないが、／お前を憎悪していることを知るがいい！」。

「太陽族」に対して敵意丸出しで、まことに激烈苛烈、ではないか。松岡はこのラフォルグを「地球という全体がひとり天界から取り残されてせっせと自活している憂鬱に堪えられず、みずからピエロと化し、わずかに月光源にのみ無の発祥を求めて言葉を紡いでいた詩人」と称え、「無の発祥に立ち会おうとするラフォルグの立場に『遊星的失望者』というすばらしい称号を贈る」とユニークな顕彰のしかたをしている。

このように、本書は、松岡正剛の「月球派」としての『ソクラテスの弁明』ならぬ「セイゴオ・マツオカの弁明」なのである。別の言い方をすれば、「太陽神の存在証明」ではなく、「月神（あるいは月知神）の存在証明」である。

さて、本書は、実は今日的状況下における月イメージの凋落に対する危機感から始まっている。月球感覚の衰退の中に、松岡は自由と想像力の減退を鋭く嗅ぎつけ、スクエアーな箍《たが》を外し、遊動的な自由クリエイティビティを活性化させようと企んだ。こうして「世にも不思議な物語」たる本書が仕上がった。

現代における月球派の旗手松岡正剛の〝回心〟は、高校生の時に手に入れた月球儀によって起こった。少年松岡は月球儀を半割にして開いたり塞いだりしながら、おそらく本能的に秘密曼荼羅世界の月輪観に参入していたのである。それをわたしは、松岡正剛における〝月球儀革命〟と捉えたい。そこから立ち上がってくる「月球趣味」とも「月球神学」ともいえる独特の思念の世界が、月が満ち欠けするように自在に変幻しつつ現出してきたのである。松岡は月球派のパンドラの箱を開けたのだ。

その時、その箱の中から出てきた最後のものは「希望」でも「絶望」でもなく、「遊星的失望」と「遊星的郷愁《プラネタリー・ノスタルジー》」であった。それは、「僕は地球にネクタイを取り替えに来た者だ」「地上とは思い出ならずや」（稲垣足穂）というはかなさと「フラジリティ」の存在学でもある。

松岡は本書で、人間の「最後の資源」としての「想像力」をはたらかせるわざの、一種、錬金術的なオプスを実行している。それは「外部なる観念力」を「引き寄せ」る鎮魂＝ワザヲギの術である。そのワザヲギはかぐや姫の月との交信にも似て、かそけさとものあはれ＝遊星的失望を流出させる。こうして「月知学」としての月球神学は、月の韜晦とも月のダンディズムとも月のルナティック（狂気）ともなって思弁的増殖の道を辿るのである。

松岡は本書を「月のデータベースの食前酒」とも位置づけているが、この「食前酒」はなかなか濃厚で酩酊的である。これを飲むと、直ちに即身成仏ならぬ、〝即身月仏〟して「『魂の月世界』に赴く」ことができる。「存在は月の函数の裡にある」から、〝即身月仏〟することは、「草木国土悉皆成仏」の天台本学論のように、本来的に、すでに、〝出来上がっている〟のである。「食前酒」はその「魂」の「消息」を想い出させてくれるのだ。

「水無月」の章にミルチャ・エリアーデの、「月は人間に原初の条件を啓示した。それは次のことを、すなわち、人間は月の生きた形のうちに自分を見つけだすということをあらわしていた」という言葉が引用されている。ここに言う「原初の条件」の「啓示」とは、月こそが「汝自身を知れ」という指令の発信者であるということだろう。つまり、月が人間の自己認識を促進したということ。そしてそれは月が一瞬たりと同じ形を持たないように、変身につぐ変身を遂げ、変容につぐ変容に促される怖るべき「自分」を見るということである。

とすれば、「汝自身を知れ」の格言の刻まれたデルフォイ神殿の主神アポロンは太陽神とされているが、実はそこにはもともとピュトンという大蛇神が棲んでいたので、この生命の水を司るピュトンが不死とも冥界とも通じる「原初の条件」の啓示者であり影の「月知神」だったということか。太陽神殿の地下に睡る大いなる月蛇のイメージはとてもスリリングではないか。

本書は松岡正剛の「月知」が全面展開し横溢した書であるが、その横溢の仕方が極めてお洒落である。全体を、睦月（一月）から極月（十二月）までの十二章に分かち、それらの月毎に趣向＝酒肴を凝らし、蘊蓄を傾け、極上の「食前酒」を提供する。そのお供えの仕方の妙味はファッショナブルで洗練されている。文学から奇想科学、神話、宗教、現代思想、先端科学に至る全領域を横断し、縦横無尽に横超し続ける。上下左右、四方八方、一念三千世界を横っ飛び、である。この〝月河鉄道の夜〟の機関士セイゴオの異次元立体交差の運転技術は他の追随を許さない。われわれはこのセイゴオ流星群の渦中に誘導されて、その車窓風景に酔い痴れ陶然となるのである。

月の科学も実に面白いが、わたしはとりわけ「月知神の光」としての「太陰知の系譜」に興味を引かれた。「月知神」の神話学から「背広を着たツクヨミノミコトたち」すなわち「月球派紳士族」までの「ルナティック・ラインダンス」に興味津々となる。そしてそこからさらに「日本ルナソサエティ文芸部」までの活動の気ままさに小粋な風流を感じる。前田透の、

さそりが月を嚙じると云へる少年と月食の夜を河に下り行く

というアニミスティックでエロティックな下降感覚や稲垣足穂の『一千一秒物語』の冒頭の、

ある夕方　お月様がポケットの中へ自分を入れて歩いていた　……こうしてお月様はズーと下方の青い靄の中へ自分を見失ってしまった

という自己言及的パラドックスの乾いたペーソスを醸す、そこはかとない存在学はシャレてる。

また、「物語は各地の権力の統括のためにつくりかえられてきた」という視座から見たディアーナ神話学の変遷などは大変重くシリアスなテーマではあるが、ワクワクするような喚起力がある。日本では月には「兎」が棲んでいるとされるが、中国では月に「桂男、蛙、おたまじゃくし、蛤」が棲んでいるというのもその想像力の展出が面白くも楽しい。さらにまた、「月の帝国とは女王エリザベスに託したヘルメスの知の流出の暗示だった」という月球派オカルティスト、ジョン・ディーのアストレア（天体処女神）＝エリザベス女王神学も、フムフムと引き込まれる。あるいはまた、宮沢賢治が月を「月天子」と呼び、その「月天子」を比喩として

ではなく実在として確信していたということも。「月はラフォルグにとっても賢治にとっても、擬人などではなかったのである。それは擬神ともいうべきものなのである」という指摘には納得する。

また、民俗学者折口信夫の「月＝マレビト」論も刺戟的だ。「女性の月斎とともに発達した月神信仰が、やがて月の光や月の影などに対する村人たちの畏怖に広がり、『月を待つ』というところから月をマレビト（客人）として認めるにいたった」、「折口にとっては、月見はマレビトとしての客月神に捧げる行為である」という洞察も、かぐや姫伝説を知るわれわれにとって違和感はない。そもそも、「月や花や雪はある意味では魂のエージェントであり、月見といっても、本来はそういう『引き寄せ』の観念技術だった」から。それこそが、鎮魂＝ワザヲギの技術なのだった。

ところで、二十世紀の月学の方法論として、「詩の言葉を使いつつ〝直観の月〟の構造の内側に入りこみ、その裏側へも回っていった」ダンセーニとイエイツの「二つの方法」も興味深い。前者は、「月をスーパートリックスターにしてしまうという方法」で、後者は「月の見えない部分からなんらかの消息を耳をすまし目を凝らして聞くということ」、つまり「月をヴィジョンそのものとする方法」であったと松岡は言う。

わたしが本書の記述を通して特に強い関心を抱いたのは、スペイン映画のアウグスティン・ビラロンガ監督作品『ムーンチャイルド』である。ぜひ一度観てみたい。

松岡正剛は、結論的に、「歴代の月光派三傑は、ヨハネス・ケプラー、ジュール・ラフォルグ、そして稲垣足穂」と主張する。彼らは、「月魄の精神の大いなる所有者でもあった」と。その三傑論には異論がないわけではないが、松岡が「『月』とは、私が預けた〝何か〟の代名詞だったのだ」という想いを吐露しているところには共感できる。「太陽に支配権を奪われた『管理の思想』に対して、本来の知を求める力をもっているのは月神のほうだという『未知の思索』の逆襲だ」という「月知神」派＝「ルナティックス」の知の戦略にも。

最後に、巻末に置かれた、「新月　われわれはいかにして月をめざしたか」は、補説として、〝月知神神学〟ともいうべき月の神話学的思想史をおさらいしていて、「ルナティックス」論議の土台を補強し、また「月神譜」は世界中の「月神」の系譜と特色を整理していて資料的価値が高く示唆に富む。多様な図版も啓発的で楽しめる。

松岡玄月氏のこの小粋なウサギ跳び遊月譚を飲み干して、わたしは思わず迷わず〝即身月仏〟してしまいました。

月神仏　僕のお臀に　昇りませ　　　鎌田臀月拝

（京都造形芸術大学教授・宗教哲学）

『ルナティックス——月を遊学する』　一九九三年八月　作品社刊

中公文庫

ルナティックス
――月《つき》を遊学《ゆうがく》する

2005年7月25日　初版発行
2016年8月30日　再版発行

著　者　松岡《まつおか》 正剛《せいごう》

発行者　大橋 善光

発行所　中央公論新社
〒100-8152　東京都千代田区大手町1-7-1
電話　販売 03-5299-1730　編集 03-5299-1890
URL http://www.chuko.co.jp/

DTP　平面惑星
印　刷　三晃印刷
製　本　小泉製本

Published by CHUOKORON-SHINSHA, INC.
Printed in Japan　ISBN4-12-204559-2 C1195

中公文庫既刊より

各書目の下段の数字はISBNコードです。978-4-12が省略してあります。

ま-34-3
花鳥風月の科学
松岡正剛
花鳥風月に代表される日本文化の重要な十のキーワードをとりあげ、歴史・文学・科学などさまざまな角度から日本的なるものを抉出。〈解説〉いとうせいこう
204382-4

し-9-2
サド侯爵の生涯
澁澤龍彥
無理解と偏見に満ちたサド解釈に対決してその全貌を捉えたサド文学評論決定版。この本をぬきにしてサドを語ることは出来ない。〈解説〉出口裕弘
201030-7

し-9-4
エロス的人間
澁澤龍彥
時空の無限に心を奪われる、その魂の秘密の部分、そして純潔と神秘に淫蕩とを兼ね備えた不思議の宇宙——本質的にアモラルな精神の隠れ家への探検記。
201157-1

み-9-6
太陽と鉄
三島由紀夫
三島ミスチシズムの精髄を明かす表題作。作家として自立するまでを語る「私の遍歴時代」。三島文学の本質を明かす自伝的作品二篇。〈解説〉佐伯彰一
201468-8

み-9-7
文章読本
三島由紀夫
あらゆる様式の文章・技巧の面白さ美しさを、該博な知識と豊富な実例と実作の経験から詳細に解明した万人必読の文章読本。〈解説〉野口武彦
202488-5

み-9-9
作家論 新装版
三島由紀夫
森鷗外、谷崎潤一郎、川端康成ら作家15人の詩精神と美意識を解明。『太陽と鉄』と共に「批評の仕事の二本の柱」と自認する書。〈解説〉関川夏央
206259-7

み-9-10
荒野より 新装版
三島由紀夫
不気味な青年の訪れを綴った短編「荒野より」、東京五輪観戦記「オリンピック」など、〈楯の会〉結成前の心境を綴った作品集。〈解説〉猪瀬直樹
206265-8